EL VIAJERO
Y SU SOMBRA

BIBLIOTECA EDAF
160

FRIEDRICH NIETZSCHE

EL VIAJERO Y SU SOMBRA

SEGUNDA PARTE DE HUMANO, DEMASIADO HUMANO

www.edaf.net
MADRID - MÉXICO - BUENOS AIRES - SANTIAGO
2026

© 1985. De la traducción: Carlos Vergara
© De esta edición, Editorial EDAF, S. L. U.

Diseño de cubierta: Gerardo Domínguez

Editorial EDAF, S. L. U.
Jorge Juan, 68. 28009 Madrid
http://www.edaf.net
edaf@edaf.net

EdicionesAlgaba, S.A. de C.V.
Calle 21, Poniente 3323, Colonia Belisario Domínguez
Puebla 72180, México
jaime.breton@edaf.com.mx

Ediciones y Distribuciones Edaf, SRL
Chile, 2222
1227 - BuenosAires,Argentina
fernando@edafarg.net

Edaf Chile, S.A.
Huérfanos, 1178, Oficina 501
Santiago - Chile
comercialedafchile@edafchile.cl

Queda prohibida, salvo excepción prevista en la ley, cualquier forma de reproducción, distribución, comunicación pública y transformación de esta obra sin contar con la autorización de los titulares de propiedad intelectual. La infracción de los derechos mencionados puede ser constitutiva de delito contra la propiedad intelectual (art. 270 y siguientes del Código Penal). El Centro Español de Derechos Reprográficos (CEDRO) vela por el respeto de los citados derechos.

17.ª reimpresión, febrero 2026

Depósito legal: M-42.657-2011
ISBN: 978-84-7640-012-8

Papel 100% procedente de bosques gestionados de acuerdo con criterios de sostenibilidad.

PRINTED IN SPAIN	IMPRESO EN ESPAÑA

Impreso por Service Point

Índice

Págs.

Nota de edición 9

Prefacio 11

Primera Parte: MISCELÁNEA DE OPINIONES Y SENTENCIAS 23

Segunda Parte: EL VIAJERO Y SU SOMBRA 202

Notas de edición

En 1878 F. Nietzsche publicó *Humano, demasiado humano*, un solo volumen formado por 638 pensamientos más un prefacio y un poema *posludio*: «Entre Amigos».

En 1879 aparecía el libro titulado *Miscelánea de opiniones y sentencias*, seguido poco después por *El viajero y su sombra* (1880). Cuando en 1886 se quiso reeditar *Humano, demasiado humano*, Nietzsche dio autorización al editor para convertir el texto de 1878 en la primera parte de *Humano, demasiado humano*, y recoger en la segunda, bajo el mismo título, los volúmenes publicados en 1879 y 1880: *Miscelánea de opiniones y sentencias*, y *El viajero y su sombra*.

Nuestra edición divide en dos volúmenes el libro completo: en el primero aparece la primera parte de *Humano, demasiado humano* (número 123 de la biblioteca Edaf de bolsillo), según la edición autorizada por Nietzsche; y la segunda parte se recoge en el segundo volumen, bajo el título de *El viajero y su sombra*, que contiene, además de ese libro, *Miscelánea de opiniones y sentencias*.

Prefacio

1

No es indispensable hablar sino cuando no se tiene derecho a callarse, y no hablar más que de aquello que *se domina*; todo lo demás es charlatanería, «literatura», falta de disciplina. Mis escritos no hablan más que de mis victorias: yo estoy en ellos, «yo», con todo lo que me era contrario, *ego ipsismus,* o incluso, si se me permite emplear una expresión más altiva, *ego ipsissimum.* Se adivina que tengo muchas cosas por *debajo de mí...* Pero me faltaba siempre tiempo, salud, espacio, distancia, hasta que nació en mí el deseo de utilizar, en vista del conocimiento, un hecho personal que yo había dejado detrás de mí, una fatalidad que yo quería revelar de pronto, despojar, «representar» (o cualquiera que sea le expresión que se quiera emplear). En este sentido, todos mis escritos, con una sola excepción, es cierto, deben ser *fechados con antelación* —no hablan más que de lo que yo dejo detrás—; algunos incluso, como por ejemplo las tres primeras *Consideraciones intempestivas,* se remontan más lejos aún, más allá del periodo de incubación de un libro publicado anteriormente (me refiero al *Origen de la tragedia*, un sutil observador no podría ignorarlo). Esta explosión irritada contra el falso patriotismo alemán, contra la complacencia y la deformación de la lengua en el envejecido David Strauss, sentimiento que provocó la primera *Intempestiva* y que me alivió de pensamientos que se me habían ocurrido mucho tiempo antes, cuando siendo un joven estudiante vivía en medio de la cultura alemana, de la cultura de los filisteos (reivindico la paternidad de esta expresión «filisteo de la cultura», de la que se usa y abusa hoy día); y lo que dije allí contra la «enfermedad histórica» lo expresé como quien había aprendido a curarse lenta y penosamente de ella, y que no tenía en modo alguno la intención de renunciar en lo sucesivo al «historicismo», puesto que ya lo había padecido en otro tiempo. Cuando, luego, en la tercera *Consideración intempestiva,* quise expresar la veneración que le tenía a mi primer y único educador, al *gran* Arthur Schopenhauer —lo volvería a hacer ahora, mucho más reciamente y de una manera más personal—, me encontraba ya, por lo que a mí se refiere, en medio del escepticismo y de la descomposición moral, es decir, *tan ocupado en la crítica como en la profundización de todo pesimismo*: no creía ya «en nada», como dice el pueblo, ni siquiera en Schopenhauer; y fue en esta época cuando nació una memoria, mantenida secreta hasta aquí «acerca de la verdad y de la mentira en el sentido extramoral». Mi discurso solemne, mi apología victoriosa en honor de Wagner, con ocasión de su triunfo en Bayreuth en 1876 —Bayreuth significa la victoria más grande que jamás haya logrado artista alguno—, un trabajo que posee en el más alto grado la apariencia de «la actualidad», no era aún, en el fondo, más que un homenaje de reconocimiento respecto de un trozo del pasado, respecto del más bello periodo de calma, calma peligrosa también, que he vuelto a encontrar durante mi viaje por mar..., y era, efectivamente, una separación, un adiós. (¿Tal vez el mismo Richard Wagner se equivocó acerca de esto? No lo creo. En tanto que aún se ama, no se describen ciertamente imágenes semejantes; no se «considera» aún, no se elige un puesto de observación a distancia, tal como debe elegirlo el contemplador. «Para la contemplación es indispensable un misterioso *antagonismo,* el de las miradas que se cruzan», se dice en la página 46 de la obra indicada, con un sesgo de expresión traidora y melancólica que no se dirigía tal vez más que a un pequeño número de personas.) La serenidad que era preciso para *poder* hablar de aquellos largos años intermedios, pasados en la soledad del alma y en la privación, no llegó más que con la obra *Humano, demasiado humano,* a la cual debe consagrarse también esta segunda introducción. Planea por encima de él —puesto que es un libro dedicado «a los espíritus libres»— algo de esa frialdad casi serena y llena de curiosidad que es propia del psicólogo, esa frialdad que le hace retener una porción de cosas dolorosas que se encuentran ya *detrás* de él, *por debajo* de él, para coleccionarlas de pronto y fijarlas, en cierto modo, con la punta de una aguja. ¿Qué tiene de extraño si, durante un trabajo tan punzante y meticuloso, corre a veces un poco de sangre, si el psicólogo se mancha los dedos de sangre, y tal vez no solamente los dedos?...

2

La *Miscelánea de opiniones y sentencias,* así como *El viajero y su sombra,* se publicaron primero separadamente, como continuación y apéndice a ese libro humano, demasiado humano, que acabo de citar, «libro dedicado a los espíritus libres»; era, al mismo tiempo, la continuación y la reiteración de una cura intelectual, quiero decir, del tratamiento *antirromántico,* tal como lo había imaginado y administrado mi instinto, que había permanecido sano, para combatir la enfermedad intermitente que padecía: el romanticismo en su forma más peligrosa. Ahora, después de seis años de curación, se pueden saborear los mismos escritos reunidos como segundo volumen de *Humano, demasiado humano;* tal vez, así reunidos, presenten su enseñanza con más fuerza y precisión, una *doctrina de la salud* que me permitiría recomendar a las naturalezas más intelectuales de la generación próxima, como *disciplina voluntatis.* Allí toma la palabra un pesimista, un pesimista que a veces quiso echarlo todo a rodar, pero que siempre volvió sobre su obra; un pesimista, pues, con la buena voluntad del pesimismo, pero ciertamente ya no un romántico. ¿Cómo? Un espíritu que entiende esa astucia de serpiente que consiste *en cambiar de piel,* ¿no tendría derecho a dar una lección a los pesimistas de hoy, que se encuentran todos aún en peligro de romanticismo? ¿Y, en todo caso, indicarles cuál es la *manera*?...

3

Ya era tiempo, en efecto, de que *me despidiera:* pronto me fue demostrado esto. Richard Wagner, el más victorioso en apariencia, en realidad un romántico, caduco y desesperado, se hundió de pronto, irremediablemente anonadado ante la santa cruz... ¿Ningún alemán tenía, pues, entonces ojos para ver, compasión en la conciencia, para lamentar ese horrible espectáculo? ¿Fui yo, pues, el único a quien hizo... *sufrir?* No importa; el acontecimiento inesperado aclaró mis ideas súbitamente respecto al lugar que yo acababa de abandonar, y me comunicó también ese estremecimiento de terror que se siente después de haber corrido inconscientemente un inmenso peligro. Cuando continué yo solo mi camino, me eché a temblar. Poco tiempo después, caí enfermo, más que enfermo, fatigado, fatigado por la continua desilusión respecto a todo lo que nos entusiasmaba aún a nosotros, hombres modernos; la fuerza, el trabajo, la esperanza, la juventud, el amor inútilmente prodigados por todas partes; fatigado de disgusto por todo lo que hay de feminismo y de exaltación desordenada en ese romanticismo, por toda la mentalidad idealista y por ese debilitamiento de la conciencia, que de nuevo habían vencido a uno de los más valientes; fatigado, en fin, y no fue esta mi menor fatiga, por la tristeza de una despiadada sospecha, pues presentía que después de esta desilusión me vería condenado a desconfiar aún más, a despreciar más profundamente, a estar más solo que nunca. Mi *tarea,* ¿qué había sido de ella? ¿Cómo, no era ahora como si mi tarea se apartase de mí, como si, para mucho tiempo, no tuviera ya derecho a ella? ¿Qué hacer para soportar *esta* privación, la mayor de todas? Comencé por *prohibirme,* radicalmente y por principio, toda música romántica, ese arte ambiguo, fanfarrón, sofocante, que priva al espíritu de su severidad y de su alegría y que hace pulular toda clase de vagos deseos y de envidias esponjosas. *Cave musicam,* es también hoy mi consejo a todos los que son bastante viriles para velar por la pureza de las cosas del espíritu. Una música semejante enerva, ablanda, afemina, ¡su «eterno femenino» tira de nosotros hacia abajo!... Mis primeras sospechas se dirigieron entonces *contra* la música romántica, tomé mis precauciones; y si esperaba aún algo de la música, era en la inteligencia de encontrar un músico suficientemente audaz, perverso, mediterráneo y desbordante de salud, para ejercer sobre esta música una *venganza* inmortal.

4

Solitario en lo sucesivo y desconfiando celosamente de mí mismo, tomé entonces, y no sin cólera, partido *contra* mí mismo, y en *pro* de todo lo que justamente me hacía daño y me era penoso; así es como volví a encontrar el camino de ese pesimismo intrépido que es lo contrario de todas las habladurías románticas, y también, por lo que me me parece, el camino hacia mí mismo, el camino de *mi* tarea. Ese algo oculto y dominador que durante mucho tiempo permaneció innominado para nosotros, hasta que al fin descubrimos que en él está nuestra tarea; ese tirano se toma contra nosotros y en nosotros un terrible desquite a cada tentativa que hacemos para evitarlo y para escapar de él, a cada decisión prematura, a cada intento para asimilarnos a aquellos de quienes no formamos parte, cada vez que nos entregamos a una ocupación, por estimable que sea, que nos desvía de nuestro objetivo principal; y se venga también de cada una de nuestras virtudes que querrían protegernos contra el rigor de responsabilidad más íntima. La enfermedad es siempre la repercusión de nuestras dudas, cuando nuestro derecho y nuestra tarea nos parecen inciertos, cuando comenzamos a relajarnos un poco. ¡Cosa extraña y terrible al mismo tiempo! ¡Son nuestras *expansiones* lo que tenemos que expiar más duramente! Y si, luego, queremos recobrar la salud, no nos queda ya elección: debemos soportar una carga más *pesada* que nunca...

5

Solo entonces fue cuando aprendí ese lenguaje de ermitaño que únicamente entienden los más silenciosos y sufridos: hablé sin testigos o, más bien, con indiferencia respecto a los testigos, para sufrir con el silencio; hablé de cosas que no me concernían, pero con el tono que hubiera tomado si me hubiesen concernido. Aprendí el arte de mostrarse gozoso, objetivo, curioso y, ante todo, de buen aspecto y maligno, que ahí está, a mi parecer, el «buen gusto» de un enfermo. Sin embargo, una mirada más sutil, animada de una simpatía especial, tal vez se dé cuenta de lo que constituye el encanto de este escrito: oír hablar a un hombre que sufre y se priva, como si no sufriese ni se privase de *nada*. Aquí se debe mantener el equilibrio frente a la vida, la serenidad e incluso el reconocimiento a la vida; aquí domina una voluntad severa, altiva, siempre alerta, constantemente irritable, una voluntad que se ha impuesto la tarea de defender la vida contra el sufrimiento y de extirpar todas las conclusiones que nacen como hongos venenosos en el suelo del sufrimiento, de la decepción, del hastío, del aislamiento y de otros terrenos pantanosos. Un pesimista tal vez encontrase aquí indicaciones preciosas para examinarse a sí mismo, pues fue entonces cuando pude arrancarme esta frase: «¡Un hombre que sufre ni siquiera tiene *derecho* al pesimismo!». Por entonces libraba en mí mismo una lucha penosa y paciente contra la inclinación fundamentalmente anticientífica de todo pesimismo romántico, que quiere transformar unas cuantas experiencias personales en juicios universales, amplificándolas hasta querer condenar al mundo...; en una palabra, le di la *vuelta* a mi mirada. El optimismo con miras a una curación, para tener el *derecho* a sentirme pesimista de cuando en cuando. ¿Comprendéis esto? Semejante a un médico que colocase a su enfermo en un medio ambiente absolutamente extraño, para separarlo de todo lo que deja detrás de sí —sus preocupaciones, sus amigos, sus cartas, sus deberes, sus tonterías, los tormentos de su memoria—, para enseñarle a tender las manos y los sentidos hacia un nuevo alimento, un nuevo sol y un nuevo porvenir; así me obligué, médico y enfermo a la vez, a un *clima del alma,* contrario a mi alma antigua y no experimentado aún; me obligué, sobre todo, a hacer una excursión lejana al extranjero, dentro de lo que es extraño, a una curiosidad tendida hacia toda especie de cosas extrañas... Esto dio origen a un vagabundeo, compuesto de investigaciones y de transformaciones, a una repugnancia por toda especie de detención, por las afirmaciones y las negaciones graves; asimismo, a una dietética y una disciplina que daban todas las facilidades posibles al espíritu para correr a lo lejos, para volar a lo alto y, ante todo, para huir siempre de nuevo. En realidad, esto era un *mínimum* de vida, una separación de toda concupiscencia grosera, una independencia en medio de toda clase de desgracias exteriores, con la altivez de *poder* vivir en medio de estas desgracias; un poco de cinismo tal vez, algo del famoso «tonel», pero ciertamente también la dicha del grillo, la serenidad del grillo, mucho silencio, luz, locura muy sutil, exaltación oculta; todo esto acabó por producir una gran firmeza intelectual, una alegría y una plenitud crecientes en la salud. La vida misma nos *recompensa* de nuestra voluntad obstinada hacia la vida, de esta larga guerra, tal como yo la llevaba entonces, contra el pesimismo de la lasitud; y nos recompensa ya de toda mirada atenta que le lanza nuestro reconocimiento, que no deja escapar ninguna ofrenda de la vida, aunque fuese la más pequeña y la más pasajera. Ella nos da, en cambio, la ofrenda más grande que pueda darse: nos devuelve *nuestra tarea*.

6

Este acontecimiento de mi vida —la historia de una enfermedad y de una curación, pues terminó en una curación— ¿no fue acaso más que un acontecimiento personal mío? ¿Esto no fue acaso más que *mi* «humano, demasiado humano»? Hoy estoy tentado a creer lo contrario; comienzo a pensar y creo cada vez más que mis libros de viaje no fueron escritos para mí solo, como me parecía a veces. ¿Puedo, después de seis años de una convicción cada rez más fortalecida, enviarlos de nuevo a probar fortuna? ¿Puedo recomendar especialmente que los tomen en consideración a aquellos que se afligen por un «pasado» y que tienen, por lo demás, suficiente conciencia para sufrir por el *espíritu* de su pasado? Pero, ante todo, a vosotros, que tenéis la tarea más dura, hombres raros, intelectuales y valerosos; vosotros, los más expuestos de todos, que debéis ser la *conciencia* del alma moderna y, como tales, poseer su *ciencia;* vosotros, en quienes se da cita todo lo que puede haber hoy de enfermedades, venenosas y peligrosas; vosotros, cuyo destino es estar más enfermos que cualquier otro individuo, porque no sois solamente «individuos»...; vosotros, que tenéis el consuelo de conocer el camino de una salud *nueva* y, ¡ay!, de seguir ese camino, de una salud de mañana y de pasado mañana, predestinados y victoriosos como vosotros lo estáis, vencedores del tiempo; nosotros, los más saludables y los más fuertes, ¡vosotros, *buenos europeos!*...

7

Permítaseme, para terminar, resumir también en una fórmula mi oposición contra el *pesimismo romántico,* es decir, contra el pesimismo de los indigentes, de los fracasados, de los vencidos: existe una voluntad de lo trágico y del pesimismo, que es un signo tanto de severidad como de rigor intelectual (gusto, sentimiento, conciencia). Con esta noluntad en el corazón no se teme lo que hay de temible y problemático en cualquier especie de existencia; se buscan en ella incluso estas cualidades. Detrás de una voluntad semejante está el valor, el orgullo, el deseo de un *gran* enemigo. Esta fue al principio *mi* perspectiva pesimista; ¿una nueva perspectiva, por lo que me parece?; ¿una perspectiva que, aún hoy, es nueva y extraña? Hasta ahora, me atengo a ella, y, si me quieren creer, tanto a mí favor como (a veces, al menos) en contra de mí... ¿Queréis que esto sea demostrado? Pero, si no es esto, ¿qué otra cosa hubiera demostrado en este largo prefacio?

Sils Maria, Alta Engadina
Septiembre 1886

PRIMERA PARTE

Miscelánea de opiniones y sentencias

1

A quienes decepcionó la filosofía.—Si hasta el momento habéis creído en el valor superior de la vida y si ahora os veis decepcionados, ¿habrá que desembarazarse de la vida al precio más vil?

2

Estar mal habituado.—También se puede estar mal habituado para lo que concierne a la claridad de las ideas. ¡Cuánto repugnan entonces las relaciones con esas gentes oscuras y nebulosas, que aspiran y que presienten! ¡Cuán ridículo parece, sin ser gozoso, su eterno mariposeo, su caza constante, sin que lleguen realmente a volar ni a atrapar algo!

3

Los pretendientes de la realidad.—El que acaba por darse cuenta de que ha vivido engañado durante mucho tiempo, abraza, por despecho, incluso la realidad más fea; de suerte que, si consideramos el mundo en su conjunto, es la realidad la que ha tenido en el transcurso de los siglos los mejores pretendientes, pues los mejores son los que han sido engañados más y por más tiempo.

4

Progresos del pensamiento libre.—No existe mejor medio para hacer inteligible la diferencia que hay entre el pensamiento libre de otros tiempos y el pensamiento libre de hoy que recordar un axioma famoso. Para concebirlo y formularlo fue preciso toda la intrepidez del siglo pasado, y, sin embargo, medido según nuestra experiencia de hoy, resulta de una ingenuidad involuntaria. Me refiero al axioma de Voltaire: «Créeme, amigo mío, el error también tiene su mérito».

5

Un pecado original de los filósofos.—Los filósofos se han apoderado en todo tiempo de los axiomas de quienes estudian a los hombres (moralistas); los han *corrompido*, tomándolos en un sentido absoluto y queriendo demostrar la necesidad de lo que estos no habían considerado más que como indicación aproximativa, o incluso solamente como la verdad particular en una ciudad o en un país durante una década; pero de este modo los filósofos creían elevarse por encima de los moralistas. Así es como encontramos, por bases de las famosas doctrinas de Schopenhauer respecto a la primacía de la voluntad sobre el intelecto, la invariabilidad del carácter, la negatividad de la alegría

—que todas, tal como él las entiende, son errores—, principios de sabiduría popular erigidos en verdades por moralistas. La palabra «voluntad» que Schopenhauer transformó para hacer de ella una designación común a varias condiciones humanas, introduciéndola en el lenguaje allí donde había una laguna, para su provecho personal, por cuanto que era moralista —desde entonces pudo hablar de la «voluntad» de la misma manera que había hablado Pascal—; la palabra «voluntad» en las obras de Schopenhauer degeneró entre las manos de su inventor, a causa de su furor filosófico por las generalizaciones, para la mayor desdicha de la ciencia, pues es hacer de esta voluntad una metáfora poética pretender atribuir a todas las cosas de la naturaleza una voluntad; por último, se ha abusado de ella mediante una falsa objetivación, a fin de utilizarla en toda suerte de excesos místicos; y todos los filósofos a la moda repiten y parecen saber exactamente que todas las cosas no tienen más que una sola voluntad (lo que equivale a decir, despues de la descripción que se da de esta voluntad una y universal, que se quiere tomar por Dios al *estúpido demonio*).

6

Contra los imaginativos.—El imaginativo niega la verdad ante sí mismo; el mentiroso, únicamente ante los demás.

7

Enemistad contra la luz.—Si se le hace comprender a alguien que, en sentido estricto, no se puede hablar nunca de verdad, sino solamente de probabilidad, se ve generalmente, por la alegría no disimulada de aquel a quien se le instruye así, cuánto prefieren los hombres la incertidumbre del horizonte intelectual, y cuánto *odian,* en el fondo de su alma, la verdad a causa de su precisión. ¿Se debe esto a que temen todos secretamente que caiga una vez sobre ellos, con demasiada intensidad, la luz de la verdad? ¿Quieren dar a entender algo, y, por consiguiente, no se debe saber exactamente lo que son? ¿O bien no es más que el temor a una luz más clara, a la cual su alma de topo, crepuscular y fácil de deslumbrar, no está habituada, de suerte que tiene que odiar esa luz?

8

Escepticismo cristiano.—Se presenta ahora gustosamente a Pilatos, con su pregunta «¿Qué es la verdad?», como abogado del Cristo, y esto para hacer que se sospeche de todo lo que es conocido y digno de conocerse, hacerlo pasar por apariencia, a fin de poder erigir sobre el horrible fondo de la imposibilidad de saber: ¡la Cruz!

9

La «ley de la naturaleza», una superstición.—Si habláis con tanto entusiasmo de la conformidad a las leyes que existe en la naturaleza, es preciso que admitáis o que, por una obediencia libremente consentida y sometida a ella misma, las cosas naturales siguen sus leyes —en cuyo caso admiráis la moralidad de la naturaleza— o que evoquéis la idea de un mecánico creador que ha fabricado el péndulo más ingenioso, colocando en él, a guisa de ornamentos, a los seres vivos. La necesidad en la naturaleza se hace más humana por la expresión «conformidad a las leyes»; este es el último refugio de la fantasmagoría mitológica.

10

Pasado a la historia.—Los filósofos velados y los oscurecedores del mundo, y por tanto todos los metafísicos de grano más o menos fino, sienten dolores en los ojos, en los oídos y en los dientes cuando comienzan a sospechar que hay algo de verdad en el axioma que afirma que toda la filosofía ha pasado ya a la historia. Se les puede perdonar, a causa de su pesar, que arrojen piedras e inmundicias a quien habla así; pero puede suceder que la doctrina misma se convierta por algún tiempo en sucia, insignificante y pierda su efecto.

11

El pesimista del intelecto.—El hombre verdaderamente libre mediante el espíritu pensará también muy libremente respecto del espíritu mismo y no se ocultará lo que pueda haber de grave en las fuentes y la dirección de este. Por esto los demás lo considerarán tal vez como el peor enemigo del librepensamiento y le aplicarán el término de menosprecio «pesimista del intelecto», que debe poner en guardia contra él; pues están habituados a no calificar a una persona según su fuerza y su virtud dominante, sino con arreglo a lo que les parece en él más extraño.

12

Alforjas de los metafísicos.—No hace falta contestar en modo alguno a quienes hablan con tanta fanfarronería de lo que su metafísica tiene de científico; basta rebuscar en el saco que llevan a la espalda, con tanto pudor; si se consiguiese sacar a la luz algo de lo que allí esconden, se pondría de manifiesto, para mayor vergüenza suya, el resultado de este cientifismo: un buen Dios, una inmortalidad amable, tal vez un poco de espiritismo y naturalmente todo un montón confuso de miserias de un pobre pecador y del orgullo del fariseo.

13

El conocimiento es perjudicial a veces.—La utilidad que reporta una investigación absoluta de la verdad se demuestra constantemente miles de veces, de tal modo que es necesario acomodarse sin vacilar a las cosas perjudiciales, ligeras y raras, en suma, de que el individuo puede tener que sufrir a causa de esta investigación. Es imposible evitar los riesgos que corre el químico, el cual puede quemarse o envenenarse con motivo de sus experimentos. Y lo que se puede decir del químico es aplicable a toda nuestra civilización: de donde resulta claramente, dicho sea de pasada, cuánto importa para esta tener siempre en reserva bálsamos para las heridas y antídotos para los venenos.

14

De lo que el filisteo tiene necesidad.—El filisteo cree que lo que más necesita es un jirón de púrpura o un turbante de metafísica, y no quiere dejárselos arrebatar de ningún modo: y, sin embargo, estaría menos ridículo sin estos oropeles.

15

Los exaltados.—Con todo lo que los exaltados dicen en favor de su evangelio o de su maestro se defienden a sí mismos, aunque aparenten erigirse en jueces (y no en acusados), pues involuntariamente se les hace recordar, casi a cada instante, que son excepciones que tienen necesidad de justificarse.

16

El bien induce a vivir.—Todas las cosas buenas son enérgicos estimulantes en favor de la vida; este es incluso el caso de todo buen libro, escrito contra la vida.

17

Dicha del historiador.—«Cuando oímos hablar de los metafísicos sutiles y de los alucinados del mundo atrasado, comprendemos, es cierto, que nosotros somos los "pobres de espíritu", pero también que a nosotros es a quienes pertenece el reino de la transformación, con la primavera y el otoño, el invierno y el verano, y que a ellos es a quienes pertenece el mundo atrasado con sus brumas infinitas, con sus sombras grises y frías.» Así decía uno que se paseaba al sol de la mañana: alguien que, al estudiar la historia, sentía transformarse constantemente, no solo su espíritu, sino también su corazón, y que, en oposición con los metafísicos, es dichoso al abrigar en él no un alma inmortal, sino muchas almas mortales.

18

Tres especies de pensadores.—Hay fuentes minerales que brotan, hay otras que corren y hay otras también que rezuman gota a gota; en el mismo sentido, hay tres especies de pensadores. El profano las valora según la capacidad de agua; el conocedor por su contenido, y las juzga, por consiguiente, por lo que en ellas *no* es agua.

19

La imagen de la vida.—Querer pintar la imagen de la vida es una tarea que, aunque presentada por los poetas y los filósofos, no deja de ser insensata: bajo la mano de los pintores y pensadores más grandes no se ha creado nunca más que imágenes y bocetos *sacados de una* vida, es decir, de su propia vida, y no podría ser de otro modo. En una cosa que está en pleno devenir, otra cosa que deviene no podría reflejarse de una manera fija y duradera, como «la» vida.

20

La verdad no tolera otros dioses.—La fe en la verdad comienza con la duda respecto a todas las «verdades» en que se ha creído hasta el presente.

21

Sobre lo que se exige silencio.—Si se habla del libre pensamiento como de una expedición muy peligrosa en medio de los glaciares y de los mares polares, quienes no quieren embarcarse en ella se ofenden, como si se les reprochase su vacilación o la debilidad de sus piernas. Cuando no nos sentimos a la altura de una cosa difícil, no toleramos que se mencione delante de nosotros.

22

Historia «in nuce».—La parodia más sería que haya oído jamás es esta: «En el principio era el absurdo, y el absurdo *era* en Dios, y Dios (divino) era el absurdo».

23

Incurable.—El idealista es incorregible: si se le arroja de su cielo, se hace del infierno un ideal. Creadle una decepción y veréis que no pone menos ardor en abrazar su decepción del que ponía poco antes en aferrarse a su esperanza. En la medida en que su inclinación pertenece a las grandes tendencias incurables de la naturaleza humana, puede provocar destinos trágicos y convertirse después en objeto de tragedias: en esto afecta a lo que hay de incurable, de inevitable, de irremisible en el destino y en el carácter humanos.

24

Los aplausos son una continuación del espectáculo.—El aire radiante y la sonrisa benévola son la forma de aprobación que se da a la gran comedia del mundo y de la existencia; pero es, al mismo tiempo, una comedia en la comedia que debe arrastrar a los demás espectadores al *plaudite, amici.*

25

Valor del aburrimiento.—El que no tiene el valor de admitir que parezca aburrida su obra y él mismo, no es ciertamente un espíritu de primer orden, ya sea en las artes o en las ciencias. Un espíritu burlón que, por excepción, fuese también un pensador, al lanzar una mirada al mundo y a la historia, podría añadir: «Dios no tiene este valor; ha querido hacer todas las cosas interesantes y lo ha conseguido».

26

De la experiencia más íntima del pensador.—Nada es más difícil para un hombre que comprender una cosa de una manera impersonal: quiero decir, ver en ello precisamente una cosa y no a una *persona;* incluso podemos preguntarnos si, de una manera general, le es posible suspender, aunque no sea más que por un instante, el mecanismo de su instinto que crea e imagina personas. En sus relaciones con los *pensamientos,* incluso con los más abstractos, se comporta como si estos fuesen individuos con los que estuviese obligado a luchar o a tomar partido, individuos a quienes hay que proteger, cuidar y educar. Nos escuchamos o nos espiamos a nosotros mismos en el momento en que oímos o descubrimos un axioma nuevo para nosotros. Tal vez nos desagrade porque se presenta con tal altanería y orgullo; inconscientemente nos preguntamos si no debemos oponerle un enemigo o bien añadirle un «tal vez» o un «a veces»; la palabrita «probable» nos proporciona incluso satisfacción, porque rompe la tiranía personal de lo absoluto que nos importuna. En cambio, cuando este axioma nuevo se nos aparece en una forma más atenuada, tolerante y humilde, como conviene, arrojándose, en cierto modo, en brazos de la contradicción, damos otro ejemplo de nuestra soberanía; pues ¿cómo no íbamos a acudir en ayuda de ese ser débil, acariciarlo y alimentarlo, darle fuerza y plenitud y hasta una apariencia de verdad y de absoluto? ¿Nos es posible comportarnos con él de una manera natural, caballeresca o compasiva? Por lo demás, también vemos de una parte un juicio y de otra otro juicio, distanciados uno del otro, sin que estén ligados ni tiendan a aproximarse; entonces nos cosquillea una idea, nos informamos de si no se podría establecer un enlace, sacar una *conclusión,* tenemos el sentimiento vago de que, en el caso de que esta conclusión tuviese consecuencias, el honor recaería no solo en los dos juicios unidos por enlace, sino también en el autor de este enlace. En cambio, si no se puede atacar esa idea ni por la obstinación y el malquerer, ni por la benevolencia (si se la tiene por *verdadera...*), se somete uno a ello y se le rinde homenaje como a un jefe o a un guía, se le concede un puesto de honor y se habla de ella con énfasis y altivez, pues su *resplandor* se derrama sobre nosotros. ¡Desdichado de aquel que quiera oscurecerla! Pero también sucede que esa autoridad se vuelve un día escabrosa para nosotros; entonces nosotros, que somos infatigables hacedores de reyes *(king-makers)* en el dominio del espíritu, destronamos la idea elegida y nos apresuramos a entronizar a su adversaria. Considerad esto y dad un paso más en vuestro pensamiento: ciertamente, ¡nadie hablará ya de una «necesidad de conocimiento en sí»! ¿Por qué, pues, prefiere el hombre lo verdadero a lo no verdadero, en esta lucha *secreta* con las *ideas-personas,* en este enlace de las ideas, enlace que permanece la mayoría de las veces oculto, en esta fundación de Estados sobre el dominio del pensamiento, en esta educación y esta asistencia del pensamiento? Por la misma razón que le hace rendir justicia en sus relaciones con personas verdaderas: *ahora* por hábito, herencia y educación; *primitivamente* porque lo verdadero —como también lo equitativo y lo justo— es más *útil* y reporta más *honores* que lo no verdadero. Pues, en el dominio del pensamiento, es difícil mantener el *poder* y la *reputación,* cuando estos se han cimentado en el error y en la mentira: el sentimiento de que semejante edificio podría hundirse alguna vez es *humillante* para la conciencia de su arquitecto; el arquitecto tiene vergüenza de la fragilidad de su material, y, como se considera *a sí mismo* más *importante* que el resto del mundo, no querría hacer nada que no fuese más *duradero* que el resto del mundo. En su deseo de verdad, abraza la fe en la inmortalidad personal, es decir, en el pensamiento más orgulloso y altivo que existe, pues está ligado íntimamente a esta segunda intención: ¡*Pereat mundus, dum ego salvus sim!* Su obra se ha convertido para él en su *ego;* se transforma a sí mismo en una cosa imperecedera, que desafía a todas las demás cosas; es su orgullo desmedido el que no quiere utilizar, para su obra, más que las piedras mejores y más duras, es decir, verdades, o lo que él tiene por tal. Con razón se ha llamado en todo tiempo al *orgullo* «el vicio de los que saben»; pero la verdad y su prestigio queda-rían en mal lugar, en la tierra, sin este vicio fecundo. En el hecho de que no solo *tememos* nuestras propias ideas, nuestras propias palabras, sino también de que nos *veneramos* en ellas, atribuyéndoles involuntariamente la facultad de poder recompensarnos, despreciarnos, alabarnos o censurarnos; es decir, en el hecho de que estamos en relación con ellas, como con personas libres e intelectuales, con poderes independientes, de igual a igual; es en este hecho donde tiene sus raíces el fenómeno singular que he llamado «conciencia intelectual». Es, pues, también una cosa moral, de un orden superior, que ha salido de una raíz vulgar.

27

Los oscurantistas.—Lo esencial, en la magia negra de los oscurantistas, no es que quiera turbar los cerebros, sino que tiende a ennegrecer la imagen del mundo y a oscurecer nuestra *idea de la existencia*. Es cierto que, para llegar a este fin, el oscurantismo suele tratar de impedir la emancipación de los espíritus; pero, en ciertos casos, emplea precisamente un medio opuesto y trata de engendrar la saciedad merced a un refinamiento extremado de la inteligencia. Los metafísicos sutiles que preparan el escepticismo y que, por su sagacidad extremada, invitan a la desconfianza hacia la sagacidad, son excelentes instrumentos de un oscurantismo más refinado. ¿Es posible utilizar para este fin a Kant mismo? Diré más: ¿es posible que, según su propia declaración tristemente famosa, haya *querido* él mismo algo semejante, al menos de una manera pasajera: abrir una ruta a la *fe,* asignando límites a la ciencia? Es cierto que no lo consiguió, así como tampoco sus sucesores en las veredas del lobo y del zorro de este oscurantismo tan refinado y peligroso; quizá el más peligroso de todos, pues la magia negra aparece aquí con una aureola luminosa.

28

Qué especie de filosofía hace perecer al arte.—Si las brumas de una filosofía metafísico-mística consiguen volver *opacos* todos los fenómenos estéticos, se sigue de aquí que es imposible *evaluar* estos fenómenos juzgándolos unos por otros, pues cada uno de ellos, separadamente, es inexplicable. Pero si ya no es posible comparar, para llegar a una estimación, termina por resultar de ello una *ausencia* completa *de crítica,* una ciega tolerancia; resulta de ello, además, un debilitamiento continuo del *goce* que proporciona el arte (ese goce que no se distingue de la brutal satisfacción de una necesidad más que por un gusto refinado en extremo y un agudo sentido del matiz). Pero cuanto más disminuya el goce, más se transformará el deseo del arte, para rebajarse de nuevo a un simple apetito, en el que el artista intenta, desde luego, subvenir por una alimentación cada vez más grosera.

29

En Getsemaní.—Lo más doloroso que un pensador puede decir a un artista es: «¿No puedes *velar* durante una hora *conmigo?*»[1].

---

[1] Mateo 26, 40.

30

En el telar.—Hay un reducido número de gente que se complace en desembrollar el tejido de las cosas y en deshacer las mallas, pero un gran número trabaja en la tarea contraria (por ejemplo, todos los artistas y las mujeres). Se dedican a rehacer los nudos hasta el infinito y a embrollar los hilos, de modo que las cosas claras se vuelvan incomprensibles. Suceda lo que suceda, las mallas y los tejidos tendrán siempre un aspecto poco limpio, pues son muchas las manos que trabajan en ellos y les arrancan los hilos.

31

En el desierto de la ciencia.—Al científico se le aparecen, durante sus marchas humildes y penosas, que son, ¡ay!, con mucha frecuencia marchas a través del desierto, esos maravillosos espejismos que llamamos «sistemas filosóficos»; estos ofrecen, al alcance de la mano, con la fuerza mágica de la ilusión, la solución de todos los enigmas y la copa refrescante de la verdadera bebida de la vida; el corazón palpita de alegría y el hombre fatigado toca ya casi con los labios la recompensa de su trabajo y de su perseverancia científicas, de suerte que va, casi involuntariamente, siempre adelante. Es cierto que algunas naturalezas se detienen como aturdidas por el hermoso milagro; entonces el desierto las devora y mueren por la ciencia. Otras naturalezas también, las que han hecho a menudo la experiencia de sus consuelos subjetivos, son presa de un profundo desaliento y maldicen el gusto a sal que estas apariciones dejan en la boca y que provocan una ardiente sed, sin que ni un solo paso los acerque a fuente alguna.

32

La pretendida «verdad verdadera».—El poeta aparenta conocer a fondo las diversas profesiones, como, por ejemplo, la de general, tejedor, marino y todas las cosas que los conciernen. Se comporta como si *supiera*. Al explicar los destinos y los actos humanos, se da aires de haber estado presente cuando se tejió la trama del mundo; en este sentido es un impostor. Realiza sus fraudes ante *ignorantes,* y por eso logran éxito; estos le alaban su saber real y profundo y lo inducen, finalmente, a creer que conoce verdaderamente las cosas tan bien como los especialistas, que las conocen y las ejecutan, e incluso tan bien como la gran Araña del mundo. El impostor acaba, pues, por serlo de buena fe y por creer en su veracidad. Los hombres sensibles llegan hasta decirle, en pleno rostro, que posee la verdad y la veracidad *superiores;* pues sucede a veces que estos se hallan, momentáneamente, fatigados de la realidad, y, entonces, toman el sueño poético por un descanso bienhechor, por una noche de reposo, saludable para el cerebro y para el corazón. Lo que el poeta ve en sueños les parece ahora de un valor superior, porque, como dije, experimentan con ellos un sentimiento bienhechor, y los hombres siempre han creído que lo que parecía ser más bonito era lo más verdadero y real. Los poetas que *tienen* conciencia de este poder, para ellos propio, se dedican intencionadamente a calumniar lo que llamamos generalmente realidad y a dotarlo de un carácter de incertidumbre, de apariencia, de inautenticidad, de lo que se extravía en el pecado, el dolor y la ilusión; utilizan todas las dudas respecto a los límites del conocimiento, todos los excesos del escepticismo, para echar en torno a las cosas el velo de la incertidumbre, para que, después de haber realizado este oscurecimiento, se interpreten, sin vacilación, sus conjuros mágicos y sus evocaciones, como la vía de la «verdad verdadera», de la «realidad real».

33

Querer ser justo y querer ser juez.—Schopenhauer, cuya gran experiencia de las cosas humanas y demasiado humanas, cuyo sentido instintivo de los hechos han sido trabados por la piel de leopardo de su metafísica (esa piel que es preciso quitarle primero, para descubrir bajo ella un verdadero genio de moralista); Schopenhauer, digo, hace esta excelente distinción que le dará mucha más razón de la que se atrevía a confesarse a sí mismo: «El conocimiento de la rigurosa necesidad de los actos humanos es la línea que separa a los *cerebros filosóficos* de *los demás*». Él mismo entorpeció esta comprensión profunda una vez que se abrió, por ese prejuicio común a los hombres morales (no a los moralistas) y que expresa así, en un tono cándido y ferviente: «El esclarecimiento último y verdadero, acerca del sentido íntimo del conjunto de las cosas, está necesariamente en estrecha correlación con la significación ética de los actos humanos». No es que salte a los ojos esta necesidad; muy por el contrario, se refuta con el axioma de la rigurosa necesidad de las acciones humanas, es decir, de la absoluta necesidad e irresponsabilidad de la voluntad. Los cerebros filosóficos se distinguirán, pues, de los demás por su incredulidad respecto a lo que sea la significación metafísica de la moral; y esto crearía un abismo profundo e infranqueable que no se parecería en nada al que separa a las «personas instruidas» de las «ignorantes», y del que tanto nos quejamos en nuestros días. Es cierto que será preciso que se reconozcan aún como inútiles muchas puertas de salida que se habían preparado a sí mismos «cerebros filosóficos», como Schopenhauer: *ninguna* de esas puertas conduce al aire libre, a la atmósfera del libre arbitrio; cada una de las que se han abierto hasta hoy da a un espacio cerrado: el muro impenetrable de la fatalidad; *estamos* en una cárcel, solo podemos *soñarnos* libres, pero no *volvernos* libres. Ya no se podrá resistir por mucho tiempo a esta certidumbre; las actitudes desesperadas e increíbles de quienes la atacan y hacen vanas contorsiones para continuar la lucha lo demuestran. He aquí, poco más o menos, lo que sucede ahora en su espíritu: «¿No sería responsable nadie? ¿Pero no vemos por todas partes el pecado y el sentimiento del pecado? Mas es preciso que alguien sea el pecador; si es imposible, y si ya no se permite acusar y juzgar al individuo, esa pobre ola en el océano inexorable del devenir, ¡pues, bien!, que sea el océano mismo, el devenir, el que se considere como culpable: pues allí donde hay libre arbitrio, allí se puede acusar, condenar, expiar y hacer penitencia; *que sea, pues, Dios el pecador y el hombre su salvador;* que la historia sea a la vez culpabilidad, condenación y suicidio; ¡que el malhechor sea su propio verdugo!». Este *cristianismo colocado cabeza abajo* —¿qué sería si no esto?— es la última jornada en la lucha de la doctrina de la moralidad absoluta con la de la necesidad absoluta; y sería espantoso, si esto no fuese *otra cosa* más que una *mueca lógica,* el gesto horrible de una idea que sucumbe, tal vez el espasmo de la agonía del corazón desesperado, ávido de salud, al que la locura susurra: «¡Mira, tú eres el cordero que lleva los pecados de Dios!». Hay un error, no solo en el sentimiento: «yo soy responsable», sino también en esta oposición: «yo no lo soy, pero es preciso que lo sea alguien». ¡Mas esto es lo que no es cierto! Es preciso, pues, que el filósofo diga, como el Cristo: «¡No juzguéis!». Y la última distinción, entre los cerebros filosóficos y los demás, sería que los primeros quieren *ser justos,* mientras que los segundos quieren *ser jueces.*

34

Sacrificio.—¿Consideráis el sacrificio como el signo distintivo de la acción moral? Reflexionad, pues, si no hay un aspecto de sacrificio en cada acto realizado de una manera reflexiva, sea bueno o malo.

35

Contra los inquisidores de la moral.—Hay que saber de todo lo que un hombre es capaz, para bien o para mal, en la idea que se forma de las cosas y en su ejecución, para poder apreciar el desarrollo y el desenlace de su naturaleza moral. Pero saber esto es imposible.

36

Diente de serpiente.—No sabemos si tenemos un diente de serpiente antes de que alguien haya puesto un pie sobre nosotros. Una mujer o una madre diría: antes de que alguien haya puesto su pie sobre lo que nos es querido, sobre nuestro hijo. Nuestro carácter se determina más aún por la ausencia de ciertos acontecimientos que por lo que hemos vivido.

37

El engaño en amor.—Olvidamos voluntariamente ciertas cosas de nuestro pasado, las desechamos de la cabeza deliberadamente; pues tenemos el deseo de ver la imagen que refleja nuestro pasado, mentirnos a nosotros mismos y halagamos; trabajamos incesantemente en este engaño a nosotros mismos. Y creeréis vosotros, los que habláis tanto del «olvido de sí mismo en el amor», del «abandono del yo a otra persona», vosotros que os jactáis de todo esto, ¿creeréis que esto es algo esencialmente diferente? Rompemos el espejo, nos transformamos mediante la imaginación en otra persona a la que admiramos, y gozamos, desde ese momento, de nuestra nueva imagen, aunque la designemos con el nombre de otra persona, ¿y todo este proceso no sería engaño de sí mismo, egoísmo? ¡Me asombráis! Me parece que quienes se ocultan algo a sí mismos y quienes, en conjunto, se ocultan a sí mismos, se parecen en que cometen un robo al tesoro del conocimiento. De donde es preciso deducir ante qué delito pone en guardia el axioma «conócete a ti mismo».

38

A quien niega su vanidad.—Quien niega en sí mismo la vanidad la posee, generalmente, de una forma tan brutal, que cierra instintivamente los ojos ante ella, para no verse obligado a despreciarse.

39

Por qué los estúpidos se vuelven a menudo perversos.—A las objeciones de nuestro adversario, contra las cuales nuestro cerebro se siente demasiado débil, nuestro corazón responde sospechando de los motivos de estas objeciones.

40

El arte de las excepciones morales.—No hay que prestar demasiado oído a un arte que exhibe y glorifica los casos excepcionales de la moral, incluso aquellos en que el bueno se convierte en malo y el injusto en justo; del mismo modo que compramos de cuando en cuando algo a un gitano, pero con el temor de que, en su venta, nos robe más de lo que gana.

41

La absorción y la no absorción de los venenos.— El único argumento definitivo que, en todos los tiempos, ha impedido a los hombres absorber un veneno, no es el temor de la muerte que podría ocasionar, sino su mal gusto.

42

El mundo privado del sentimiento del pecado.—Si no ejecutásemos más que las acciones que no engendran la mala conciencia, el mundo humano sería bastante y ruin, pero sería menos enfermizo y lamentable de lo que es hoy. Siempre hubo hombres bastante malos *sin* conciencia, pero hubo también muchas buenas y honradas gentes a quienes les faltaba el sentimiento de alegría que proporciona la buena conciencia.

43

Los concienzudos.—Es más cómodo obedecer a la conciencia que a la razón; pues, en cada fracaso, la conciencia halla en sí misma una excusa y un aliento. Por eso hay aún tantas personas concienzudas y tan pocas personas razonables.

44

Medios para evitar la amargura.—A ciertos temperamentos les es útil expresar su despecho en palabras: los discursos los atemperan. Otros temperamentos no logran toda su amargura más que al querer expresarla; para él será más saludable guardarse la expresión de su cólera; la constricción que se imponen los hombres de esta especie, ante sus enemigos o sus superiores, dulcifica su carácter e impide que este se vuelva o se agríe.

45

No tomar las cosas demasiado a pecho.—Es des-agradable llagarse a fuerza de estar echado, pero no es tampoco una prueba contra la eficacia del tratamiento que nos obliga a meternos en la cama. Los hombres que, durante mucho tiempo, han vivido hacia fuera y que, al fin, se han vuelto hacia la vida interior y el aislamiento filosófico, saben que también hay una manera de llagarse el espíritu y el sentimiento a fuerza de acostarlos en el mismo círculo. Por tanto, este no es un argumento contra el conjunto del género de vida que se ha elegido, sino que esto exige pequeñas excepciones y recidivas aparentes.

46

La humana «cosa en sí».—La cosa más vulnerable y, sin embargo, más invencible es la vanidad humana: su fuerza crece incluso al ser herida y puede acabar por llegar a ser gigantesca.

47

Lo cómico de muchas personas laboriosas.—Por un incremento de esfuerzos, llegan a ganar ocios y, cuando han logrado sus fines, no saben qué hacer, sino contar las horas que pasan.

48

Tener mucha alegría.—El que tiene mucha alegría debe ser un hombre bueno; pero quizá no sea el más inteligente, aunque alcance a lo que el más inteligente aspira con toda su inteligencia.

49

En el espejo de la naturaleza.—No se conoce muy exactamente el carácter de un hombre porque se sepa que le gusta pasearse entre los rubios trigales, o prefiera, a todos los demás, los matices pálidos y amarillentos que toman en el otoño los bosques y las flores, pues estos matices indican algo más bello que lo que la naturaleza es capaz de hacer; porque se sienta muy a gusto bajo los grandes nogales de espeso follaje, como si estuviesen allí sus consanguíneos; porque su mayor alegría sea subir a las montañas, visitar los pequeños lagos escondidos, desde donde la soledad misma parece contemplarlo; porque le gusta esa tranquilidad gris de los crepúsculos brumosos, que se deslizan, en las tardes de otoño y de primavera, hasta bajo las ventanas, como para aislar, con cortinas de terciopelo, de toda especie de ruido insólito; porque considera toda roca abrupta como un testigo del pasado, ávido de hablar, venerable para él desde su infancia; y porque, en fin, el mar, con su movediza piel de serpiente y su belleza de fiera, le ha sido siempre y le seguirá siendo siempre extraño. En efecto, gracias a esto se nos proporciona *algo* de la característica de este hombre, pero el reflejo de la naturaleza no dice que este mismo hombre, con todos sus sentimientps idílicos (y no digo «a pesar de ellos»), podría muy bien ser poco caritativo, parsimonioso y presuntuoso. Horacio, que entendía de estas cosas, colocó el sentimiento más tierno por la vida del campo en la boca y en el alma de un *usurero* romano con el famoso: *beatus ille qui procul negotiis.*

50

Poder sin victorias.—La convicción más firme (la de la absoluta no libertad de la voluntad humana) es, sin embargo, la que conduce a los resultados más mezquinos, pues ha tenido siempre el adversario más fuerte: la vanidad humana.

51

Alegría y error.—Unos hacen involuntariamente bien a sus amigos merced a toda su naturaleza, y otros voluntariamente merced a actos particulares. Si el primer caso se considera como superior, en cambio, solo al segundo va unida una buena conciencia y un sentimiento de alegría; quiero decir, la alegría que proporcionan las buenas obras, un sentimiento que se basa en la creencia de que podemos hacer a voluntad el bien o el mal, es decir, en un error.

52

Nos perjudicamos al ser injustos.—Una injusticia que se le hace a alguien es mucho más pesada de llevar que una injusticia que algún otro os haya hecho (no precisamente por razones morales, hay que advertirlo); pues, en el fondo, el que obra es siempre el que sufre, pero, naturalmente, solo cuando es accesible al remordimiento o a la certidumbre de que, por su acto, habría armado a la sociedad contra él y él mismo quedaría aislado. Por eso, prescindiendo de todo lo que ordenan la religión y la moral, deberíamos, nada más que por razón de nuestra dicha interior, y, por tanto, para no perder nuestro bienestar, guardarnos de cometer una injusticia más aún que de sufrirla; pues, en este último caso, tenemos el consuelo de la buena conciencia, de la esperanza de la venganza, de la compasión y de la aprobación de los hombres justos, e incluso de la sociedad entera, que teme a los malhechores. Algunos, y no en corto número, practican el ardid impuro de transformar toda injusticia que cometen en una injusticia que se les hace, y de reservarse, para excusar lo que han hecho, el derecho excepcional de la legítima defensa, y así llevan más fácilmente su fardo.

53

Envidia, con o sin resonador.—La envidia ordinaria tiene la costumbre de cacarear desde el instante en que la gallina ha puesto un huevo. Es una manera de sosegarse y de calmarse. Pero existe una envidia más profunda aún: la que no dice una palabra y desea que se tape la boca a todo el mundo, furiosa porque no se haga precisamente así. La envidia que se calla crece con el silencio.

54

La cólera como espía.—La cólera agota el alma hasta de suerte que el fondo aparece a la luz. Por eso, si no se llega a ver claro de otra manera, hay que saber encolerizar a los que nos rodean, partidarios y adversarios, para saber lo que piensan y lo que traman secretamente contra nosotros.

55

La defensa es moralmente más difícil que el ataque.—El verdadero golpe maestro, el verdadero rasgo heroico del hombre bueno, no consiste en atacar la causa y seguir queriendo a la persona, sino en algo mucho más difícil, a saber: *defender* su *propia* causa, sin hacer daño y sin querer hacerlo a la persona que ataca. La espada de ataque es franca y ancha, la de defensa se aguza, generalmente, como punta de aguja.

56

Honradez contra honradez.—El que es públicamente honrado respecto de sí mismo acaba por tener una alta idea de su honradez, pues harto sabe por qué es honrado: por la misma razón que otro prefiere la apariencia y la simulación.

57

Carbones encendidos.—Generalmente se interpreta mal la conducta que consiste en amontonar carbones encendidos sobre la cabeza de alguien, porque el otro se sabe igualmente en posesión de su buen derecho y también ha pensado en amontonar carbones.

58

Libros peligrosos.—Alguien dice: «Lo noto en mí mismo: este libro es peligroso». Pero que espere un poco y llegará un día en que comprenderá que ese libro le ha prestado un gran servicio, sacando a la luz la enfermedad oculta que aquejaba a su corazón, haciéndola visible. Los cambios de opinión no cambian el carácter de un hombre (o, al menos, muy poco); sin embargo, iluminan ciertos aspectos de la configuración de su personalidad que, hasta entonces, con otra constelación de opiniones, habían permanecido oscuros y desconocidos.

59

Compasión fingida.—Se finge la compasión cuando queremos *mostrarnos* por encima del sentimiento de enemistad; pero suele ser en vano. En cuanto nos damos cuenta de ello, ese sentimiento de enemistad aumenta mucho.

60

La contradicción abierta es, a menudo, conciliadora.—En el momento en que alguien manifiesta abiertamente las diferencias de opiniones que lo separan de un jefe de partido o de un maestro, todo el mundo cree que lo quiere mal. Pero sucede que es, precisamente en ese momento, cuando deja de quererlo mal: se atreve a ponerse a su lado y se desembaraza de la tortura que le ocasionaba la envidia silenciosa.

61

Ver lucir su luz.—En un estado de oscurecimiento como la tristeza, la enfermedad, la contricción, nos es grato que aún podemos ser luminosos para los demás y que estos perciben en nosotros una esfera luminosa producida de la misma manera que la de la luna. Por este rodeo participamos de nuestra propia facultad de iluminar.

62

Goce compartido.—La serpiente que nos muerde cree hacernos daño y se alegra de ello; el animal más bajo puede imaginarse el *dolor* ajeno. Pero imaginar la *alegría* ajena y alegrarse con ella es el mayor privilegio de los animales superiores, y, entre estos, solo los ejemplares más selectos tienen acceso a él, es decir, un *humanum* raro; de suerte que ha habido filósofos que han negado la alegría compartida.

63

Embarazo ulterior.—Aquellos que han consumado sus obras y sus acciones, sin saber cómo, se sienten luego tanto más satisfechos: como para demostrar ulteriormente que son sus hijos y no hijos del azar.

64

Duro por vanidad.—Del mismo modo que la justicia es con frecuencia el manto de la debilidad, igualmente los hombres bien pensados, pero débiles, recurren a veces al disimulo y toman visiblemente una actitud, injusta y dura, para dar la impresión de la fuerza.

65

Humillación.—Si alguien encuentra en un saco lleno de ventajas que se le ha ofrecido un solo grano de humillación, pondrá mala cara al buen tiempo.

66

Erostratismo extremado.—Podría haber Eróstratos que incendiaran su propio templo, donde se adoran sus imágenes.

67

El mundo de los diminutivos.—Todo lo que es débil y tiene necesidad de socorro habla al corazón. Esto es lo que ha llevado a la costumbre de designar, por diminutivos y atenuaciones en la expresión, todo lo que habla a nuestro corazón: por tanto, de hacerlo débil y menesteroso, según nuestro sentimiento.

68

Efecto de la piedad.—La piedad va acompañada de una insolencia particular: querría prestar ayuda a toda costa, lo que hace que no se preocupen ni por el remedio ni por el género y origen de la enfermedad; cuida valerosamente de la salud y de la reputación de su enfermo.

69

Indiscreción.—Hay también una especie de indiscrección respecto de las obras, y es una prueba de falta absoluta de pudor si, desde la juventud, nos queremos erigir en imitadores de las obras más sublimes de todos los tiempos, con la familiaridad del tú por tú. Otros no son importunos sino por ignorancia: no saben lo que traen entre manos; este es, con frecuencia, el caso de los filólogos, jóvenes y viejos, en sus relaciones con las obras de los griegos.

70

La voluntad se avergüenza del intelecto.—Nos hacemos fríamente los planes más razonables contra nuestras pasiones, pero cometemos luego las faltas más graves, porque, a menudo, en el momento en que el proyecto debiera ejecutarse, nos avergonzamos de la frialdad y de la circunspección, con que lo hemos concebido. Entonces hacemos justamente lo contrario de lo que nos aconseja la razón, a causa de esa especie de generosidad altanera que toda pasión lleva consigo.

71

Por qué los escépticos desagradan a la moral.— El que coloca muy alto su moralidad y la toma demasiado en serio quiere mal a quien es escéptico en el dominio de la moral, pues cuando pone toda su fuerza en juego hay que *extasiarse,* y no examinar ni dudar. Hay también caracteres en quienes todo lo que queda de moralidad es precisamente la fe en la moral; estos se comportan de la misma manera respecto de los escépticos y, en caso necesario, con más pasión aún.

72

Timidez.—Todos los moralistas son tímidos, porque saben que se los confunde con los espías y los traidores, tan pronto como se descubre su inclinación; además, tienen conciencia de que, de una manera general, son débiles en la acción; pues, en medio de su obra, los motivos que los impulsan a obrar desvían casi por completo su atención de la obra.

73

Un peligro para la moralidad universal.—Los hombres que son a la vez nobles y leales llegan a divinizar la menor diablura que su honradez produzca, y detienen, por un momento, la balanza del juicio moral.

74

El error más amargo.—Nos sentimos irreconciliablemente ofendidos cuando descubrimos que, estando convencidos de ser amados, no somos considerados más que como utensilios de gabinete y como pieza de decoración, sobre los que el dueño de la casa ejerce su vanidad ante sus invitados.

75

Amor y dualismo.—¿Qué es el amor sino comprenderse y gozar viendo a otra persona vivir, obrar y sentir de una manera diferente de la nuestra y opuesta a ella? Para que el amor lime los contrastes por la alegría, no hace falta que suprima ni que niegue los contrastes. El amor de sí mismo contiene, como condición, un dualismo absoluto (o una multiplicidad) en una sola persona.

76

Interpretar según el sueño.—Lo que se ignora a veces en estado de vigilia, lo que se es incapaz de sentir —a saber, si se tiene buena o mala conciencia respecto a algo—, el sueño nos lo hace saber sin equívoco alguno.

77

Orgía.—La madre de la orgía no es la alegría, sino la ausencia de alegría.

78

Castigar y recompensar.—Nadie acusa sin tener la intención de castigar y de vengarse, y lo mismo sucede cuando acusamos a nuestro destino o cuando nos acusamos a nosotros mismos. Toda queja es una acusación, toda alegría es una alabanza; hagamos una u otra cosa, siempre buscamos algún responsable.

79

Doblemente injusto.—A veces favorecemos la verdad mediante una doble injusticia, como en el caso en que vemos, y representamos, una después de otra, las dos caras de una cosa que no somos capaces de ver a la vez, pero de manera que desconocemos o negamos cada vez la otra cara, con la ilusión de que lo que vemos es toda la verdad.

80

La desconfianza.—La desconfianza en sí mismo no tiene siempre actitudes altivas e inciertas; a veces está como frenética: se embriaga para no temblar.

81

Filosofía del advenedizo.—Si se quiere a toda costa ser alguien, es preciso venerar también la propia sombra.

82

Aprender a lavarse.—Hay que aprender a salir más limpio aun de los asuntos sucios, y, si es preciso, a lavarse con agua sucia.

83

Dejarse llevar.—Cuanto más se deja llevar uno, menos le dejan los demás.

84

El pícaro inocente.—Hay una vía lenta y gradual para llegar al vicio y a la canallería en todas sus formas. Al final de esta vía, el que la sigue ha sido completamente abandonado por el enjambre de moscas de la mala conciencia y, aunque sea un perfecto malvado, conserva, sin embargo, su inocencia.

85

Hacer planes.—Hacer planes y tomar resoluciones proporciona muchos sentimientos agradables, y quien tuviera la virtud de no ser, durante toda su vida, más que un forjador de planes sería un hombre muy feliz, pero tendría necesidad, de cuando en cuando, de descansar de esta actividad ejecutando algún plan, y, entonces, se apoderarían de él la cólera y la desilusión.

86

Lo que nos sirve para ver el ideal.—Todo hombre capaz se liga a su capacidad y no pide apoyarse en esta para juzgar libremente las cosas. Si no tuviese, además, una buena parte de imperfección, su virtud le impediría llegar a la libertad intelectual y moral. Nuestros defectos son los ojos con los cuales vemos el ideal.

87

Elogios desleales.—Los elogios desleales ocasionan, después, muchos más remordimientos que la censura desleal, probablemente por la razón de que, por elogios exagerados, nuestra facultad de juicio descubre mucho mejor sus debilidades que por la censura violenta e incluso injusta.

88

Es indiferente cómo se muere.—La manera como un hombre piensa en la muerte, en el apogeo de su vida y mientras posee la virtud de su fuerza, es muy expresiva y significativa para lo que llamamos su carácter; pero la hora de su muerte, por sí misma, su actitud en el lecho de la agonía, no deben tenerse en cuenta. El agotamiento de una vida que declina, sobre todo cuando son viejos los que mueren, la alimentación irregular e insuficiente del cerebro durante esta última época, lo que hay a veces de violento en los dolores, la novedad de ese estado enfermizo del que no se tiene aún experiencia, y muy frecuentemente un acceso de temor, un retorno a los impulsos supersticiosos, como si la muerte tuviese una gran importancia y hubiese que franquear abismos espantosos: todo esto no *permite* utilizar la muerte como un testimonio concerniente a la vida. Tampoco es verdad, de una manera general, que el moribundo sea más *leal* que el vivo; por el contrario, casi todos son arrastrados por la actitud solemne de quienes los rodean, por las efusiones sentimentales, por las lágrimas contenidas o derramadas, a una comedia de vanidad, tan pronto consciente como inconsciente. La profunda seriedad con que se trata a todo moribundo ha sido ciertamente, para dicha de los pobres diablos, menospreciados durante toda su vida, el gozo más sutil, una especie de recompensa y de indemnización de muchas privaciones.

89

Las costumbres y sus víctimas.—El origen de las costumbres debe reducirse a dos ideas: «la comunidad tiene más valor que el individuo» y «hay que preferir el provecho duradero al efímero»; de donde hay que deducir que debemos colocar, de una manera absoluta, el provecho duradero de la comunidad sobre el provecho del individuo, en especial sobre su bienestar momentáneo, pero también sobre su provecho duradero e incluso sobre su persistencia en el ser. Por consiguiente, ya sea que a un individuo le perjudique una institución que beneficia a la totalidad, ya sea que esta institución lo fuerce a marchitarse o incluso a morir, poco importa: la costumbre debe conservarse, es preciso que el sacrificio se consume. Pero semejante sentimiento no nace más que entre quienes no son la víctima; pues esta alega, en su propio caso, que el individuo puede tener un valor superior al número, e incluso que el goce del presente, el momento en el paraíso, podrían ser considerados superiores a la débil persistencia de estados sin dolor y de condiciones de bienestar. La filosofía de la víctima siempre se deja oír, sin embargo, demasiado tarde, por lo que nos atenemos a las costumbres y a la *moralidad,* no siendo la moralidad más que el sentimiento que se tiene del conjunto de las costumbres, bajo la égida de las cuales se vive y se ha sido educado: educado, no en cuanto al individuo, sino como miembro de un todo, como cifra de una mayoría. Así es como sucede continuamente que un individuo se *mayoriza* él mismo por medio de su moralidad.

90

El bien y la buena conciencia.—¿Creéis que todas las buenas conciencias han tenido siempre una buena conciencia? La ciencia, que es ciertamente una cosa buena, hizo su entrada en el mundo, sin esta y sin ninguna otra especie de *pathos,* secretamente, antes al contrario, con el rostro tapado o enmascarado, como un criminal, y siempre afligida por el *sentimiento* de que hacía contrabando. El primer escalón de la buena conciencia es la mala conciencia; la una se opone a la otra, pues toda cosa buena comienza por ser nueva y, por consiguiente, inusitada, contraria a las costumbres, *inmoral,* y roe, como un gusano, el corazón del feliz inventor.

91

El éxito santifica las intenciones.—No hay que temer seguir el camino que conduce a una virtud, aun cuando nos demos cuenta de que solo el egoísmo, y, por tanto, la utilidad y el bienestar personales, el temor, las consideraciones de salud, de reputación y de gloria, son los motivos que nos mueven a ello. Se dice que esos motivos son viles e interesados; pero cuando nos incitan a una virtud, por ejemplo, al renunciamiento, a la fidelidad, al deber, al orden, a la economía, a la mesura, hay que escucharlos, cualquiera que sea la manera en que se los califique. Porque, cuando se ha alcanzado aquello a lo que tienden, la virtud *realizada ennoblece* para siempre los motivos mediatos de nuestros actos, gracias al aire puro que nos hace respirar y al bienestar moral que nos comunica, y luego no realizamos ya estos mismos actos por los mismos motivos groseros que en otro tiempo nos incitaban a ello. Por tanto, la educación debe, en tanto que sea posible, *forzar* a la virtud, conforme a la naturaleza del alumno, pero que la virtud misma, al ser la atmósfera soleada y estival del alma, haga su propia obra y añada la madurez y la dulzura.

92

Cristianos y no cristianos.—¡Ese es vuestro cristianismo! Para encolerizar a los hombres alabáis «a Dios y a sus santos», y cuando queréis *alabar* a los hombres son tan exageradas vuestras alabanzas que Dios y sus santos tienen que encolerizarse. Quisiera que aprendieseis al menos a tener las apariencias cristianas, puesto que os faltan las dulzuras de un corazón cristiano.

93

Impresión de la naturaleza en los hombres piadosos e irreligiosos.—Un hombre piadoso e íntegro debe ser para nosotros motivo de veneración; pero del mismo modo debe ser para un hombre íntegro, sincera y radicalmente irreligioso. Si, con hombres de esta última especie, nos sentimos cerca de las altas cumbres, allí donde tienen su nacimiento los grandes ríos, con los hombres piadosos nos creemos bajo árboles tranquilos y henchidos de savia, de frondosos ramajes.

94

Asesinatos legales.—Los dos asesinatos legales más grandes de la historia universal son, hablando sin rodeos, suicidios disfrazados y bien disfrazados. En los dos casos se *quería* morir, en los dos casos se hundió la espada en el pecho manejada por la injusticia humana.

95

«Amor».—El artificio más sutil que da al cristianismo la ventaja sobre las demás religiones se halla en una sola palabra: el cristianismo habla de *amor*. Por eso se convirtió en la religión *lírica* (mientras que, en sus otras

dos creaciones, el semitismo había dado al mundo religiones heroicoépicas). Hay en la palabra *amor* algo tan ambiguo que estimula, que habla al recuerdo y a la esperanza de tal modo, que el esplendor de esta palabra irradia sobre la inteligencia más ínfima y el corazón más frío. La mujer más astuta y el hombre más vulgar piensan en el momento que, de toda su vida, ha sido tal vez el más desinteresado, aunque en ellos Eros no hubiera desplegado más que un vuelo bajo; y esos seres innumerables que *están privados* de amor, privados de sus padres, de sus hijos o de todo lo que aman, pero sobre todo los seres cuya sexualidad se sublimó, encontraron su dicha en el cristianismo.

96

El cristianismo realizado.—Hay también, en el seno del cristiano, un sentimiento epicúreo que parte de la idea de que Dios no puede pedir al hombre, criatura hecha a su imagen, sino lo que este *debe realizar,* y que, por tanto, la virtud y la perfección cristianas pueden ser alcanzadas y lo son a menudo. Si, pues, *creemos,* por ejemplo, que *amamos* a nuestros enemigos —aun cuando esto no sea más que una creencia, un juego de la imaginación y de ningún modo una realidad psicológica (y, por tanto, tampoco amor)—, se es perfectamente feliz mientras dura esta creencia. (¿Por qué sucede así? El psicólogo y el cristiano no se pondrán nunca de acuerdo sobre este punto.) Podría suceder, pues, que la *vida terrestre* se convirtiese, por la fe —quiero decir por la imaginación, por la idea de que se satisface no solo esta reivindicación de amar a los enemigos, sino también todas las demás pretensiones cristianas y que se ha apropiado y asimilado realmente la máxima cristiana «sed perfectos como vuestro padre, que está en los cielos, es perfecto»—; podría suceder, digo, que la *vida terrestre* se convirtiese, en efecto, en una *vida bienaventurada*. El error puede, pues, transformar en verdad la promesa de Cristo.

97

Del porvenir del cristianismo.—Podemos hacer conjeturas sobre la manera en que desaparecerá el cristianismo y sobre las comarcas en que retrocederá más lentamente, si examinamos por qué *razones* y *en dónde* se propagó el protestantismo con más impetuosidad. Se sabe que prometió prestar los mismos servicios que los prestados por la Iglesia antigua, pero más baratos, es decir, sin misas costosas, sin peregrinaciones, sin pompas ni riquezas eclesiásticas; se difundió, sobre todo, por las naciones septentrionales, ancladas menos profundamente que las del mediodía en el simbolismo y el placer de las formas, propias de la Iglesia antigua; en el cristianismo de estas persistía un paganismo mucho más poderoso, mientras que, en el norte, el cristianismo significaba una oposición y una ruptura con las antiguas costumbres domésticas y fue, desde el principio, a causa de esto, más intelectual que inclinado a los sentidos, y también, por la misma razón, más fanático y obstinado en las épocas de peligro. Si se consigue desarraigar el cristianismo atacándolo por el *espíritu,* se puede prever por dónde comenzará a desaparecer: allí precisamente donde se defiende con más rudeza. En otras partes se doblegará, pero no se quebrará; se despojará de sus hojas, pero echará otras nuevas, porque son los *sentidos* y no el espíritu los que toman parte. Pero son los sentidos los que mantienen también la idea de que, a pesar de todos los gastos que exige la Iglesia, lo obtendremos más barato y más fácilmente que con las relaciones severas que existen entre el trabajo y el salario; pues ¿a qué precio no se pagará el ocio (o la semipereza) una vez que nos hayamos acostumbrado a ello? Los sentidos harán en un mundo descristianizado la objeción de que habría que trabajar demasiado y que no se disfrutaría de bastante ocio; tomarán el partido de la magia, es decir, que preferirán dejar a Dios el cuidado de trabajar para ellos *(¡Oremus nos, Deus laboret!).*

98

Histrionismo y buena fe de los incrédulos.—No hay libro que contenga con mayor abundancia, que exprese con más candor lo que puede hacer el bien a todos los hombres —el fervor venturoso y exaltado, dispuesto al sacrificio y a la muerte, en la fe y la contemplación de *su* «verdad»—, que el libro que habla del Cristo: un hombre avisado puede hallar allí todos los medios para hacer de un libro un libro universal, el amigo de todo el mundo y, ante todo, el medio magistral de presentar todas las cosas como resueltas y de no admitir que algo sea imperfecto y esté aún en formación. Todos los libros eficaces tienden a dejar una impresión semejante, como si así se hubiese descrito el más vasto horizonte intelectual y moral, como si toda constelación visible, presente o futura, debiese girar en torno al sol que viese lucir. La razón de que dichos libros sean tan eficaces ¿no hará que todo libro *puramente* científico tenga escasa trascendencia? ¿No está este condenado a vivir oscuramente entre gentes oscuras, para ser por último crucificado y para no resucitar ya nunca? Comparados con lo que los hombres religiosos proclaman respecto de su «saber», de su espíritu «santo», todos los hombres probos de la ciencia ¿no son «pobres de espíritu»? Una religión, cualquiera que sea, ¿puede exigir más renunciamiento, puede excluir con menos piedad a los egoístas, que la ciencia? He ahí, poco más o menos, cómo podríamos hablar nosotros, y ciertamente con algún fundamento histórico, cuando tuviéramos que defendernos ante los creyentes, pues no es apenas posible hacer una defensa sin un poco de histrionismo. Pero cuando estamos entre nosotros, es preciso que el lenguaje sea más leal: entonces nos servimos de una libertad que estos no podrían comprender, ni siquiera en su propio interés. ¡Quitémonos, pues, la careta del renunciamiento! ¡Lejos de nosotros esos aires de humildad! Mucho mejor y todo lo contrario: ¡he ahí nuestra verdad! Si la ciencia no estuviese unida a la *alegría* del conocimiento, a la *utilidad* del conocimiento, ¿qué nos importaría la ciencia? Si un poco de fe, de amor y de esperanza no condujese a nuestra alma al conocimiento, ¿qué sería lo que nos empujase hacia la ciencia? Y aunque en la ciencia el «yo» no significa nada, el «yo» inventivo y feliz, e incluso todo «yo» leal y aplicado, importa mucho en la república de los hombres de ciencia: la estimación de los que confieren la estimación, la alegría de aquellos a quienes queremos bien o de aquellos a quienes veneramos, en ciertos casos la gloría y una módica inmortalidad de la persona: he ahí el precio que se puede obtener por tal abandono de la personalidad..., por no hablar aquí de resultados y de recompensas menores, aunque sea justamente a causa de estos por lo que la mayoría de los hombres hayan jurado fidelidad a las leyes de esta república, y en general a la ciencia, y continúen ligados a ella para siempre. Si hubiésemos seguido siendo, en cierta medida, hombres *no científicos,* ¿qué importancia podríamos atribuir entonces a la ciencia? En resumen, y para expresar mi axioma en toda su amplitud: *para un ser puramente conocedor, el conocimiento sería indiferente.* No es la calidad de la fe y de la piedad lo que nos distingue de los hombres piadosos y creyentes, sino la cantidad: nosotros nos contentamos con poco. Pero nos responderán estos: ¡si es así, estad, pues, satisfechos y daos también por satisfechos! A lo que podríamos replicar fácilmente: «En efecto, no estamos descontentos. Pero vosotros, si vuestra fe os hace dichosos, ¡daos también por contentos! ¡Vuestros semblantes han hecho más daño a vuestra fe que nuestros argumentos! Si el gozoso mensaje de vuestra biblia estuviese escrito en vuestro rostro, no tendríais necesidad de exigir, con tanta insistencia, la creencia en la autoridad de ese libro; vuestras palabras, vuestros actos, debieran hacer a cada instante superflua la biblia, ¡una nueva biblia debiera nacer incesantemente de vosotros! Mas, así, toda vuestra apología del cristianismo tiene su raíz en vuestra impiedad; por vuestra defensa, escribís vuestra propia acusación. Si, no obstante, deseáis salir de esta insuficiencia de vuestro cristianismo, la experiencia de dos mil años debería conduciros a una consideración que, revestida de una discreta forma interrogativa, podría ser la siguiente: «Si el Cristo tuvo realmente la intención de salvar al mundo, ¿no ha fracasado en su empresa?».

99

El poeta como vaticinador.—Queda, en cierta medida, entre los hombres de hoy un excedente de energía que no se empleó en la formación de la vida. Este excedente debiera ser consagrado, en la misma medida, sin merma, a un solo fin, no quizá a describir el presente, a evocar y a hacer revivir el pasado, sino a dar una indicación del porvenir; y esto no debe entenderse en el sentido de que el poeta, semejante a un economista imaginativo, deba anticipar, en imágenes, las condiciones sociales más favorables para el pueblo y la sociedad, y la realización de estas condiciones. Por el contrario, deberá, como hicieron en otro tiempo los artistas con la imagen de los dioses, ejercer continuamente su *inventiva* en la imagen de los hombres y adivinar los casos en que, en medio de nuestro mundo moderno y de su realidad, sin ninguna reserva ni restricción artificiales ante la realidad, son aún posibles las grandes almas, los casos en que, todavía hoy, estas almas sabrán presentarse en condiciones armónicas y proporcionadas, haciéndose duraderas y prototípicas, por su visibilidad, y ayudando, por consiguiente, a crear el porvenir, al excitar el celo y el espíritu de imitación. Las obras de poetas semejantes se distinguirían por el hecho de que aparecerían aisladas y garantizadas contra el ambiente y el *ardor de la pasión*: el desprecio incorregible, la destrucción de toda la lira humana, las burlas y el rechinar de dientes, y todo lo que hay de trágico y de cómico, en el sentido antiguo y habitual, en la vecindad que este arte nuevo, sería considerado como una enojosa deformación arcaica de la imagen humana. La fuerza, la bondad, la dulzura, la pureza, una mesura involuntaria e innata en las personas y en sus actos; un suelo llano que procura al pie el reposo y la alegría; un cielo luminoso que se refleja en los rostros y en los acontecimientos; el saber y el arte fundidos en una unidad nueva; el espíritu conviviendo, sin presunción y sin envidia, con su hermana, el alma, y dando origen en la oposición, a la gracia de la severidad y no a la impaciencia del desacuerdo: todo esto sería la envoltura, el fondo dorado general, sobre el que ahora las sutiles *distinciones* de los ideales encarnados pintarían el *cuadro* verdadero, el de la dignidad humana, siempre creciente. Ciertos caminos parten de Goethe para conducirnos a esta poesía del porvenir; pero hacen falta buenos indicadores y, ante todo, un poder mucho mayor que el que poseen los poetas de hoy, es decir, los representantes inconscientes de la semibestia, de la falta de madurez y de mesura que se confunde con la fuerza y la naturaleza.

100

La musa como Pentesilea.—«Antes dejar de ser que ser una mujer que no *seduce*.» Cuando la musa comience a pensar así, el fin de su arte está ya próximo. Pero esto puede acabar en tragedia o en comedia.

101

Qué es el rodeo hacia lo bello.—Si lo bello es idéntico a lo que agrada —y así lo cantaban antaño las musas—, lo útil es el *rodeo,* a menudo necesario, *hacia lo bello,* y puede rechazar la censura miope de los hombres del momento que no quieren esperar y que creen poder llegar a todo lo que es bueno, sin rodeos.

102

Para excusar muchas faltas.—El deseo incesante de crear, propio del artista, y su necesidad de escudriñar lo exterior, le impiden llegar a ser más bello y mejor en su persona, es decir, *a crearse a sí mismo;* a menos que su ambición no sea bastante grande para forzarle a mostrarse siempre, en sus relaciones con los demás, el igual de la belleza creciente y de la sublimidad de su obra. En todo caso, no posee más que una medida determinada de fuerzas: lo que emplea para su propia persona, ¿cómo podría hacer que beneficiase a su obra? Y viceversa.

103

Satisfacer a los mejores.—Cuando, por medio de su arte, se ha «satisfecho a los mejores de su época», se puede prever que, por el mismo arte, no se satisfará a los mejores de las épocas venideras; es cierto que habrá «vivido para todos los tiempos». La aprobación de los mejores asegura la gloria.

104

De un mismo paño.—Cuando se está hecho del mismo paño que un libro o que una obra de arte, se está íntimamente convencido de que estos deben ser perfectos, y se siente ofendido si otros los encuentran feos, exagerados o fanfarrones.

105

Lenguaje y sentimiento.—El lenguaje no nos ha sido dado para comunicar nuestros sentimientos; nos damos cuenta de ello por el hecho de que todos los hombres sencillos sienten vergüenza de buscar palabras para sus emociones profundas; no las comunican más que por sus actos y se ruborizan de ver que los demás parecen adivinar sus motivos. Entre los poetas, a quienes generalmente la divinidad niega ese movimiento de pudor, los más nobles son monosilábicos en el lenguaje del sentimiento y dejan adivinar la sujeción, mientras que los verdaderos sacerdotes del sentimiento son con suma frecuencia insolentes en la vida práctica.

106

Error con motivo de una privación.—Quien no ha sabido deshabituarse por completo de un arte, que le sigue siendo familiar, no sospecha, ni remotamente, cuán pequeña es la privación de vivir sin ese arte.

107

Las tres cuartas partes de la energía.—Una obra que deba producir una impresión de salud ha de realizarse, a lo sumo, con las tres cuartas partes de la energía de su autor. Pero si el autor dio la medida extrema, la obra agitará a los espectadores y los espantará por su tensión. Todas las cosas buenas dejan ver cierta negligencia y se exhiben ante nuestros ojos como vacas que están pastando.

108

No aceptar al hambre como huésped.—Quien tiene hambre, lo mismo engulle la buena comida que la mala, y no advierte diferencia alguna. El artista que tenga ciertas pretensiones no piense, pues, en invitar al hambriento a su mesa.

109

Vivir sin arte y sin vino.—Con las obras de arte sucede lo mismo que con el vino: es preferible no tener necesidad ni de este ni de aquellas, y transformar continuamente, por sí mismo, mediante el fuego y la dulzura interior del alma, el vino en agua.

110

El genio de presa.—El genio de presa en las artes, que sabe incluso engañar a los espíritus sutiles, nace cuando alguien considera como botín, desde su más tierna edad, todas las cosas buenas que no están protegidas precisamente por las leyes y atribuidas como propiedad a una sola persona. Ahora bien, todas las cosas buenas de los tiempos pasados y de los maestros antiguos yacen libremente, rodeadas y custodiadas por el temor piadoso de los pocos que las conocen; por consiguiente, este genio se atreve a desafiar a ese pequeño número y a acumular una riqueza que engendra, por su parte, la veneración y el temor.

111

A los poetas de las grandes ciudades.—Al contemplar los jardines de la poesía de hoy, nos damos cuenta de que las cloacas de las grandes ciudades se hallan situadas demasiado cerca: el aroma de las flores se mezcla con las emanaciones que hacen presentir el mal olor y la podredumbre. Pregunto con dolor: ¿tenéis tanta necesidad, oh poetas, de tomar por madrinas la gracia y el fango, cuando queréis bautizar algún sentimiento inocente y sublime? ¿Es absolutamente preciso que pongáis a vuestra noble diosa una máscara gesticulante y diabólica? Mas ¿de dónde provienen esta precisión y esta necesidad? Precisamente de que vivís muy cerca de la cloaca.

112

La sal del discurso.—Nadie ha sabido aún explicar por qué los escritores griegos han hecho un uso tan singularmente parsimonioso de los medios de expresión, de los que disponían en tan extraordinaria medida, hasta el punto de que todo libro posgriego parece, a su lado, chillón, abigarrado y exaltado. Se ha dicho que, tanto en las proximidades de los hielos del Polo Norte como en los trópicos, el uso de la sal se hace más parco, y que, por el contrario, los habitantes de las costas y de las llanuras, en las zonas templadas, la prodigan en abundancia. Los griegos, por la doble razón de que, siendo su intelecto más frío y agudo, el fondo de su naturaleza era, en cambio, mucho más tropical que el nuestro, ¿no habrían tenido necesidad de sal y de especias en la misma proporción que nosotros?

113

El escritor más libre.—¿Cómo, en un libro dedicado a los espíritus libres, no había de nombrar a Lawrence Sterne, a quien Goethe veneró como el espíritu más libre de su época? Cargue aquí con el honor de ser llamado el escritor más libre de todos los tiempos. Comparados con él, todos los demás parecen afectados, sin finura, intolerantes y de porte verdaderamente aldeano. No habría que alabar en él la forma clara, limitada, sino la «melodía infinita», si por esto podemos dar nombre a un estilo en el arte, donde la forma determinada se rompe constantemente, se desplaza y se sitúa de nuevo en lo indeterminado, de suerte que significa al mismo tiempo una cosa y otra distinta. Sterne es el gran maestro del equívoco, tomada la palabra, naturalmente, en un sentido mucho más amplio de lo que suele tomarse, cuando se piensa en las relaciones sexuales. El lector se pierde, cuando quiere conocer exactamente la opinión de Sterne sobre un asunto y saber si el autor adopta un aire sonriente o entristecido, pues sabe dar ambas expresiones a un mismo rictus de su rostro; sabe también, y este es su propósito, tener y no tener razón a la vez, mezclar la profundidad y la bufonería. Sus digresiones son, a la vez, continuaciones del relato y desarrollos del asunto; sus sentencias contienen al mismo tiempo una ironía de todo lo que es sentencioso; su aversión contra todo lo que es serio va unida al deseo de poder considerar todo vulgarmente y de modo superficial. Así se produce en el lector verdadero un sentimiento de incertidumbre: no se sabe ya si se anda, si se está de pie o acostado, lo cual despierta la sensación vaga de que se está volando. El autor más flexible, transmite también al lector algo de esta flexibilidad. Sterne llega incluso hasta cambiar los papeles, despreocupadamente; tan pronto es lector como autor; su libro se parece a un espectáculo en el espectáculo, a un público de teatro ante otro público de teatro. Hay que rendirse a discreción a la fantasía de Sterne, y se puede esperar, por lo demás, que ha de ser benévola, siempre benévola. Es singular, al mismo tiempo que instructivo, ver cómo un gran escritor tal como Diderot se comporta frente al equívoco universal de Sterne: también él fue equívoco, y eso precisamente es verdadero humor superior, a lo Sterne. ¿Imitó a este en su *Jacques le fataliste,* lo imitó, admiró, escarneció y parodió? No llegamos a saberlo exactamente, y tal vez sea esto precisamente lo que quiso el autor. Esa duda hace a los franceses *injustos* respecto a esta obra de uno de sus maestros de su literatura (que puede codearse con todos los de antaño y los de hoy). Pero los franceses son demasiado serios para el humor, sobre todo para esta manera humorística de tomar el humor. ¿Habrá que añadir que, entre todos los grandes escritores, Sterne es el peor modelo, el autor que menos puede servir de modelo, y que Diderot mismo tembló ante su temeridad? Lo que quieren los buenos autores franceses, en cuanto prosistas, y lo que quisieron, antes que ellos, algunos griegos y romanos (y lo consiguieron), es exactamente lo contrario de lo que quiere Sterne. Y este se eleva, como una excepción magistralmente realizada, por encima de lo que exigen de sí mismos los escritores artistas de todos los tiempos: la disciplina, la limitación de la escena, el carácter, la persistencia en las intenciones, la posibilidad de dominar el asunto, la sencillez, la actitud en el desarrollo, la marcha. Desgraciadamente, el hombre Sterne parece estar demasiado cerca del escritor Sterne: su alma de ardilla saltaba de rama en rama, con una vivacidad desenfrenada; no ignoraba nada de la diferencia que existía entre el sublime y el canalla; se posaba en todas las partes, con sus ojos siempre desvergonzados y velados por las lágrimas y adoptando siempre un aire sensible. Si el oído no se asustase de semejante asociación, podría afirmarse que poseía un buen corazón duro y, en su manera de gozar, una imaginación barroca y hasta corrompida; tenía casi la gracia tímida de la inocencia. Tal sentido del equívoco, metido en el alma y en la sangre, tal libertad de espíritu llenando todas las fibras y todos los músculos del cuerpo, eran cualidades que tal vez nadie poseía como él.

114

Realidad escogida.—Del mismo modo que el buen escritor en prosa no se sirve más que de palabras que pertenecen al lenguaje de la conversación, pero se cuida mucho de utilizar todas las palabras de este lenguaje —es así, precisamente, como se forma el estilo escogido—, igualmente el buen poeta del porvenir no representará más que las cosas *reales,* desdeñando por completo todos los objetos vagos y desvalorizados, constituidos de supersticiones y semifranquezas, que era en lo que los poetas antiguos denotaban su fuerza. ¡Nada más que la realidad, pero de ningún modo toda la realidad! ¡Más bien una realidad escogida!

115

Especies bastardas del arte.—Al lado de especies verdaderas del arte, la de la gran tranquilidad y la del gran movimiento, existen especies bastardas: el arte estragado y ávido de reposo y el arte agitado; las dos especies desean que se tomen sus debilidades por energía y que se las confunda con las especies verdaderas.

116

Falta el color para hacer el héroe.—Los poetas y los artistas verdaderos del tiempo presente gustan de aplicar su pintura sobre un fondo brillante de rojo, verde, gris y oro, sobre el fondo de la *sensualidad nerviosa:* los hijos de este siglo saben de esto. Pero se nota un inconveniente, cuando estas pinturas no se miran con los ojos de este siglo se advierte que los personajes ejecutados por estos artistas parecen tener algo mariposeante, vacilante y agitado; de suerte que, en el fondo, no se tiene confianza en sus hechos heroicos, nos parecen más bien crímenes de charlatanes que quieren pasar por héroes.

117

Estilo recargado.—El estilo recargado en arte es la consecuencia de un empobrecimiento de la potencia organizadora, acompañada de una extremada prodigalidad en los medios y en las intenciones. En los comienzos de un arte encontramos a veces precisamente lo contrario a este hecho.

118

Pulchrum est paucorum hominum.—La historia y la experiencia nos dicen que la monstruosidad especial que excita misteriosamente la imaginación y transporta a esta por encima de la realidad de la vida cotidiana es más *antigua* y crece más abundantemente que lo bello en arte y la veneración de lo bello, y que cae de nuevo en la exageración, en cuanto oscurece el sentido de lo bello. Parece ser, para la mayoría de los hombres, para muchísimos, una necesidad superior al gusto de lo bello, probablemente porque contiene un narcótico más grosero.

119

El origen del gusto por las obras de arte.—Si pensamos en los gérmenes primitivos del sentido artístico y nos preguntamos cuáles son las diferentes especies de goce engendradas por las primeras manifestaciones del arte, por ejemplo entre los pueblos salvajes, encontramos primeramente el placer de *comprender* lo que *quiere decir* otro; el arte es aquí una especie de adivinanza que proporciona a quien encuentra la solución el placer de comprobar la rapidez y la agudeza de su propio espíritu. Luego nos acordamos, ante la obra de arte más burda, de lo que sabemos por experiencia que es una cosa agradable, y nos gozamos, por ejemplo, cuando el artista indica recuerdos de cazas, de victorias, de fiestas nupciales. También podemos sentirnos emocionados, conmovidos, al ver por otra parte glorificaciones de la venganza y del peligro. Aquí sentimos el goce en la agitación por sí misma, en la victoria sobre el aburrimiento. El recuerdo de una cosa desagradable, cuando es vencida, o bien si nos hace parecer a nosotros mismos, ante el auditorio, interesantes en el mismo grado que una producción artística (cuando, por ejemplo, el menestral describe las peripecias de un marino intrépido), puede provocar un gran placer que le atribuimos entonces al arte. Bastante más sutil es el goce que nace a la vista de todo lo que es regular, simétrico, en las líneas, los puntos y los ritmos; pues, en virtud de cierta similitud, despierta el sentimiento de todo lo que es ordenado y regular en la vida, al que debemos la única especie de bienestar; en el culto de la simetría se venera, pues, inconscientemente la regla y la bella proporción, como fuente de toda dicha que nos llega; esta alegría es una especie de acción de gracias. Solo después de haber experimentado cierta satisfacción de esta última alegría es cuando nace un sentimiento más sutil aún, el de un gozo que se obtiene rompiendo lo que es simétrico y sometido a regla; cuando este sentimiento incita, por ejemplo, a buscar la razón en una sinrazón aparente, por lo que aparece entonces como una especie de enigma estético, categoría superior del goce artístico mencionado en primer lugar. Quien prosiga esta consideración sabrá a qué especie de hipótesis, en cuanto a la explicación del fenómeno estético, se renuncia aquí por principio.

120

No muy cerca.—No conviene a los buenos pensamientos que se sucedan demasiado cerca; se ocultan recíprocamente a la vista. Por eso, los grandes artistas y los grandes escritores hacen uso abundantemente de lo mediocre.

121

Brutalidad y debilidad.—Los artistas de todos los tiempos han hecho el descubrimiento de que en la *brutalidad* reside cierta fuerza y de que no todo el que quiere puede ser siempre brutal, del mismo modo que ciertas categorías de debilidad obran profundamente sobre el sentimiento. Todo esto ha servido para inventar sustitutivos de los procedimientos artísticos, y es difícil, incluso a los artistas más grandes y más concienzudos, abstenerse por completo de ellos.

122

La buena memoria.—Algunos no llegan a ser pensadores porque su memoria es demasiado buena.

123

Abrir el apetito en vez de saciarlo.—Algunos grandes artistas se imaginan que por medio de su arte han tomado posesión totalmente de un alma y que desde ese momento la ocupan enteramente; en realidad —y a menudo con gran decepción suya—, esta alma se ha vuelto más amplia y más vacía, de modo que diez grandes artistas podrían arrojarse a su fondo sin llenarlo.

124

Temor del artista.—Por el temor de verse objetar que sus personajes no tienen *vida,* ciertos artistas, cuyo gusto se va debilitando, pueden ser inducidos a constituir estos de manera que den la impresión de *locura;* igualmente, por otra parte, y en virtud de un temor semejante, los artistas griegos de los comienzos prestaron incluso a los moribundos y a los hombres peligrosamente heridos esa sonrisa que sabían era el signo más seguro de la vida, sin preocuparse de la manera en que la naturaleza presenta los últimos vestigios de la vida.

125

El círculo debe ser descrito.—Quien ha seguido una filosofía o un estilo artístico hasta el fin de su carrera, e incluso más allá de este fin, comprenderá, por su experiencia interna, por qué los maestros y los profetas que sobreviven se han apartado con aire desdeñoso, para seguir otra vía. Indudablemente, es preciso que el círculo sea descrito; pero el individuo, aun cuando fuese de los más grandes, se detiene en un punto de la perspectiva, con un aire de obstinación implacable, como si el círculo no pudiese cerrarse jamás.

126

El arte antiguo y el alma actual.—Como todo arte halla, para la expresión de los estados anímicos, medios cada vez más flexibles, dulces, violentos, apasionados y cada vez más aptos, los maestros que llegan después, viciados por estos medios de expresión, sienten un malestar en presencia de las obras de arte de los tiempos más antiguos, como si los maestros de antaño no hubiesen tenido necesidad más que de los medios indispensables para hacer hablar con claridad a su alma, y tal vez acaso de cierta preparación técnica; y piensan que su deber es ayudarles, pues creen en la igualdad e incluso en la unidad de todas las almas. Pero, en realidad, el alma de aquellos maestros era otra, era más *grande* quizá, pero más fría y opuesta también a lo que pretende causar efecto; la medida, la simetría, el desprecio de todo lo que encanta y maravilla, una rudeza inconsciente y un frescor matinal, una huida ante la pasión, como si la pasión provocase la destrucción del arte: he ahí lo que constituyó el sentimiento y la moralidad de los maestros antiguos, que necesariamente, y no solo por azar, eligieron sus medios de expresión y les infundieron la misma moralidad. ¿Una vez que se ha llegado a este conocimiento, habrá que negar, pues, a quienes vienen detrás, el derecho de hacer revivir su propia alma en el alma de las obras antiguas? No, pues solo dándoles su propia alma es como las hacemos capaces de que sigan viviendo aún; es *nuestra* sangre la que los induce a hablarnos. La ejecución verdaderamente «histórica» sería una ejecución fantasmagórica ofrecida a unos fantasmas. Honramos a los grandes artistas del pasado menos por este temor estéril que nos impide variar ni una coma, ni una nota, que por esfuerzos activos para proporcionarles continuamente una vida nueva. Es cierto que, si imaginamos que Beethoven resucitase de repente y oyese una de sus obras, dirigida conforme al estado anímico y la sutileza de los nervios modernos que constituyen la gloria de nuestros maestros de ejecución, probablemente permanecería mudo un buen rato, no sabiendo si debía levantar la mano para bendecir o para maldecir, pero tal vez terminaría por decir: «¡Bueno! No soy *yo* lo que encuentro aquí, pero tampoco es un *no-yo,* es una tercera cosa; esto también me parece perfecto, aunque no sea la cosa *perfecta.* Pero a vosotros os corresponde velar por lo que hacéis, puesto que sois vosotros los que debéis escuchar, y la vida es la que tiene razón, como dijo Schiller. *Tened,* pues, razón y dejadme volver a la tumba».

127

Contra los que censuran la brevedad.—Algo dicho brevemente tal vez sea el fruto y el resultado de algo largamente meditado; pero el lector que es novicio en este terreno, y que no ha reflexionado en ello en modo alguno, ve algo embrionario en todo lo que se dice brevemente, no sin censurar la destreza del autor que se ha atrevido a presentarle un manjar que no estaba suficientemente guisado.

128

Contra los miopes.—¿Creéis, pues, que es una. obra descosida porque se os presenta en trozos (y porque es preciso presentarla asi)?

129

Lectores de sentencias.—Los peores lectores de sentencias son los amigos del autor, por poco que pretendan pasar de lo general a lo particular, que es a lo que las sentencias deben su origen; pues, al hacer así de catadores de cocina, destruyen todo el trabajo que se ha tomado el autor y no consiguen, como lo merecen por otra parte, en vez de un atisbo de o de una enseñanza filosófica, en el mejor o en el peor de los casos, más que la satisfacción de una vulgar curiosidad.

130

Inconveniencias del lector.—Para el lector hay una doble inconveniencia respecto del autor, en alabar la segunda obra de este a costa de la primera (o viceversa), y en pretender luego la gratitud del autor.

131

Lo que hay de perturbador en la historia del arte.—Si siguiésemos, desde el punto de vista histórico, el desarrollo de un arte, por ejemplo el de la elocuencia griega, pasando de maestro en maestro, acabaríamos por llegar a esa sobriedad siempre creciente que trata de obedecer a todas las leyes y restricciones antiguas y modernas, y, por último, a una coacción penosa; se comprende entonces que el arco tenga que romperse necesariamente y que, lo que llamamos la composición orgánica, vestida y disfrazada con extraordinarios medios de expresión —en el caso del estilo barroco del asiatismo—, ha sido una necesidad y casi un *beneficio.*

132

A los héroes del arte.—Ese entusiasmo por una causa que los grandes hombres traen al mundo hace que *se agoste* la inteligencia de muchísimos hombres. Es humillante saber esto. Pero el entusiasmo lleva su joroba con alegría y orgullo; es un consuelo saber que, gracias al héroe, *ha aumentado* la dicha en el mundo.

133

La falta de conciencia estética.—En una escuela artística, los verdaderos fanáticos son esas naturalezas completamente inartísticas que ni siquiera se han compenetrado con los elementos de la estética y de la habilidad, pero que son sacudidas violentamente por los efectos *elementales* de un arte. Para ellas no hay conciencia estética y, por consiguiente, no hay nada que pueda preservarlos del fanatismo.

134

Cómo debe moverse el alma según la música nueva.—La intención artística que persigue la música nueva con lo que se designa hoy por el término sonoro, pero impreciso, de «melodía infinita», puede comprenderse claramente si nos metemos en el mar, perdiendo, poco a poco, pie sobre el fondo inclinado, para abandonarnos finalmente a merced del elemento agitado: nos vemos obligados a *nadar*. La música antigua, la que se hacía hasta ahora, en un vaivén tan pronto amanerado, solemne o fogoso, yendo unas veces más rápido y otras lentamente, obligaba a *bailar*; mientras que la medida necesaria, la observancia de grados equivalentes de tiempo y de energía, exigían, en el alma del oyente, una continua circunspección; el encanto de esta música descansaba en el juego recíproco de esa corriente fría que producía la circunspección junto con el cálido aliento del entusiasmo musical. Richard Wagner deseó otra especie de *movimiento del alma,* una especie próxima a nadar y al balanceo en los aires. Acaso esto sea lo esencial de toda su innovación. Su famoso procedimiento artístico, nacido de esta voluntad y adaptado a ella —la «melodía infinita»—, trata de romper toda proporción matemática de tiempo o de fuerzas, llega, a veces, hasta desafiarlas y es fecundo en la invención de efectos que suenan a los oídos antiguos como paradojas rítmicas y verdaderas herejías. Teme la petrificación, la cristalización, el paso de la música a las formas arquitecturales, y por eso opone al ritmo binario un ritmo ternario, y no es raro que introduzca los compases de cinco y siete tiempos, que repita inmediatamente la misma frase, pero alargándola, para que alcance una duración doble o triple. La imitación fácil de semejantes artificios puede dar origen a un gran peligro para la música: al lado de una gran madurez del sentimiento rítmico acechaba siempre, oculta, la descomposición, la degeneración del ritmo. Este peligro se vuelve especialmente grande cuando una música semejante se apoya, cada vez más, en un arte teatral y en un lenguaje mímico completamente naturalista, que no está guiado ni dominado por una plástica superior, un arte y un lenguaje que, por sí mismos, no poseen medida alguna y que no son, por consiguiente, idóneos para comunicar la medida al elemento que se adapta a ellos, a la esencia *demasiado femenina* de la música.

135

Poeta y verdad.—La musa del poeta que no está *enamorado* de la verdad no será precisamente la verdad y lo colocará en el mundo de los niños de ojos hundidos y miembros demasiado delicados.

136

Medios y fin.—En arte, el fin no santifica los medios; pero los medios sagrados pueden santificar el fin.

137

Los peores lectores.—Los peores lectores son los que proceden como los soldados que se entregan al pillaje: se apoderan aquí y allá de lo que puede serles útil, manchan y confunden el resto y cubren todo de ultrajes.

138

Carácter de los buenos escritores.—Los buenos escritores tienen dos cosas en común: prefieren ser comprendidos a ser admirados, y no escriben para los lectores agrios y demasiado sutiles.

139

Los géneros mixtos.—Los géneros mezclados en las artes son una prueba de la desconfianza que los autores tienen en sus propias facultades; han buscado fuerzas aliadas, intercesores, tapaderas: tal como el poeta que llama en su ayuda a la filosofía, el músico que recurre al drama y el pensador que se alía a la retórica.

140

Callarse—El autor debe callarse cuando su obra empieza a hablar.

141

Insignias del rango.—Todos los poetas y escritores que se enamoran del superlativo quieren más de lo que pueden.

142

Libros fríos.—El buen pensador cuenta con lectores que sienten, como él, la alegría que hay en pensar bien; de suerte que un libro que parece frío y sobrio, si es visto con mirada justa, acariciado por el rayo de sol de la serenidad intelectual, puede aparecer como un verdadero consuelo del alma.

143

Artificio del hombre palurdo.—El pensador basto elige generalmente como aliados la locuacidad o la solemnidad: por medio de la primera, cree apropiarse de la agilidad y de la limpidez; por medio de la segunda, hace creer que su cualidad es el resultado de una libre elección, de una intención artística, para llegar a la dignidad que exige la lentitud de los movimientos.

144

Acerca del estilo barroco.—El que, como pensador y escritor, sabe que no ha sido creado ni educado para la dialéctica, y el despliegue del pensamiento, recurrirá gustosamente a la *retórica* y al estilo *dramático;* pues, en fin de cuentas, le importa, ante todo, hacerse *inteligible* y ganar asi poder, cualquiera que sea la forma en que atrae el sentimiento, ya sea por las rutas trilladas o por la sorpresa, como pastor o como bandido. Esto es cierto en todas las artes, en que el sentimiento de una falta de dialéctica o de una insuficiencia en la expresión y en el relato, unido a un instinto de la forma, cuya abundancia tiende al desbordamiento, engendra esa categoría del estilo que se llama *estilo barroco.* Por lo demás, solo en las gentes pretenciosas y mal informadas evocará esta palabra una idea de envilecimiento. El estilo barroco nace siempre que muere un gran arte; cuando en el arte de la expresión clásica las exigencias se vuelven demasiado grandes, se presenta como un fenómeno natural al que se asistirá tal vez con melancolía —porque precede a la noche—, pero al mismo tiempo con admiración, a causa de las artes de compensación, en la expresión y el relato, que le son particulares. Hay que advertir, ante todo, la elección del asunto y la producción de un extremado interés dramático, en que uno se estremece ya, sin la ayuda de ningún artificio artístico, porque el cielo y el infierno están demasiado cerca del sentimiento; luego la elocuencia de las pasiones y de las actitudes violentas, de la fealdad sublime, de las grandes masas y, en general, de la cantidad —cuyas huellas se ven ya en Miguel Ángel, el padre o el abuelo de los artistas del estilo rococó italiano—: las luces del crepúsculo, de la transfiguración o del incendio en las formas muy pronunciadas, a lo que hay que añadir nuevas audacias, en los medios y en las intenciones, intensamente subrayadas por el artista, para los artistas, mientras que el profano cree ver el perpetuo desbordamiento involuntario de todos los cuernos de la abundancia de un arte natural e impulsivo. Todas estas cualidades que constituyen la grandeza de este estilo, no podríamos encontrarlas en las épocas anteriores, clásicas o preclásicas, de una escuela artística, ni serían toleradas, pues cosas tan exquisitas permanecen mucho tiempo suspendidas en su árbol como frutos prohibidos. Ahora especialmente, en que la *música* está a punto de pasar a esta última fase, se puede aprender a conocer este fenómeno del estilo barroco que se presenta con un esplendor particular y, por comparación, iluminar el pasado con una luz nueva; pues, desde el tiempo de los griegos, ha habido a menudo un estilo barroco, en la poesía, la elocuencia, la escultura; y siempre este estilo, aunque le haya faltado la nobleza más alta, así como una perfección inocente, inconsciente y victoriosa, ha ejercido una influencia saludable en numerosos artistas de su época, los mejores y más serios; por eso habrá siempre cierta temeridad en querer condenar sin más, aunque cada uno pueda considerarse dichoso si, por aquel estilo, su juicio no se ha cerrado a las obras más puras y de estilo más sublime.

145

El valor de los libros honrados.—Los libros honrados hacen honrado al lector, por lo menos en el sentido de que provocan en él el odio y la repugnancia, que oculta generalmente con sutil socarronería. Frente a un libro nos dejamos llevar, cualquiera que sea la reserva que mostremos ante los hombres.

146

Por qué el arte crea un partido.—Algunos bellos pasajes, un desarrollo emocionante, una conclusión arrebatadora que predispone favorablemente: he aquí lo que, en una obra de arte, podrá ser accesible a la mayoría de los profanos; y, en un periodo artístico, en que se desea *atraer* junto a los artistas a la gran masa profana, crear un partido que deba tal vez servir para la conservación del arte en general, el creador hará bien en no dar *más,* pues, de lo contrario, agotaría su fuerza en dominios en que nadie sabría agradecérselo. Hacer lo demás —es decir, imitar la naturaleza, en sus funciones *orgánicas y* en su desarrollo— sería, en este caso particular, como sembrar en el agua.

147

Llegar a ser grande a expensas de la historia.—Todo maestro moderno que arrastra en *su* órbita el gusto del aficionado de arte provoca, involuntariamente, una selección entre las obras de los maestros antiguos y una nueva valoración; lo que en estas hay de conformidad a su naturaleza, emparentado con su genio, lo que le prevé y le anuncia, aparece desde ese momento como lo que hay de verdaderamente *significativo* en las obras antiguas. Y este es un fruto en que se oculta generalmente el gusano de un gran error.

Cómo se puede ganar una época para el arte.—Enseñemos a los hombres, por medio de todas las seducciones de los artistas y de los pensadores, a sentir veneración por sus defectos, su pobreza intelectual, su ceguera insensata y sus pasiones —y esto es posible—; no mostremos más que el lado sublime del crimen y de la locura, de la debilidad de las gentes sin voluntad y de los que se someten ciegamente al lado conmovedor —esto también se ha hecho muy a menudo—: y se habrá empleado el medio que puede inspirar a una época, aunque fuese de las más antiartísticas y antifilosóficas, el amor entusiasta de la filosofía y del arte (sobre todo el amor de los artistas y de los pensadores), y, en circunstancias críticas, tal vez la única manera de conservar la existencia de organismos tan delicados y frágiles.

149

Crítica y alegría.—La crítica, tanto la exclusiva e injusta como la inteligente, proporciona a quien la ejerce un placer tal que el mundo debe gratitud a toda obra, a todo acto que provoquen muchas críticas por parte de numerosas personas; pues la crítica deja en su surco una estela centelleante de alegría, de ingenio, de admiración de sí mismo, de orgullo, de enseñanzas, de buenas resoluciones. El dios de la alegría creó lo malo y lo mediocre por la misma razón que creó lo bueno.

150

Más allá de sus límites.—Cuando un artista quiere ser más que un artista, por ejemplo, el profeta del despertar moral de su pueblo, termina por encapricharse —es su castigo— de un monstruo de asunto moral, y esto hace reír a su musa; pues la envidia puede hacer mala también a esa diosa de buen corazón. Pensemos en Milton y en Klopstock.

151

Ojo de cristal.—La inclinación del talento hacia asuntos, personajes y motivos morales, hacia la hermosa alma de la obra de arte, no proviene, a menudo, más que de un ojo de cristal que se pone el artista que *carece* de alma; esta sustitución produce a veces el resultado, muy extraordinario, de que este ojo acaba por convertirse en un ojo natural, aunque con un aspecto un poco empañado, y todo el mundo cree generalmente ver el ojo natural allí donde no hay más que vidrio frío.

152

Escribir y querer vencer.—El hecho de escribir debería siempre anunciar una victoria, una victoria conseguida *sobre sí mismo,* que es preciso participar a los demás para su enseñanza. Pero hay autores dispépticos que no escriben precisamente más que cuando no pueden digerir algo, y comienzan incluso, a veces, a escribir cuando tienen aún el alimento entre los dientes; involuntariamente tratan de comunicar su mal humor al lector, para darle despecho y ejercer así un poder sobre él, es decir, que también ellos quieren vencer, pero a los demás.

153

«El buen libro sabe esperar».—Todo buen libro tiene un sabor áspero cuando aparece: tiene el defecto de la novedad. Además, su autor le perjudica, porque todavía está vivo y se habla de él, pues todo el mundo tiene la costumbre de confundir al autor con su obra. Lo que hay en esta de ingenio, de dulzura y de brillo debería desarrollarse con la edad, gracias a una admiración siempre creciente, a una vieja veneración que acaba por ser tradicional. Muchas horas debieron pasar sobre su obra, y muchas arañas tejieron allí su tela. Los buenos lectores hacen siempre mejor un libro y los buenos adversarios lo esclarecen.

154

Lo excesivo como procedimiento artístico.—Los artistas saben bien cómo valerse de lo excesivo para producir la impresión de riqueza. Es este uno de los medios de seducción más inocentes, pero que deben conocer los artistas; pues, en su mundo, en que se tiende a la apariencia, los medios de la apariencia no serán forzosamente verdaderos.

155

El organillo oculto.—Los genios se las ingenian mejor que los talentos para ocultar su organillo, porque saben envolverse en los pliegues más abundantes; pero, en el fondo, tampoco ellos saben más que tocar sus siete piezas, siempre las mismas.

156

El nombre en la portada.—Es cierto que ahora es corriente, y casi un deber, poner en un libro el nombre de su autor; pero esta es una de las razones de que los libros contengan tan poco. Pues, si son buenos, valen más que las personas, siendo la quintaesencia de estas; pero desde el momento en que el autor se da a conocer por el título, el lector se complace en diluir la quintaesencia por lo que ve de personal, de más personal, y destruye así la finalidad del libro. El orgullo del intelecto es no parecer ya individual.

157

La crítica más violenta.—La manera más violenta de criticar a un hombre o a una obra es perfilar su ideal.

158

Poco y sin amor.—Todo buen libro está escrito para su lector específico, y por eso todos los demás lectores, es decir, la mayoría, lo acogen muy mal; su reputación descansa en una base estrecha y solo puede edificarse muy lentamente. El libro mediocre y el malo lo son, en gran parte, porque intentan agradar y agradan a la mayoría.

159

Música y enfermedad.—El peligro de la música nueva es que nos ofrece la copa de las delicias y de lo sublime con un gesto tan cautivador y con tal apariencia de éxtasis moral, que el más moderado y el más noble acaba siempre por beber algunas gotas de más.

Pero esta mínima orgía, repetida al infinito, puede acarrear, finalmente, una alteración de la salud intelectual más profunda que la que resultaría de los excesos más burdos; de modo que un día ya no puede hacer otra cosa que huir a la gruta de las ninfas, para volver, a través de las olas y de los peligros, a la embriaguez de Ítaca y a los besos de la esposa, más sencilla y más humana; en una palabra, *volver al hogar...*

160

Ventaja para los adversarios.—Un libro lleno de ingenio se lo comunica también a sus adversarios.

161

Juventud y crítica.—Criticar un libro, entre los jóvenes, es únicamente mantenerse a distancia de todas las ideas productivas de ese libro y defenderse contra ellas con las manos y los pies. El joven vive a la defensiva, respecto a todo lo nuevo, cuando no puede amarlo en bloque, lo que le hace cada vez, y en tanto que pueda, cometer un crimen inútil.

162

Efecto de la cantidad.—La paradoja más grande de la historia de la poesía es afirmar que un hombre puede ser un bárbaro en todo lo que constituía la grandeza de los poetas antiguos; un bárbaro, es decir, un ser defectuoso y contrahecho de pies a cabeza, y seguir siendo, a pesar de todo, el poeta más grande. Es el caso de Shakespeare, que, en parangón con Sófocles, parece una mina inagotable de oro, de plomo y de cascajos, frente a un tesoro de oro puro, de oro de una cualidad tan preciosa, que casi hace olvidar su valor como metal. Pero la cantidad, elevada a su más alta potencia, *obra* como cualidad, y de esto es de lo que se aprovecha Shakespeare.

163

Todo comienzo es peligroso.—El poeta tiene la elección o de elevar el sentimiento de un grado a otro, realzándolo así considerablemente, o de tratar de obrar por sorpresa y de tirar, desde el principio, muy fuerte de la campana. Las dos cosas son peligrosas: en el primer caso, el aburrimiento tal vez ponga en fuga al auditorio; en el segundo caso, el miedo.

164

En favor de los críticos.—Los insectos pican, no por malignidad, sino porque también ellos quieren vivir; lo mismo les sucede a los críticos: quieren nuestra sangre y no nuestro dolor.

165

Éxito de las sentencias.—Las gentes sin experiencia creen siempre que, desde el momento en que una sentencia les parece evidente a primera vista, por su verdad sencilla, esta sentencia es vieja y conocida y empiezan a mirar al autor de reojo, como si hubiera querido robar el bien común a todos; mientras que cuando oyen semiverdades bien condimentadas, se alegran y dan a conocer al autor su alegría. Este sabe apreciar una indicación semejante y adivina enseguida en qué acertó y en qué se equivocó.

166

Querer vencer.—Un artista que, en todo lo que emprende, rebasa sus fuerzas, terminará por arrastrar a la multitud con él, por el espectáculo mismo de la lucha formidable que le ofrece; pues el éxito no está siempre en la victoria, sino, a veces, ya en el deseo de vencer.

167

Sibi scribere.—El autor razonable no escribe para otra posteridad más que la suya, es decir, para su propia vejez, pues entonces podrá recrearse en sí mismo.

168

Elogio de la sentencia.—Una buena sentencia es demasiado dura para la mandíbula del tiempo, y miles de años no bastarán para devorarla, aunque todas las épocas se alimenten de ella; por eso la sentencia es la gran paradoja en la literatura, lo imperecedero en medio del cambio, el alimento siempre apreciado, como la sal, porque no pierde su sabor.

169

Necesidades artísticas de segundo orden—El pueblo posee algo que se puede llamar aspiraciones artísticas, pero estas son mínimas y fáciles de satisfacer. En el fondo, le bastan los desechos del arte; hay que confesarlo sin rodeos. Considerad, por ejemplo, cuáles son las melodías y las canciones que constituyen las delicias de las capas vigorosas de la población, las menos viciadas y las más ingenuas; vivid entre los pastores, los vaqueros, los campesinos, los cazadores, los soldados, los marineros, y seréis edificados respecto a este asunto. En las pequeñas ciudades incluso, en las casas donde está la sede de las hereditarias virtudes burguesas, ¿no gusta y se cultiva la peor música que jamás se haya escrito? Quien habla de necesidades profundas, de aspiraciones insatisfechas que impulsan al pueblo hacia el arte, al pueblo *tal como es,* ese desvaría o quiere engañarnos. ¡Seamos francos! Solo en el *hombre de excepción* existe hoy la necesidad de un arte *de estilo superior,* y esto porque, de una manera general, el arte ha tomado de nuevo un movimiento retrógrado y las fuerzas y las esperanzas humanas se han lanzado, durante cierto tiempo, hacia otra cosa. Es cierto que existe además, es decir, aparte del pueblo, una necesidad de arte vasta y considerable, pero de *segundo orden.* Hallamos esta necesidad entre las clases superiores de la sociedad; así es posible algo como una comunidad artística de buena fe. Pero contemplemos más de cerca los elementos de esta comunidad. Son, en general, los descontentos más distinguidos quienes, por sí mismos, no pueden elevarse a una alegría verdadera; el hombre culto que no se ha emancipado lo suficiente para poder pasarse sin los consuelos de la religión y que, sin embargo, no encuentra bastante aromáticos los bálsamos de esta; el seminoble que es demasiado débil para romper el vicio fundamental de su vida o la inclinación nefasta de su carácter, renunciando heroicamente o cambiando de vida; el hombre ricamente dotado que tiene de sí mismo una opinión demasiado alta, y que es demasiado perezoso para un gran trabajo desinteresado; la joven que no sabe crearse un círculo de deberes bastante amplio; la mujer que está vinculada por un matrimonio ligero o criminal y que no se cree bastante vinculada; el sabio, el médico, el comerciante, el funcionario que se ha especializado demasiado pronto y no ha dejado libre curso a su naturaleza, pero que, a causa de esto, realiza su trabajo, por lo demás excelente, con un gusano roedor en su corazón, y, en fin, todos los artistas incompletos: todos estos son los que tienen aún hoy verdaderas necesidades de arte. ¿Y qué exigen, en suma, del arte? Que los libre, durante unas horas o unos instantes, del malestar, del aburrimiento, de la conciencia vagamente atormentada, y que interprete, si es posible, en un sentido elevado, el defecto de su vida y de su carácter, para transformarlo en un defecto en el destino del mundo: muy diferentes de los griegos, que veían en su arte la expansión de su propio bienestar y de su propia salud, y a quienes les gustaba contemplar su propia perfección, una vez más, fuera de ellos mismos; fueron conducidos al arte por el contento de sí mismos, mientras que nuestros contemporáneos han sido llevados a él por el disgusto de sí mismos.

170

Los alemanes en el teatro.—El verdadero talento dramático de los alemanes ha sido Kotzebue[1]; él y sus alemanes, tanto los de las clases superiores como los de

---

[1] Augusto Federico Fernando (1761-1819).

las clases medias, son inseparables, y sus contemporáneos habrían podido decir en serio de él: «En él vivimos y nos movemos». No había allí nada forzado, nada que fuese inculcado, cuyo goce fuese impuesto, artificialmente impuesto; lo que quería y sabía decir era comprendido, y, aún hoy, el franco éxito en la escena alemana está en las manos de los herederos vergonzantes o desvergonzados de aquellos medios y de aquellos efectos que eran propios de Kotzebue, especialmente en el dominio en que la comedia permanece un poco floreciente, de donde resulta que una buena parte de lo que constituía el germanismo de entonces continúa subsistiendo, sobre todo lejos de las grandes ciudades. Bonachón, sin sobriedad en las pequeñas alegrías, ávido de lágrimas, con el deseo de poder deshacerse, por lo menos en el teatro, de la severa frugalidad tradicional, para ejercer una indulgencia sonriente e incluso pictórica de risas, confundiendo el bien y la compasión, identificándolos incluso —como es lo propio de la sentimentalidad alemana—, entusiasmado ante una hermosa acción generosa; sometido, en cuanto a lo demás, a lo que viene de arriba, envidioso del vecino y, sin embargo, lleno de contento interior: todas estas cualidades, todos estos defectos, fueron los suyos. El segundo talento teatral fue Schiller: este descubrió una clase de espectadores que, hasta entonces, no había sido tenida en cuenta; halla esta clase en la edad de la pubertad: la joven y el joven alemanes. Por medio de su poesía, se adelantó a sus impulsos superiores, nobles e impetuosos, aunque todavía oscuros, se anticipó al placer que les causaba la sonoridad de las frases morales (un placer que tiende a desaparecer hacia la treintena de la vida), y, gracias a la pasión y al espíritu de partido de que está animada esta edad, obtuvo un éxito que terminó por obrar ventajosamente en la edad más madura: pues, de una manera general, Schiller *ha rejuvenecido* a los alemanes. En todos los aspectos, Goethe se situaba por encima de los alemanes y, aún hoy, se encuentra por encima de ellos: jamás les pertenecerá. Además, ¿cómo un pueblo podría estar a la altura de la *intelectualidad* de Goethe, con su bienestar y su benevolencia? Exactamente lo mismo que Beethoven hizo música pasando sobre la cabeza de los alemanes, y que Schopenhauer filosofó por encima de los alemanes, Goethe escribió su *Tasso* y su *Ifigenia* por encima de los alemanes. Un *escasísimo* número de hombres muy cultos lo siguió, hombres educados por la Antigüedad, la vida y los viajes, habiendo crecido por encima del espíritu alemán: él mismo quiso que no fuese de otro modo. Cuando después, los románticos edificaron su culto razonado de Goethe; cuando su asombrosa habilidad en el olfateo pasó a los discípulos de Hegel, que fueron los verdaderos educadores de los alemanes de este siglo; cuando los poetas alemanes se aprovecharon, para difundir su gloria, de la ambición nacional que se despertaba, y cuando la verdadera medida de un pueblo, que es saber si puede *lealmente alegrarse* de algo, fue despiadadamente subordinada al juicio del individuo y a la ambición nacional —es decir, cuando comenzó a verse *obligado* a alegrarse—, nació la superchería fraudulenta de la cultura alemana, esa cultura que se avergonzaba de Kotzebue y que puso en escena a Sófocles, a Calderón y hasta la continuación del *Fausto* de Goethe, y que, a causa de su lengua pastosa, de su estómago empachado, terminó por no saber lo que le conviene ni lo que lo enoja. ¡Dichosos aquellos que tienen gusto, aunque sea un mal gusto! Y no solamente dichosos, pues no se puede llegar a ser sabio más que gracias a esta cualidad; por eso los griegos, que en tales cosas eran muy sutiles, designaron al sabio con una palabra que quiere decir el *hombre de gusto* y llamaron buenamente «gusto» *(saphia),* a la sabiduría, tanto artística como filosófica.

171

La música, manifestación tardía de toda cultura.— De todas las artes que nacen generalmente en un terreno especial de cultura, con condiciones sociales y políticas determinadas, la música aparece como la *última* de todas las plantas, en el otoño y en el momento del perecimiento de la cultura de la que forma parte, cuando ya se advierten los primeros síntomas precursores de una nueva primavera. También sucede a veces que la música resuena como el lenguaje de una época desaparecida, en un mundo nuevo y asombrado, y que llega demasiado tarde. Únicamente en el arte de los músicos de los Países Bajos es donde el alma de la Edad Media cristiana encontró todos sus acordes: su arquitectura de los sonidos es hermana del gótico, tardía, es cierto, pero legítima y semejante. Únicamente en la música de Haendel es donde resuena el eco de lo que el alma de Lutero y de sus adeptos tenía de mejor, el gran rasgo judeoheroico que creó todo el movimiento de la Reforma. Fue Mozart quien tornó en oro sonoro el siglo de

Luis XIV, el arte de Racine y de Claude Lorrain. En la música de Beethoven y de Rossini entonó su canto del cisne el siglo dieciocho, el siglo de la exaltación, de los ideales rotos y de la dicha fugitiva. Un aficionado a los símbolos sensibles diría, pues, que toda música verdaderamente notable es un canto del cisne. Es que la música no es un lenguaje universal que traspase el tiempo, como se ha dicho muchas veces en su honor; corresponde exactamente a una medida de sentimiento, de calor, de medio ambiente, que lleva en sí, como ley interior, una cultura perfectamente determinada, aunada por el tiempo y el espacio; la música de Palestrina sería, para los griegos, completamente inaccesible, y, por otra parte, ¿qué entendería Palestrina si oyese la música de Rossini? Podría suceder muy bien que nuestra reciente música alemana, a pesar de su preponderancia y de su afán de dominación, no fuese comprendida ya dentro de poco tiempo, pues nació de una cultura que se halla en rápida decadencia; su terreno se reduce a este periodo de reacción y de restauración en que florece tanto cierto *catolicismo del sentimiento* como el gusto por todo lo que es *tradicional y nacional,* para difundir por Europa su aroma compuesto. Estas dos corrientes de sentimiento, tomadas en su mayor intensidad y llevadas a sus límites más extremados, acabaron por resonar en el arte wagneriano. La apropiación de las antiguas leyendas indígenas por Wagner, el libre uso que se permitió de las divinidades y de los héroes extranjeros —que son, en el fondo, soberanas fieras con profundidad, grandeza de alma y saciedad de vivir—, la resurrección de estas figuras a quienes la sed cristiana y medieval dotó de una sensualidad y de una espiritualidad extáticas: todo este procedimiento de Wagner, en lo que tomaba prestado y en lo que añadía, con relación al asunto, al alma, a las figuras y a las palabras, expresa claramente también el *espíritu de su música,* si esta, como toda música, no supiese hablar por sí misma sin equívocos; este espíritu conduce a la *muy reciente* campaña de reacción contra el espíritu del racionalismo que soplaba desde el siglo anterior sobre el presente, y también contra la idea supranacional de la Revolución francesa y del utilitarismo angloamericano, aplicada a la transformación del Estado y de la sociedad. Pero ¿no es evidente que este círculo de ideas y de sentimientos, combatido, al parecer, por Wagner y sus adeptos, ha cobrado desde hace largo tiempo una fuerza nueva y que esta tardía protesta musical cae en oídos que preferirían oír otros acentos, de una estética diferente? De modo que podría muy bien suceder que llegase un día en que este arte maravilloso y superior se volviera de pronto incomprensible y que el olvido y las telarañas cayesen sobre él. No hay que dejarse inducir a error sobre este estado de cosas por esas fluctuaciones pasajeras que aparecen como la reacción en la reacción, como una depresión momentánea de las ondas, en el conjunto del movimiento; podría suceder que este periodo de diez años, con sus guerras nacionales, su martirio ultramontano y su terrorismo socialista, ayudase, en sus rechazos sutiles, al florecimiento de dicho arte, sin concederle por ello la garantía de que tiene «porvenir», o incluso que tiene *el porvenir.* Se debe a la esencia misma del arte si los frutos de sus años avanzados pierden enseguida más rápidamente sus sabores y se estropean más rápidamente que los frutos de las artes plásticas o incluso de los que carecen en el árbol del conocimiento; pues de todos los productos del sentido artístico humano, las *ideas* son lo que hay más duradero.

172

Los poetas no son ya educadores.—Aunque esto pueda parecer extraño en nuestro tiempo, hubo antiguamente poetas y artistas cuya alma se elevaba por encima de las pasiones, de las luchas y de los arrebatos de la pasión, y que, a causa de esto, se complacían en asuntos más puros, hombres más dignos, nudo y desenlaces más tiernos. Si los grandes artistas de hoy son, las más de las veces, desencadenadores de voluntad y, por eso mismo, en ciertas circunstancias, liberadores de la vida, estos eran domadores de voluntad, transmutadores de animales, creadores de hombres y, en general, formadores, continuadores de la vida, mientras que la gloria de los de hoy consiste tal vez en despojar, en romper las cadenas, en destruir. Los griegos antiguos exigían del poeta que fuese el educador de los alumnos, pero cuánto se avergonzaría hoy un poeta si se exigiese esto de él; de él, que ni siquiera fue un buen discípulo y que, por consiguiente, no llegó a ser algo como un buen poema, bella formación de sí mismo, sino, en el mejor de los casos, una especie de feroz y atractivo montón de escombros de un templo y, al mismo tiempo, una caverna de concupiscencia, cubierta, como una ruina, de flores, de plantas punzantes y venenosas, habitada y frecuentada por las serpientes, los gusanos, las arañas y los pájaros; y es objeto de triste reflexión preguntarse por qué las cosas más nobles y exquisitas se presentan ahora como ruinas, sin el pasado y el porvenir de la perfección.

173

Ojeada hacia atrás y hacia delante.—Un arte como el que irradia de Homero, de Sófocles, de Teócrito, de Calderón, de Racine, de Goethe, como el *excedente* de una dirección de vida sabia y armoniosa: esa es la verdadera concepción que acabamos por recurrir cuando nosotros mismos nos hagamos más sabios y armoniosos; y no ese chorro bárbaro, aunque tan encantador de cosas ardientes y abigarradas, ese chorro que brota de un alma caótica e indómita y que nosotros considerábamos antaño, cuando éramos jóvenes, como arte. Pero no hay ni que decir que, en ciertas épocas de la vida, un arte de exaltación y de emoción responde a una necesidad natural, del mismo modo que la repugnancia hacia todo lo que es regulado, monótono, sencillo y lógico, que este arte debe *necesariamente* corresponder al artista, para que el alma de épocas semejantes de vida no vaya a hacer explosión en otro sentido, a causa de toda clase de excesos y de desórdenes. Por eso los jóvenes, tal como son generalmente, llenos de exuberancia y atormentados por el tedio más que por cualquier otra cosa, y las mujeres, que carecen de un trabajo regular que llene su alma, tienen necesidad de este arte del desorden encantador; pero con tanta más violencia se inflama su deseo de una satisfacción sin cambio, de una dicha sin letargía y sin embriaguez.

174

Contra el arte de las obras de arte.—El arte debe ante todo *embellecer* la vida, hacernos, pues, tolerantes unos a otros y tan agradables como sea posible; con esta tarea como mira, modera y nos sirve de freno, da forma a las relaciones sociales, impone leyes de convivencia, de propiedad, de cortesía a aquellos cuya educación no está terminada, y les enseña a hablar y a callarse en el momento oportuno. Además, el arte debe *ocultar* y *transformar* todo lo que es feo, esas cosas penosas, terribles y desagradables que, pese a todos los esfuerzos, a causa de los orígenes de la naturaleza humana, vuelven siempre de nuevo a la superficie; debe obrar así sobre todo en lo que se refiere a las pasiones, a los sufrimientos del alma y a los temores, haciendo trasparecer, dentro de la fealdad inevitable e insuperable, lo que hay en ellos de *significativo*. Después de esta tarea del arte, cuya grandeza llega hasta la enormidad, el arte que se llama verdadero, *el arte de las obras de arte,* no es más que *accesorio*. El hombre que siente dentro de sí un excedente de estas fuerzas que embellecen, ocultan, transforman, terminará por tratar de liberarse de este excedente por medio de la obra de arte y, en ciertas circunstancias, será todo un pueblo el que obre así. Pero ahora solemos comenzar el arte por el final, nos agarramos a su cola, con la idea de que el arte de las obras de arte es el principal y que a partir de este arte es como la vida debe ser transformada y mejorada. ¡Locos que somos! Si comenzamos la comida por el postre, saboreando un plato dulce tras otro, ¿qué tiene de extraño que nos estropeemos el estómago y hasta el apetito para el buen festín, fortificante y nutritivo, a que el arte nos convida?

175

Persistencia del arte.—¿A qué debe, en suma, el arte de las obras de arte su persistencia? Al hecho de que la mayor parte de las personas que tienen horas de ocio —y solo para estas hay un arte semejante— no creen estar a la altura de su época sin oír música, ir al teatro, visitar las exposiciones, ni leer novelas y versos. Aun admitiendo que se las pueda *apartar* de esta satisfacción, aspirarían menos ávidamente a tener ratos de ocio y la envidia que inspiran los ricos se haría más rara, y esto sería una ventaja para la estabilidad de la sociedad; también continuarían disfrutando de sus ocios, pero aprenderían a *reflexionar* —cosa que se puede aprender y olvidar—, a reflexionar acerca de su trabajo, por ejemplo, acerca de sus relaciones, acerca de las alegrías que podrían proporcionar; en ambos casos, el mundo entero, salvo los artistas, saldría beneficiado. Hay, ciertamente, muchos lectores llenos de vigor y de buen sentido que podrían hacer aquí una buena objeción. Por causa de las gentes groseras y malintencionadas he de decir aquí, como muy a menudo en este libro, que lo que le importa al autor es la objeción y que se podrán leer en él muchas cosas que no están precisamente escritas.

Los portavoces de los dioses.—El poeta expresa las opiniones generales y superiores que posee un pueblo: es su trompetero y su flautín; pero, gracias a la métrica y a todos los demás medios artísticos, las expresa de manera que el pueblo las toma por algo totalmente nuevo y maravilloso, y se figura seriamente que el poeta es el portavoz de los dioses. Envuelto en las nubes de la creación, el poeta mismo olvida de dónde proviene toda su sabiduría intelectual: de sus padres, de sus maestros y de los libros de todo género, de la calle y, sobre todo, de los sacerdotes; es engañado por su propio arte y cree realmente, en las épocas ingenuas, que *Dios* habla por su boca, que crea en un estado de iluminación religiosa; mientras que, en realidad, no dice más que lo que aprendió, la sabiduría popular y la locura popular confundidas. Por tanto, en tanto que el poeta es verdaderamente *vox populi,* pasa por ser *vox dei.*

177

Lo que todo arte quiere y no puede.—La última tarea del artista, la tarea más difícil, es la descripción de lo inmutable, de lo que descansa en sí mismo, superior y sencillo, lejos de todo encanto especial; por eso las figuraciones más bellas de la perfección moral son rechazadas por los artistas más débiles, como bosquejos inartísticos, porque el aspecto de tales frutos es demasiado penoso para su ambición: los ven aparecer en los extremos de las ramas del arte, pero carecen de escalera, de valor y de práctica para subir tan alto. En sí, no hay objeción a la venida de un Fidias *poeta,* pero, si se considera la capacidad moderna, será tan solo en el sentido de que para Dios «no hay nada imposible». El deseo de un Claude Lorrain, en el dominio de la poesía, es ya actualmente una falta de modestia, cualquiera que sea la aspiración que lo mueva. Ningún artista ha estado hasta ahora a la altura de esta tarea: la descripción del hombre *más grande,* es decir, *más sencillo* y, al mismo tiempo, *más completo;* pero tal vez los griegos, en su *ideal de una Palas Atenea,* llegaron con su mirada más lejos que los hombres hayan llegado hasta ahora.

178

Arte y *restauración.*—Los movimientos retrógrados en la historia, lo que se llaman las épocas de restauración, que intentan resucitar un estado intelectual y social que existía antes del actual, y para lo cual parece realmente bastar una breve resurrección, poseen el encanto que suscitan los recuerdos llenos de sentimientos, el deseo ardiente de lo que está casi perdido, la posesión apresurada de una breve felicidad. A causa de esta singular profundización del espíritu, las artes y las letras hallan un suelo propicio precisamente en las épocas fugaces, casi envueltas en el ensueño, del mismo modo que las plantas más delicadas y raras crecen en las abruptas vertientes de las montañas. De este modo es como muchos buenos artistas se han visto arrastrados imperceptiblemente a las ideas de restauración política y social, y para ello se han arreglado a voluntad un recoleto retiro florido y silencioso, en donde quisiera reunir los vestigios humanos de aquella época de la historia que le recuerda lo que ama, haciendo resonar su lira ante los muertos, los moribundos y los agotados, con la fortuna, tal vez, de una breve resurrección.

179

Dicha de la época.—Nuestra época debe considerarse dichosa por dos razones. Con respecto al *pasado,* disfrutamos de todas las culturas y de sus producciones, y nos nutrimos de la sangre más noble de todos los tiempos. Nos hallamos aún demasiado cerca de la magia de las fuerzas de donde salieron estas culturas, para poder someternos a ellas, temporalmente, con alegría y entusiasmo; mientras que civilizaciones más antiguas no supieron gozar de ellas mismas, sin ver más allá, como si estuvieran encerradas en una campana de vidrio, donde penetraron los rayos de sol, pero sin dejar pasar la mirada. Con relación al *porvenir,* se abre para nosotros, por primera vez en la historia, la visión prodigiosa de los designios humanos y ecuménicos que abrazan toda la tierra. Al mismo tiempo sentimos en nosotros la fuerza de poner mano, sin ayuda sobrenatural, pero también sin presunción, en esta tarea nueva; y cualquiera que sea el resultado de nuestra empresa, aun cuando hayamos valorado demasiado nuestras fuerzas, en ningún caso tendremos que rendir cuentas a nadie, más que a nosotros mismos; la humanidad puede desde ahora hacer por sí misma todo cuanto quiera. Es cierto que existe una rara especie de abejas humanas que, en el cáliz de todas las cosas, no saben nunca libar sino lo amargo y enojoso, pues, en efecto, todas las cosas llevan en su seno un poco de hiel. Que estas abejas humanas piensen, pues, de la dicha de nuestra época todo lo que quieran, y que continúen edificando la colmena de su descontento.

180

Una visión.—Horas de aprendizaje y de contemplación para los adultos y los hombres maduros, esas horas cotidianas pero sin coacción, frecuentadas por cada cual según las reglas de las costumbres: las iglesias, consideradas, en cuanto a estas reuniones, como los lugares más dignos y más rico en recuerdos; en cierto modo, solemnidades cotidianas para festejar el grado posible de razón y de dignidad humanas, una floración nueva y completa de un ideal de enseñanza, en que el sacerdote, el artista y el médico, el sabio y el prudente serían fundidos en un solo individuo, del mismo modo que deberían aparecer, en la enseñanza misma, en la manera en que sería presentada, en su método, las virtudes particulares de cada uno, reunidas en una virtud general. Esta es mi visión, que vuelve siempre de nuevo a mí, y de la que creo firmemente que ha levantado una punta del velo que encubre el porvenir.

181

Educación, torsión.—La extraordinaria incertidumbre de toda enseñanza pública que da, a todo adulto, la impresión de que su educador ha sido el azar —lo que hay de parecido a la veleta en todos los métodos e intenciones educadores—, se explica por el hecho de que, en nuestros días, los poderes pedagógicos *más antiguos y más nuevos,* como en una tumultuosa reunión pública, tienden más bien a ser oídos que comprendidos y quieren demostrar a toda costa que, mediante sus voces y sus gritos, *existen aún* o que *existen ya*. Ante este ruido insensato, los pobres maestros y educadores comenzaron por aturdirse, luego se callaron y, por último, su espíritu se embotó y se resignan a todo, como dejan también que sus alumnos se resignen a todo. ¿Acaso no saben cómo debería enseñar? No representan un tronco poderoso, henchido de savia, que crece derecho: quien quiera apoyarse en ellos tendrá que contorsionarse y retorcerse, y acabará por parecer contrahecho y torcido.

182

Filósofos y artistas de la época.—La brutalidad y la frialdad, el ardor del deseo y el corazón frío: esta vecindad repugnante se encuentra en el carácter de la alta sociedad europea de hoy. Por eso el artista cree ya alcanzar un fin muy elevado cuando, por medio de su arte, hace brotar, al lado del ardor del deseo, el calor del corazón y, asimismo, el filósofo, cuando, con la tibieza del corazón que tiene de común con su época, llega a atemperar también, con sus juicios ascéticos, el calor del deseo que lo anima, a él y a esta sociedad.

183

No se es soldado de la cultura sin dolor.—Al fin y al cabo, llegamos a saber aquello cuyo desconocimiento nos causaba tanto daño en los tiempos en que éramos jóvenes: que, ante todo, hay que *hacer* lo que es perfecto y luego *buscar* lo que es perfecto, cualesquiera que sean el lugar en que esta perfección se encuentre y el nombre bajo el cual se oculte; que, en cambio, hay que evitar todo lo que es malo y mediocre sin *combatirlo,* y que la duda con respecto a la calidad de una cosa —tal como nace rápidamente con un gusto algo ejercitado— puede servirnos de argumento contra esa cosa, y de motivo para evitarla por completo, a riesgo de equivocarnos a veces y de confundir el bien difícilmente abordable con lo malo y lo mediocre. Solo aquel que no sabe hacer nada mejor debe atacar las torpezas del mundo, como soldado de la cultura; pero quienes deben mantener la cultura y difundir sus enseñanzas se perjudican a sí mismos si permanecen con las armas en la mano y transforman, con su vigilancia, a sus guardianes nocturnos y a sus pesadillas, la paz de su vocación y de su patria, en una inquietud belicosa.

184

Cómo hay que relatar la historia natural.—La historia natural, por ser la historia de la lucha victoriosa de la fuerza moral e intelectual contra el miedo y la imaginación, la pereza, la superstición y la locura, debería relatarse de manera que todo el que la oyera se sintiese irrevocablemente arrastrado a aspirar a la salud y al florecimiento intelectual y físico, a sentir la alegría de ser el heredero y el continuador de todo lo que es humano y a consagrarse a un espíritu de empresa cada vez más noble. Hasta ahora, no ha encontrado aún su verdadero lenguaje, porque los artistas ingeniosos y elocuentes —hacen falta para esto— no pueden librarse de una desconfianza obstinada respecto a ella y, ante todo, no quieren aprender seriamente de ella. Hay que reconocer que los ingleses, en sus manuales científicos para las clases populares, han dado un paso notable hacia ese ideal; y es que esos manuales están hechos por sabios distinguidos —naturalezas completas y abundantes—, y no, como entre nosotros, por las medianías de la ciencia.

185

Genialidad de la especie humana.—Si, según la observación de Schopenhauer, hay genialidad en el hecho de acordarse, de una manera coherente y viva, de lo que nos ha sucedido, en la aspiración al conocimiento de la evolución histórica —que hace resaltar cada vez más poderosamente los tiempos modernos sobre los tiempos antiguos y que, por vez primera, ha roto los viejos límites entre la naturaleza y el espíritu, el hombre y la bestia, la moral y la física—, se podría reconocer una aspiración a la genialidad en el conjunto de la humanidad. La historia, pensada en su totalidad, sería la conciencia cósmica.

186

Culto de la cultura.—A los grandes espíritus se añade lo que hay en su naturaleza de más odiosamente humano —sus cegueras, sus injusticias, su falta de medida— para que en ellos la influencia poderosa, con facilidad demasiado poderosa, sea contrapesada constantemente por la desconfianza que estas particularidades inspiran. Pues el sistema de todo aquello de que la naturaleza tiene necesidad para subsistir es tan vasto y absorbe fuerzas tan diversas y numerosas que, por cada ventaja concedida *de una parte,* sea a la ciencia, al Estado, al arte, al comercio, a que tienden estos individuos, la humanidad se ve, por otra parte, obligada a padecer. La mayor calamidad de la cultura fue siempre cuando se puso a adorar a los hombres y, en este sentido, estamos de acuerdo con el axioma de la ley mosaica que prohibía tener otros dioses al lado de Dios. Al culto del genio y de la fuerza hay que oponer siempre, como complemento y como remedio, el culto a la cultura, el cual sabe contener también, a lo que es grosero, mediocre, bajo, desconocido, débil, imperfecto, incompleto, cojo, falso, hipócrita, e incluso a lo que es malo y terrible, estimación y comprensión, confesando que *todo esto es necesario.* Pues la armonía y el desarrollo de lo que es humano, a lo que se ha llegado mediante asombrosos trabajos y golpes de fortuna, que son tanto la obra de cíclopes y de hormigas como de genios, no deben perderse ya. ¡Cómo podríamos, pues, prescindir de la base fundamental, profunda y a menudo inquietante sin la cual la melodía no podría ser melodía!

187

El mundo antiguo y la alegría.—Los hombres del mundo antiguo sabían *alegrarse* mejor: nosotros sabemos *entristecernos menos;* aquellos descubrían continuamente nuevas razones para gozar de su bienestar y para celebrar fiestas, y ponían en ello toda la riqueza de su sagacidad y de su reflexión; mientras que noso-

---

[1] Hesíodo, *Teogonía,* v. 29.

tros aplicamos nuestro espíritu a la solución de problemas que tienden más bien a conseguir la ausencia de dolor y la supresión de las fuentes de disgusto. Por lo que se refiere a la humanidad doliente, los antiguos trataban de olvidarla o de hacer girar sus sentimientos, de una u otra manera, hacia el lado agradable. Por eso se servían de paliativos, mientras que nosotros atacamos las causas del mal y preferimos, en suma, obrar de una manera profiláctica. Tal vez nos limitemos tan solo a construir los cimientos sobre los que los hombres edificarán de nuevo después el templo de la alegría.

188

Las musas embusteras.—«Nosotras sabemos decir muchas mentiras»[1]. Así cantaban en otro tiempo las musas cuando se aparecieron a Hesíodo. Se hacen descubrimientos interesantes cuando nos ponemos a considerar al artista como embustero.

189

Homero sabe ser paradójico.—¿Hay algo más audaz, más espantoso y más increíble, algo que ilumine los destinos humanos, como un sol de invierno, que este pensamiento que se halla en Homero: «Los dioses disponen de los destinos humanos y deciden la caída de los hombres, para que las generaciones futuras puedan componer cánticos»?

Así pues, nosotros padecemos y morimos para que los poetas no carezcan de *temas,* y los dioses de Homero son los que disponen esto así, como si los placeres de las generaciones futuras parecieran importarles mucho, y la suerte de nuestros contemporáneos les fuese indiferente. ¿Cómo pudieron anidar semejantes ideas en el cerebro de un griego?

190

Justificación ulterior de la existencia.—Ciertas ideas han entrado en el mundo como errores y juegos de imaginación, pero se han convertido en verdades porque los hombres les han supuesto después una base verdadera.

191

El pro y el contra son necesarios.—Quien no ha comprendido que todo hombre debe ser no solamente alentado, sino también *combatido* en nombre del bien público, es aún realmente un niño..., o quizá un gran hombre.

192

Injusticia del genio.—El genio es todo lo que hay de más injusto con respecto a los genios, en el caso en que estos sean contemporáneos: por una parte, cree poder pasarse sin ellos y, por esto, los considera en general como *superfluos* —pues sin su concurso ha llegado a lo que es—; y, por otra parte, su influencia contrarresta el efecto de su corriente eléctrica: por eso los considera como *nocivos*.

193

El peor destino de un profeta.—Trabajó durante diez años en convencer a sus contemporáneos y, al fin, lo consiguió; pero, mientras tanto, sus adversarios también lograron sus fines; por su parte, lo han persuadido, y ya no está convencido de la verdad de su doctrina.

194

Tres pensadores equivalen a una araña.—En toda secta filosófica, tres pensadores se suceden en la siguiente relación: el primero engendra por sí mismo el jugo y la semilla, el segundo saca de ella los hilos y el tejido de una tela artificial, y el tercero se embosca en esta tela y acecha a las víctimas que se aventuran a pasar por allí, para vivir a expensas de la filosofía.

195

Las relaciones con los autores.—Tan mala manera de frecuentar a un autor es llevándolo de las narices como cogiéndolo de los cuernos, y todo autor tiene cuernos.

196

Alianza.—Las ideas oscuras y la exaltación sentimental se alían tan a menudo con la voluntad implacable de llegar por todos los medios y de hacerse admitir exclusivamente, como el espíritu servicial, bienhechor y benévolo con el instinto de claridad y de nitidez de espíritu, de moderación y de pudor de sentimiento.

197

Lo que une y lo que separa.—¿No encontramos en la mente lo que une a los hombres —la comprensión de la utilidad y del perjuicio general— y en el corazón lo que los separa: la eiega elección y la ciega inclinación, en el amor y en el odio, el favor concedido a uno a expensas de todos los demás y el menosprecio de la utilidad pública que resulta de ello?

198

Tiradores y pensadores.—Hay tiradores singulares que, aunque no den en el blanco, dejan sin embargo el arma con el sentimiento de secreto orgullo de haber lanzado, en todo caso, su bala muy lejos (más allá del blanco, ciertamente) o de haber alcanzado, si no el blanco, al menos otra cosa. Y lo mismo sucede con ciertos pensadores.

199

Por dos lados a la vez.—Somos contrarios a una corriente intelectual cuando somos superiores a ella y desaprobamos su finalidad, o también cuando su finalidad es demasiado elevada para nosotros e irreconocible a nuestra mirada, es decir, cuando nos es superior. Así es como un mismo partido puede ser combatido por dos lados a la vez, desde arriba y desde abajo; y a menudo los antagonistas se alían en un odio común, lo que es más repugnante que todo lo que odian.

200

Original.—No es ser el primero en ver algo nuevo, sino en ver, *como si fuesen nuevas,* las cosas viejas y conocidas, vistas y revistas por todo el mundo, lo que distingue a los cerebros verdaderamente originales. Quien descubre las cosas es generalmente ese ser por completo vulgar y sin cerebro: el azar.

201

Error de los filósofos.—El filósofo se imagina que el valor de su filosofía se halla en su conjunto, en su construcción; la posteridad halla este valor en las tierras de que se sirvió y con las que, desde luego, seguirá construyendo aún muchas veces y mucho mejor; por consiguiente, en la posibilidad de destruir esta construcción, sin hacerle perder su valor como material.

202

Rasgo de ingenio.—El rasgo de ingenio es el epigrama que se hace a la muerte de un sentimiento.

203

El momento que precede a la solución.—En las ciencias sucede todos los días y a todas las horas que alguien se detiene inmediatamente antes de haber encontrado la solución, convencido de que, hasta entonces, todos sus esfuerzos han sido vanos: en lo que se parece a alguien que desenreda una madeja y que vacila, en el momento en que casi está desenredada, porque es entonces cuando ve más nudos.

204

Unirse a los exaltados.—El hombre reflexivo y seguro de su razón puede hallar provecho en mezclarse durante diez años con los imaginativos, abandonándose en esta zona tórrida a una dulce locura. Esta frecuentación le hace andar mucho camino para conducirlo, al fin, a ese cosmopolitismo del espíritu que puede decir sin presunción: «Nada intelectual me es extraño».

205

Aire vivo.—Lo mejor y más sano que hay en las ciencias, como en las montañas, es el aire vivo que sopla en ellas. A quienes les gusta la blandura de espíritu (los artistas, por ejemplo) temen y abandonan las ciencias a causa de esa atmósfera.

206

Por qué los sabios son más que los artistas.—La ciencia tiene necesidad de naturalezas más *nobles* que la poesía. Las naturalezas científicas deben ser más científicas, menos inclinadas a la gloria, deben profundizar las cosas que, a los ojos de la mayoría, rara vez parecen dignas de un sacrificio semejante de la personalidad. Hay que añadir a esto otro perjuicio de que tienen conciencia: su género de ocupación, una constante invitación a la mayor sobriedad, debilita su *voluntad;* el fuego se conserva menos vivamente que en el hogar de las naturalezas poéticas; por eso las naturalezas científicas pierden más a menudo que estas, en una edad poco avanzada, su hermoso vigor y su floración, y no ignoran este peligro. En todas las circunstancias *parecerán* menos dotadas porque brillan menos, y serán tenidas en menos de lo que valen.

207

En qué medida oscurece la piedad.—Se le atribuye al gran hombre, en los siglos que le suceden, todas las cualidades y todas las virtudes del siglo en que vivió —y así es cómo las cosas mejores resultan constantemente *oscurecidas* por la piedad, que no ve en ellas más que imágenes santas ante las que se depositan ofrendas de todas clases—, hasta que acaban por estar completamente cubiertas y envueltas y parecen más bien como objetos de fe que de contemplación.

208

Estar colocado en la cabeza.—Cuando colocamos la verdad en la cabeza, no nos damos cuenta, generalmente, de que nuestra cabeza tampoco está colocada donde debería estar.

209

Origen y utilidad de la moda.—El contento visible que experimenta el *individuo* ante su forma excita el espíritu de imitación y crea, poco a poco, la forma de la *multitud,* es decir, la moda: la mayoría quiere llegar, mediante la moda, a ese contento bienhechor de sí mismo que procura la forma, y lo consigue. Si consideramos las razones que puede tener cada hombre para ser tímido, si consideramos que las tres cuartas partes de su energía y de su buena voluntad pueden paralizarse e inutilizarse por estas razones, debemos sentir un gran reconocimiento por la moda, en la medida en que comunica confianza en sí mismo y libertad de comportamiento recíproco a quienes se saben ligados entre sí a sus leyes. Las leyes estúpidas también proporcionan libertad y la tranquilidad de espíritu, por pequeño que sea el número de los que se someten a ellas.

210

Soltar la lengua.—El valor de ciertos hombres y de ciertos libros reside, únicamente, en la aptitud que tienen para obligar a cada uno a expresar lo que tiene más oculto e íntimo: son desatadores de lenguas y palancas para las bocas más cerradas. Ciertos acontecimientos y ciertos crímenes, que parecen no existir más que para la desdicha de la humanidad, tienen este valor y este fin útil.

211

Espíritus de libre curso.—¿Quién de nosotros se atrevería a llamarse espíritu libre si no quisiera rendir homenaje, a su manera, a los hombres a quienes se les dio este nombre para *injuriarlos,* cargando también sobre sus hombros su parte de este fardo de la vindicta y de la vergüenza pública? Pero nosotros tenemos tam-

---

[1] Homero: *Odisea,* canto VIII.

bién el derecho de llamarnos «espíritus de libre curso», y esto seriamente (sin ningún alarde altivo ni generoso), porque esta carrera hacia la libertad es el instinto más firme de nuestro espíritu y que, en oposición con las inteligencias aliadas y arraigadas, vemos casi nuestro ideal en una especie de *nomadismo* intelectual, para servirme de una expresión modesta y casi denigrante.

212

Sí, el favor de las musas.—Lo que dice Homero acerca de esto va derecho al corazón, tan terrible y verdadero es a la vez: «La musa lo amaba más que a todo, y le había dado a conocer el bien y el mal, y, habiéndolo privado de los ojos, le otorgó el canto admirable»[1]. Es este un texto sin fin para quien sabe reflexionar: la musa le da el bien y el mal, ¡he ahí su tierno amor! Y cada uno interpretará a su manera por qué *es preciso* que nosotros, poetas y pensadores, nos dejemos ahí *nuestros ojos*.

213

Contra la enseñanza de la música.—El desarrollo artístico de la mirada desde la infancia, por medio del dibujo y de la pintura, por medio de croquis, de paisajes, de personas, de acontecimientos, proporciona, de una manera accesoria, mas para toda la vida, la ventaja inapreciable de *aguzar* la vista para la observación de los hombres y de las situaciones, haciéndola más *tranquila* y *perseverante*. Semejante beneficio secundario no se deriva de la cultura artística del oído.

214

Los que descubren trivialidades.—Los espíritus sutiles, para quienes no hay nada más lejano que la trivialidad, descubren a menudo una de estas después de largos rodeos a través de los senderos de la montaña, y se toman un vivo interés por ella, con gran asombro de quienes no son sutiles.

215

Moral de los sabios.—Un progreso rápido y regular de la ciencia solo es posible si ciertos sabios son *demasiado desconfiados,* hasta el punto de que verifiquen cada cálculo y cada afirmación de otros sabios, en campos que están alejados de los suyos. Pero hay en esto una condición, y es que cada uno tenga, en su propio campo de trabajo, competidores que sean *extremadamente desconfiados* y que los vigilen con atención. De esta proximidad entre los que «no son demasiado desconfiados» y los que son «extremadamente desconfiados» nace la equidad en la república de los sabios.

216

Causa de la esterilidad.—Hay espíritus extremadamente dotados que permanecen siempre estériles solo porque, por debilidad de carácter, son demasiado impacientes para esperar su preñez.

217

Mundo al revés de las lágrimas.—El disgusto múltiple que las pretensiones de la cultura superior causan al hombre acaba por invertir el orden natural, hasta el punto de que el hombre se comporta, en situación corriente, de una manera inflexible y estoica, y no tiene ya lágrimas más que para las raras ocasiones dichosas; y hasta sucede que el simple goce, ocasionado por la ausencia de dolor, hace llorar: su corazón ya no late más que en la felicidad.

218

Los griegos como intérpretes.—Cuando hablamos de los griegos, hablamos también, involuntariamente, de ayer y de hoy: su historia, universalmente conocida, es un claro espejo que refleja siempre algo más de lo que se halla en el espejo mismo. Nos servimos de la libertad que tenemos de hablar de ellos para poder callarnos acerca de otros asuntos, a fin de permitirles murmurar algo al oído del lector meditabundo. Así es como los griegos facilitan al hombre moderno la comunicación de cosas difíciles de decir, pero dignas de reflexión.

219

Del carácter adquirido de los griegos.—Por la famosa claridad griega, por la transparencia, la sencillez, la bella ordenación de las obras griegas, por lo que tienen de natural y de artificial a la vez, como si estuvieran hechas de cristal, nos sentimos fácilmente inducidos a creer que todo esto les fue *dado* a los griegos desde un principio; creemos, por ejemplo, que no podían menos de escribir bien, como pretendió en cierta ocasión Lichtenberg. Pero no hay opinión más prematura que esta y que menos se mantenga en pie. La historia de la prosa, desde Gorgias a Demóstenes, demuestra un trabajo y una lucha por salir de la oscuridad, de la pesadez, del mal gusto, y llegar a la luz, hasta el punto de que hay que pensar en las peripecias de los héroes que trazan los primeros caminos a través de los bosques y los pantanos. El diálogo de la tragedia es el verdadero *mérito* de los dramaturgos, pues es de una claridad y de una nitidez extraordinarias, mientras que la disposición natural del pueblo tendía a la embriaguez del símbolo y de la alusión, estimulada también por el gran lirismo del coro; así como también el gran mérito de Homero fue haber libertado a los griegos de la pompa asiática y de los adornos recargados, y de haber llegado, en el conjunto y en el detalle, a la limpidez de la arquitectura. Decir algo de una manera pura y luminosa no era considerado en modo alguno como cosa fácil, ¿de dónde procedía si no la gran admiración que se profesaba por el epigrama de Simónides, que se presentaba tan llano, sin remates dorado y sin los arabescos del juego de palabras, pero que dice lo que quiere claramente, con la tranquilidad del sol, y no como el relámpago, con el rebuscamiento del efecto? Es griega la aspiración a la luz, que proviene en cierto modo de un crepúsculo innato, y por eso el pueblo arde en júbilo cuando escucha una sentencia lacónica, el lenguaje gnómico de la elegía o los axiomas de los siete sabios. Por eso gustaban tanto los preceptos en verso que chocan con nuestro gusto, pues esto era, para el espíritu griego, una verdadera tarea apolínea que tenía por finalidad vencer los peligros de la métrica, las oscuridades propias, por otra parte, de la poesía. La sencillez, la flexibilidad, la claridad *se adquirieron mediante el esfuerzo* del genio del pueblo; el peligro de un retorno a lo asiático se cierne siempre sobre los griegos, y creeríamos realmente que, de cuando en cuando, caía sobre ellos como un sombrío desbordamiento de impulsos místicos, de salvajadas y de oscuridades elementales. Los vemos sumergirse, vemos a Europa arrastrada y anegada por el oleaje —pues Europa era, entonces, muy pequeña—; pero vuelven siempre a la luz, pues eran buenos nadadores y buceadores ellos, el pueblo de Ulises.

220

Lo que es verdaderamente pagano.—Tal vez no haya nada más extraño, para quien contempla al mundo griego, que descubrir que los griegos ofrecían de cuando en cuando algo como fiestas a todas sus pasiones y a todas sus malas inclinaciones, y que habían instituido incluso, por vía del Estado, una especie de reglamentación para celebrar lo que había en ellos de demasiado humano; esto es lo que hay de verdaderamente pagano en su mundo, algo que, desde el punto de vista del cristianismo, jamás podrá ser comprendido y siempre será combatido violentamente. Consideraban su «demasiado humano» como algo inevitable, y preferían, en lugar de calumniarlo, concederle una especie de derecho de segundo orden, introduciéndolo en las costumbres de la sociedad y del culto; llegaban incluso a llamar divino a todo lo que tenía *potencia* en el hombre, y lo inscribían en las paredes de su cielo. No negaban el instinto natural que se manifiesta en las malas cualidades, sino que lo ponían en su lugar y lo limitaban a ciertos días, después de haber ideado también precauciones para poder dar a este río impetuoso un transcurrir lo menos peligroso posible. Esta es la raíz de todo el liberalismo moral de la Antigüedad. Se permitía una descarga inofensiva y a todo lo que persistía aún de malo, de inquietante, de animal y de retrógrado en la naturaleza griega, a todo lo que permanecía de barroco, de pregriego y de asiático, y no se aspiraba a la completa destrucción de todo esto. Abarcando todo el sistema de ordenanzas semejantes, el Estado no se construía en vista de ciertos individuos y de ciertas castas, sino en vista de simples cualidades humanas. En su edificio, los griegos revelaban ese sentido maravilloso de las realidades típicas que los hizo capaces, después, de llegar a ser sabios, historiadores, geógrafos y filósofos. No se trataba de una ley moral, dictada por los sacerdotes y las castas, que hubiese de decidir la constitución del Estado y del culto del Estado, sino la consideración universal respecto a *la realidad de todo lo que es humano.* ¿De dónde sacaron los griegos esa libertad, ese sentido por lo real? Tal vez de Homero y de los poetas que lo precedieron; pues son precisamente los poetas, cuya índole no es generalmente de las más justas ni de las más sabias, son los poetas los que tienen como suyo ese gusto por lo real, por el efecto *en todas sus formas,* y no tienen la pretensión de negar completamente el mal; les basta verlo moderarse, renunciando a querer destruirlo o envenenarlo todo en las almas; lo que quiere decir que son de la misma opinión que los fundadores de Estados en Grecia y que fueron sus maestros y sus precursores.

221

Griegos excepcionales.—En Grecia, los espíritus profundos y serios eran la excepción; el instinto del pueblo tendía, por el contrario, a considerar más bien lo que es serio y profundo como una especie de deformación. Lo típicamente griego es tomar prestadas las formas del extranjero, no crearlas, sino transformarlas hasta hacerlas revestir la más bella apariencia; imitar, no para utilizar, sino para crear la ilusión artística, adueñarse de nuevo de lo serio impuesto, ordenar, embellecer; pulir; y esto desde Homero hasta los sofistas de los siglos tercero y cuarto de nuestra era, ellos, que no cultivaban más que lo exterior, palabras pomposas, gestos entusiastas, y que no se dirigían más que a almas huecas, ávidas de artificios, de resonancia y de efectos. Y, al lado de esto, apreciad en todo su valor a esos griegos de excepción que crearon las ciencias. ¡Aquel que de entre ellos relata, relata la historia heroica del espíritu humano!

222

Lo que es sencillo no se presenta ni en primero ni en último lugar.—En la historia de las representaciones religiosas se manifiesta a menudo una idea falsa acerca de la evolución y del lento desarrollo de ciertas cosas que, en realidad, no han crecido sucesivamente y una mediante la otra, sino simultáneamente y por separado. Lo que es sencillo, en especial, tiene mucha fama de ser lo más antiguo y de haber existido desde el principio. Muchas cosas humanas nacen por sustracción, y no precisamente por duplicación, adjunción y confusión. Se cree, por ejemplo, siempre en un desarrollo gradual de la *figuración de los dioses,* desde los leños de madera y las rocas informes hasta llegar a lo alto de la escala, a una humanización completa; por el contrario, mientras la divinidad era transportada y adorada en los árboles, los leños, las piedras y los animales, repugnaba darles forma humana, como si se temiera cometer una impiedad. Fueron los poetas quienes, al margen del culto y del *pudor* religioso, lo hicieron habitual y accesible a la imaginación humana; pero cuando disposiciones más piadosas y momentos de fervor volvían a predominar, esta influencia liberadora de los poetas amenguaba y la santidad permanecía, antes como después, en lo espantoso y en lo inquietante, en lo que es verdaderamente inhumano. Sin embargo, la fantasía interior sabe imaginar muchas cosas que, exteriorizadas en representaciones corporales, no dejarían de causar un efecto penoso; y es que la mirada interior es mucho más audaz y menos púdica que la mirada exterior (de donde proviene esa dificultad bien conocida, esa casi imposibilidad de transformar asuntos épicos en dramas). Durante mucho tiempo la imaginación no quiere creer a ningún precio en la identidad del dios con la imagen: la imagen debía hacer aparecer el *noúmeno* de la divinidad, activo y ligado a un lugar de una manera cualquiera, misteriosa y difícilmente imaginable. La imagen divina más antigua debe *albergar* al dios y, *al mismo tiempo, ocultarlo;* indicando su presencia, pero sin *expo-*

---

[1] Lugar donde se guardaba el ídolo en los templos griegos.

nerlo. Nunca, en su fuero interno, *consideró* un griego a su Apolo como una columna de madera, ni a su Eros como una masa de piedra: eran símbolos destinados precisamente a infundir *miedo* de la figuración sensible. Lo mismo sucede también con ciertas esculturas de madera en las cuales se esculpían groseramente los miembros, exagerando a veces el número de uno de estos: así un Apolo laconio tenía cuatro manos y cuatro orejas. En lo incompleto apenas indicado, dentro de lo supercompleto, hay una santidad que hace estremecer, que debe *impedir* que se piense en el hombre, en lo que se parece al hombre. Y estas formas no se producen solo en un estado embrionario del arte, como si, en la época en que se adoraba a estas imágenes, *no se hubiese podido* hablar más claramente ni representar con más realidad. Por el contrario, se temía ante todo una cosa: la expresión directa. Así como la *cella*[1], el lugar sacrosanto, oculta incluso el verdadero nombre de la divinidad, envolviéndola en una misteriosa semioscuridad, *pero no completamente;* así como el templo períptero oculta también la *cella,* resguardándola en cierto modo de las miradas indiscretas, como con un velo protector, pero no completamente, del mismo modo la imagen *es* la divinidad, y al mismo tiempo el escondite de la divinidad. Solo cuando, fuera del culto, en el mundo profano de la lucha, la alegría que suscita el vencedor del combate se elevó tan alto que las olas del entusiasmo sobrepasaron a las ondas del sentimiento religioso; cuando la estatua del vencedor fue colocada en los muros del templo y cuando el visitante se vio forzado, voluntaria o involuntariamente, a habituar su mirada y su alma a este espectáculo inevitable de la belleza y de la fuerza *humanas,* de suerte que esta aproximación local hizo confundirse, en el espíritu, la veneración por los dioses y los hombres, solo entonces se perdió el temor que inspira la figura humana, en la imagen divina, y se abrió el enorme campo de actividad para la gran escultura. Sin embargo, observamos siempre una restricción, y es que por todas partes en que se debe *adorar,* la antigua forma de fealdad fue conservada y escrupulosamente imitada. Pero el heleno que *santifica* y *da* en abundancia puede, desde luego, seguir en toda su beatitud, la alegría de dejar a Dios que se convierta en hombre.

223

*Adonde se debe viajar.—*La observación directa de sí mismo no basta, ni con mucho, para aprender a conocerse; tenemos necesidad de la historia, pues el pasado nos invade con sus mil olas; nosotros mismos no somos nada más que lo que nos sentimos en cada momento de esta continuidad. Por eso, cuando queremos meternos en el río de lo que nuestra naturaleza posee en apariencia de más original y personal, debemos recordar el axioma de Heráclito: «Nadie se baña dos veces en el mismo río». Es esta una verdad que, aunque gastada, permanece tan viva y fecunda como el primer día, así como esa otra verdad de que, para comprender la historia, es preciso buscar los vestigios vivos de épocas históricas; es decir, que hay que *viajar,* como viajaba el viejo Herodoto, y visitar las naciones —pues estas no son más que *escalones* fijos *de esculturas* antiguas en las cuales podemos situarnos—, es preciso, sobre todo, visitar los pueblos llamados salvajes y semisalvajes, donde el hombre se ha despojado de la indumentaria de Europa o no la ha vestido aún. Pero hay un arte de viajar más *sutil* todavía, que no siempre exige vagar de un lugar para otro ni recorrer miles de kilómetros. Es muy probable que podamos encontrar aún, *en nuestras cercanías,* los tres últimos siglos de la civilización con todos sus matices y facetas: se trata tan solo de *descubrirlos.* En ciertas familias, e incluso en ciertos individuos, las capas se superponen exactamente; por otra parte, en las rocas hay fracturas y fallas. En las comarcas apartadas, los valles poco accesibles de las comarcas montañosas, en medio de aldeas encajonadas, se han podido conservar ciertamente ejemplos venerables de sentimientos antiquísimos: se trata de dar con sus huellas. En cambio, es poco probable que en Berlín, por ejemplo, donde el hombre llega a este mundo exudado y lavado de todo sentimiento, se puedan realizar tales descubrimientos. El que, después de un largo adiestramiento en este arte de viajar, acabe por llegar a ser un Argos de mil ojos, terminará por poder acompañar a todas partes a su *Yo* —es decir, a su *ego*— y encontrar en Egipto y en Grecia, en Bizancio y en Roma, en Francia y en Alemania, en la época de los pueblos nómadas y de los pueblos sedentarios, durante el Renacimiento o la Reforma, en su patria y en el extranjero, e incluso en el fondo del mar, en el bosque, las plantas y las montañas, las aventuras de este *ego* que nace, evoluciona y se transforma. Así es como el conocimiento de sí mismo se convierte en conocimiento universal, con relación a todo lo que pertenece al pasado; del mismo modo que, según un encadenamiento de ideas que no puedo indicar aquí, la determinación y la educación de sí mismo, tales como existen en los espíritus más libres, de mirada más amplia, podrían llegar a ser un día determinación universal, con relación a toda la humanidad futura.

224

Bálsamo y veneno.—Nunca podremos comprender la profundidad de esta idea: el cristianismo es la religión propia de la Antigüedad *envejecida;* tiene necesidad, como condiciones primeras, de viejas civilizaciones degeneradas, sobre las que obró y supo obrar como un bálsamo. En las épocas en que los ojos y los oídos están «llenos de fango», hasta el punto de que no perciben la voz de la razón y de la filosofía, ni escuchan ya la sabiduría viva y personificada, ya lleve el nombre de Epicteto o el de Epicuro, la cruz erigida de los mártires y «la trompeta del juicio final» bastará quizá para producir el efecto que decida a pueblos semejantes a un fin conveniente. Pensemos en la Roma de Juvenal, en ese sapo venenoso a los ojos de Venus, y se comprenderá lo que significa erigir una cruz ante el «mundo»: se venerará a la tranquila comunidad cristiana y se le agradecerá haber invadido el suelo grecorromano. La mayoría de los hombres nacían en aquel tiempo con el alma esclavizada, con los sentidos de un viejo: qué bienhechor era encontrar a esos seres que tenían más alma que cuerpo y que parecían realizar la idea griega de las sombras del Hades: formas medrosas y grotescas, escurridizas, estridentes y benignas, con la expectativa de una «vida mejor», lo que les hacía tan modestos, les daba una paciencia orgullosa y un desdén silencioso. Este cristianismo, considerado como campana funeraria de la *buena* Antigüedad, campana hendida y cansada, pero de un sonido melodioso sin embargo; este cristianismo, incluso para quien hoy no recorre aquellos siglos más que desde el punto de vista histórico, es un bálsamo para el oído: ¡qué no sería para los hombres de la época! Por el contrario, el cristianismo es un veneno para los jóvenes pueblos bárbaros; plantar, por ejemplo, en las almas de los antiguos germanos, aquellas almas de héroes, niños y bestias, la doctrina del pecado y de la condenación, ¿qué otra cosa era sino envenenarlos? Una formidable fermentación y descomposición química, un desorden de sentimientos y de juicios, un impulso y una exuberancia de las cosas más peligrosas: tal fue la consecuencia necesaria de todo esto y, luego, un debilitamiento radical de estos pueblos bárbaros. Pero, ciertamente, sin este debilitamiento, ¿qué nos quedaría de la cultura griega, qué de todo el pasado civilizado de la raza humana? Pues los bárbaros que aún no habían sido contagiados por el cristianismo sabían hacer, en sumo, tabla rasa de las antiguas civilizaciones, como lo demostraron, por ejemplo, con una espantosa evidencia los conquistadores paganos de la Gran Bretaña romanizada. El cristianismo tuvo que ayudar, contra su voluntad, a hacer inmortal el «mundo» antiguo. Ahora bien, aquí se plantea una cuestión y la posibilidad de una nueva contrapartida: sin este debilitamiento por el veneno que he dicho, cualquiera de estos pueblos jóvenes, por ejemplo, el alemán, ¿hubiera sido capaz de encontrar por sí mismo, poco a poco, una cultura superior, una cultura nueva que le hubiese sido propia, una cultura, por consiguiente, cuya idea más remota se hubiese perdido para la humanidad? Aquí sucedió, pues, como siempre: no se sabe, para hablar a la manera cristiana, si Dios debe estar más agradecido al diablo, o el diablo más agradecido a Dios, de que todo haya sucedido así.

225

La fe salva y condena.—Un cristiano que se extraviase en razonamientos prohibidos podría preguntarse alguna vez: ¿es, pues, *necesario* que haya realmente un Dios, y también un cordero que lleve los pecados de los hombres, si la *fe* en la *existencia* de semejantes seres es suficiente ya para producir el mismo resultado? ¿No serían seres *superfluos,* en el caso de que verdaderamente existiesen? Pues todo lo que la religión cristiana proporciona al alma de bienhechor, de consuelo y de perfección, así como todo lo que la ensombrece y destruye, proviene de esa creencia y no del objeto de esa creencia. Aquí sucede lo mismo que en este caso célebre: podemos afirmar que jamás hubo brujas, pero los terribles resultados de la creencia en la brujería han sido los mismos que si verdaderamente hubiera habido brujas. En todas las ocasiones en que el cristiano espera la intervención de un Dios, pero la espera en vano —porque no hay Dios—, su religión es bastante inventiva para encontrar subterfugios y razones tranquilizadoras: en esto es realmente una religión muy ingeniosa. A decir verdad, la fe no ha conseguido aún transportar verdaderas montañas, aunque esto se haya afirmado no sé por quién; pero sabe colocar montañas donde no las había.

226

La tragicomedia de Ratisbona.—Podemos ver aquí y allá, con espantosa precisión, la bufonería de la fortuna que, en pocos días, en un solo sitio, ata a los impulsos y a las fantasías de un solo individuo la cuerda en la que quiere hacer bailar a los siguientes. Así es como el destino de la historia moderna en Alemania se jugó durante aquellas jornadas de la disputa de Ratisbona: el desenlace pacífico de los asuntos eclesiásticos y morales, sin guerras de religión ni Contrarreforma, parecía asegurado, así como la unidad de la nación alemana. El espíritu profundo y dulce de Contarini se cernió durante un momento victoriosamente, sobre las disputas teológicas, dando así un ejemplo de la piedad italiana más madura, esa piedad que llevaba en sus alas la aurora de la libertad intelectual. Pero el cerebro obtuso de Lulero, lleno de sospechas y de temores siniestros, se encrespó: puesto que la justificación por la gracia había sido su mayor descubrimiento para él, puesto que le parecía su artículo de fe, no creyó en este axioma en boca de los italianos, mientras que estos, como se sabe, lo habían encontrado mucho antes y lo habían difundido sin ruido por toda Italia. Lutero vio en este acuerdo aparente las malicias del demonio e impidió la obra de la paz, en la medida de sus fuerzas, con lo cual dio un buen impulso a las intenciones de los enemigos del Imperio. Ahora bien, para aumentar esta impresión de una farsa espantosa, no hay que olvidar que ninguno de los axiomas que se discutían entonces en Ratisbona poseía sombra de realidad, ni el del pecado original, ni el de la salvación por los intercesores, ni el de la justificación por la fe, y que hoy ya no pueden discutirse. Y, sin embargo, a causa de estos artículos de fe, el mundo ardió a sangre y fuego. Se guerreaba, pues, por opiniones que no correspondían a nada concreto ni real; mientras que con motivo de las cuestiones puramente filológicas, por ejemplo, la explicación de palabras sacramentales de la santa cena, una controversia podía ser lícita, porque, en este caso, existía una verdad. Pero donde no hay nada, la verdad misma pierde sus derechos. En fin de cuentas, no se puede decir otra cosa, sino que entonces brotaron *fuentes de energías* tan poderosas, que sin ellas todos los molinos del mundo moderno hubieran marchado a menos velocidad. Y lo que importa ante todo es la fuerza y, solo después, la verdad, pero mucho después, ¿no es así, mis queridos hombres de hoy?

227

Errores de Goethe.—Goethe es la gran excepción entre los grandes artistas en que no vivió *en el círculo limitado de sus verdaderos medios,* como si estos debiesen ser para él mismo y para el mundo entero lo que hay de esencial y de distintivo, de absoluto y de supremo. Creyó por dos veces poseer algo superior a lo que realmente poseía, y las dos veces se equivocó. Se equivocó en la *segunda* parte de su vida cuando parecía estar completamente convencido de ser uno de los más grandes reveladores *científicos.* Y ya en la *primera* parte de su vida *quiso* exigir de sí mismo algo superior a lo que parecía ser la poesía, y esto fue ya un error. Se imaginó que la naturaleza había querido hacer de él un artista *plástico*. Este fue su gran secreto íntimo, ardoroso y candente, que lo impulsó al fin a partir para Italia, donde quiso apurar esta ilusión y ofrecerle todos los sacrificios. Por último, se dio cuenta, como hombre reflexivo que era francamente enemigo de todos los falsos milagros, de que era el diablillo tentador de un mal deseo que le había sugerido la creencia en esta vocación, que necesitaba librarse y renunciar a la mayor pasión de su vida. La convicción dolorosa de que era necesario *renunciar* se expresa por completo en el estado anímico de Tasso: por encima de este «Werther más intenso» se cierne el presentimiento de algo peor que la muerte, como si alguien se dijese: «Todo ha terminado ahora..., después de este adiós. ¿Cómo podría continuar viviendo sin volverme loco?». Estos dos errores fundamentales de su vida dieron a Goethe, frente a una consideración puramente literaria de la poesía, tal como el mundo únicamente la conocía entonces, una actitud tan libre de toda prevención y casi arbitraria. Salvo la época en que Schiller —el pobre Schiller, que no tenía tiempo ni dejaba tiempo— le hizo salir de esa feroz abstinencia ante la poesía, de ese temor a todo ingenio y a todo oficio literario, Goethe parecía como un griego que visita de cuando en cuando a una bienamada, sin saber a ciencia cierta si esta es tal vez una diosa a quien no sabe dar su verdadero nombre. Toda su obra poética se resiente de esa floración íntima de la naturaleza; los rasgos de sus fantasmas que se agitan ante sus ojos —y acaso creyó siempre ir tras las huellas de las metamorfosis de una diosa— se convirtieron involuntariamente, en él, en los rasgos de todos los hijos de su arte. Sin el *retorno del error* no hubiera llegado a ser Goethe, es decir, el único alemán, artista del verbo, que no ha envejecido todavía hoy, porque quería ser tan poco escritor como alemán de profesión.

228

Los viajeros y sus grados.—Hay que distinguir cinco grados entre los viajeros: los del primer grado, que es el grado inferior, son los viajeros a quienes *se ve* —a decir verdad, *se les viaja* y, en cierto modo, son ciegos; los siguientes son los que miran realmente al mundo, en el tercer grado, le *sucede* algo al viajero a causa de sus observaciones; en el cuarto, los viajeros retienen lo que han visto y continúan llevándolo con ellos; y, por último, hay algunos hombres de un poder superior que necesariamente acaban por exhibir a la luz del día todo lo que han visto, después de haberlo vivido y asimilárselo; reviven entonces sus viajes en obras y en hechos, en cuanto que han regresado de ellos—. Semejantes a estas cinco categorías de viajeros, todos los hombres atraviesan la gran peregrinación de la vida: los inferiores de una manera puramente pasiva, los superiores como hombres de acción que saben vivir todo lo que les sucede, sin conservar en ellos un excedente de acontecimientos interiores.

229

Subiendo más alto.—Desde el momento en que se sube más alto que quienes os han admirado hasta en-

---

[1] Génesis 13, 9.

tonces, estos os tienen por caídos y fracasados, pues se imaginaban, en todo momento, estar *a la altura* (aunque no fuera más que por vosotros).

230

Medida y medio.—Es preferible no hablar nunca de dos cosas completamente superiores: la medida y el medio. Solo un pequeño número conoce su fuerza y sabe reconocer sus indicios en las sendas misteriosas de los acontecimientos y de las evoluciones interiores; venera en ellos algo divino y teme hablar demasiado alto. Los demás hombres escuchan apenas cuando se hace alusión a ello, y se figuran que se trata de enojo y de mediocridad; tal vez haya que exceptuar también a los que han percibido un murmullo avisador que proviene de este reino, pero que se tapan los oídos para no oírlo. El recuerdo de esto los enoja y los irrita.

231

Humanidad en la amistad y en el magisterio.— «Si tú vas por la izquierda, yo iré por la derecha; y si tú tomas la derecha, yo iré por la izquierda»[1]. Un sentimiento semejante es el signo superior de la humanidad en las relaciones íntimas; allí donde no existe, toda clase de amistad, toda veneración de discípulo y alumno, terminan por convertirse en hipocresía.

232

Los profundos.—Los hombres de pensamientos profundos, en sus relaciones con los demás hombres, tienen siempre la impresión de que son unos comediantes, porque se ven obligados, para ser comprendidos, a simular superficialidad.

233

Para quienes desprecian «la humanidad gregaria».—El que considera a la humanidad como un rebaño y huye de ella con todas las fuerzas de sus piernas, se verá indudablemente perseguido por este rebaño y lo corneará.

234

Falta principal respecto a los vanidosos.—El que, en sociedad, da a otro ocasión de presentar favorablemente su ciencia, sus experiencias, se coloca por encima de él, y, en el caso en que el otro no reconozca en modo alguno su superioridad, comete un atentado contra su vanidad, mientras que, por el contrario, él cree satisfacerla.

235

Decepción.—Cuando una vida bien cumplida y una larga actividad que se manifiesta en discursos y escritos dan a una persona prestigio, se sufre una decepción generalmente en las relaciones con esta persona, y esto por dos razones: por una parte, porque se esperan demasiadas cosas de relaciones que se extienden a un espacio de tiempo muy corto —y que solo mil ocasiones de la vida podrían hacer visible—; y por otra, porque aquel cuyo talento está reconocido no se toma la molestia de hacerse apreciar detenidamente. Es demasiado indolente, y nosotros demasiado impacientes.

236

Dos fuentes de la bondad.—Tratar a todos los hombres con igual benevolencia y prodigar la bondad sin distinción de personas, puede ser tanto la expresión de un profundo menosprecio de los hombres como la expresión de un amor sincero a ellos.

237

El viajero por la montaña habla consigo mismo.— Hay indicios ciertos en los que reconocerás que has caminado mucho y que has subido más alto: el espacio es ahora más libre en torno a ti, y tu vista abarca un horizonte más vasto que el que veías antes; el aire es más puro, y también más dulce (pues no cometerás la locura de confundir la dulzura con el calor); tu paso se ha hecho más vivo y más firme, el valor y la circunspección se han fundido; por todas estas razones, tu camino será tal vez ahora más solitario y sin duda más peligroso que antes, pero no ciertamente en la medida que imaginan los que te han visto subir, a ti, el viajero, desde el valle brumoso hasta las montañas.

238

Exceptuado el prójimo.—Es evidente que mi cabeza no está bien asentada sobre mis hombros, pues advierto que todos los demás saben mejor que yo lo que debo hacer y lo que no debo hacer. ¡Pobre de mí, no sé darme consejos a mí mismo! ¿No somos *todos* parecidos a estatuas a las que se ha puesto cabezas que no son las suyas? ¿No es así, mi querido prójimo? Pero no, solo tú eres la excepción.

239

Precaución.—No se debe frecuentar a los hombres que no respetan lo que es personal en vosotros, o bien ponerles despiadadamente las esposas de la conveniencia.

240

Querer parecer vanidoso.—No querer expresar más que pensamientos escogidos, no hablar, en la conversación con desconocidos o con amistades superficiales, más de sus relaciones con hombres famosos, de sus aventuras y de sus viajes extraordinarios, es la prueba de que no se es orgulloso o, por lo menos, de que no se quisiera parecer que se es. La vanidad es la máscara de cortesía del orgullo.

241

La buena amistad.—La amistad nace cuando se tiene a otro en gran estima, más grande que la estima que uno se tiene a sí mismo; cuando, además, se le quiere, pero menos que a sí mismo, y cuando, en fin, para facilitar las relaciones, se sabe añadir un *matiz* de intimidad, guardándose prudentemente de la verdadera intimidad y de la confusión del yo y del tú.

242

Los amigos como fantasmas.—Cuando nos transformamos radicalmente, nuestros amigos, los que no se han transformado, se convierten en fantasmas de nuestro propio pasado; su voz resuena en nosotros como si viniera de la región de las sombras, como si nos oyésemos a nosotros mismos, más jóvenes, pero más duros y menos maduros.

243

Un ojo y dos miradas.—Las mismas personas que poseen por naturaleza esa mirada que pide favor y protección, poseen también generalmente, a causa de sus humillaciones frecuentes y de sus sentimientos de odio, una mirada desvergonzada.

244

El lejano azul.—Ser niño toda la vida, ¡qué conmovedor es esto! Pero no es más que un juicio a distancia; visto más de cerca y vivido es siempre: permanecer pueril durante toda su vida.

245

Ventaja y desventaja en el mismo malentendido.—El mudo embarazo de un espíritu distinguido es interpretado generalmente, por parte del espíritu mediocre, como la superioridad que se calla, un sentimiento muy temido; mientras que advertir cierto embarazo provocaría benevolencia.

246

El sabio que se hace pasar por loco.—La filantropía del sabio lo lleva a veces a *parecer* conmovido, enojado, regocijado, para no herir a sus allegados con la frialdad y las circunspecciones de su *verdadera naturaleza.*

247

Obligarnos a la atención.—Desde el momento en que advertimos que, en sus relaciones y en sus conversaciones con nosotros, alguien se ve obligado a violentarse para prestarnos atención, tenemos una prueba cierta de que no nos quiere, o de que no nos quiere ya.

248

El camino que conduce a una virtud cristiana.—Aprender algo de nuestros enemigos es la mejor manera para llegar a amarlos, pues esto nos dispone a la gratitud hacia ellos.

249

Ardid de guerra del importuno.—El importuno nos devuelve con una moneda de oro nuestra moneda convencional. Quiere con ello obligarnos, después, a escudar nuestras maneras convencionales como un error y a tratarlo como una excepción.

250

Razón de la aversión.—Nos enojamos contra un artista o un escritor, no porque nos demos cuenta al fin de que nos ha engañado, sino porque no ha empleado medios bastante sutiles para burlarse de nosotros.

251

Al separarse.—No es en la manera en que un alma se acerca a otra, sino en la manera como se separa de ella, en lo que reconozco el parentesco y la homogeneidad que tengo con ella.

252

¡Silencio!—No hay que hablar de los amigos; de otro modo, se traiciona con palabras el sentimiento de la amistad.

253

Descortesía.—La descortesía es muy a menudo el indicio de una modestia torpe, que pierde la cabeza cuando se ve sorprendida, y trata de ocultarlo con la grosería.

254

La franqueza que se equivoca.—A veces nuestras nuevas amistades son las que primero se enteran de lo que habíamos guardado durante mucho tiempo para nosotros; creemos por error que esta prueba de confianza que les damos es el lazo más fuerte por el cual nos podamos ligar a ellas. Pero no les decimos lo suficiente para que tengan un sentimiento muy vivo del sacrificio que les hacemos con nuestras confidencias, y revelan nuestros secretos a otros sin pensar en traicionarnos, lo que tal vez nos haga perder a nuestras amistades mucho más viejas.

255

En la antecámara del favor.—Todos los hombres a quienes hemos hecho esperar mucho tiempo en la antecámara de nuestro favor empiezan a fermentar o bien se agrían.

256

Advertencia a los engañados.—Cuando se ha caído, con evidencia notoria, en la estimación de los hombres, hay que mantener con toda firmeza la reserva en las relaciones; de otro modo, se deja adivinar a los demás que se ha bajado también en la propia estimación. El cinismo en las relaciones deja adivinar que, en la soledad, el hombre se trata a sí mismo como a un perro.

257

Ciertas ignorancias ennoblecen.—Para merecer la consideración de quienes pueden darla, es a veces provechoso no comprender ciertas cosas, pero de manera que no se note que no las comprendemos. La ignorancia también proporciona privilegio.

258

El adversario de la gracia.—Al hombre intolerante y orgulloso no le gusta la gracia y le hace el efecto de un reproche vivo y visible con respecto a él, pues la gracia es la tolerancia del corazón en los gestos y las actitudes.

259

Al volverse a ver.—Cuando dos viejos amigos vuelven a verse después de una larga separación, sucede a menudo que afectan tener interés por cosas que les han llegado a ser completamente indiferentes; a veces se dan cuenta de ello los dos y no se atreven a descorrer el velo, a causa de una duda un poco triste. Así es como ciertas conversaciones parecen sostenerse en el reino de los muertos.

260

No hay que hacerse amistades más que entre las gentes que trabajan.—El hombre ocioso es peligroso para sus amigos; pues no teniendo bastante que hacer, habla de lo que hacen y no hacen sus amigos, se mezcla en los asuntos de los demás y se vuelve importuno; por eso hay que ser muy prudente para no trabar amistad más que con las gentes que trabajan.

261

Un arma puede valer por dos armas.—Hay lucha desigual cuando uno defiende una causa con la cabeza y el corazón, mientras que el otro no la defiende más que con la cabeza: el primero tiene, en cierto modo, contra sí el sol y el viento y sus dos armas se estorban recíprocamente; pierde su valor a los ojos de la *verdad*. En cambio, es cierto que la victoria del segundo, con su única arma, rara vez es una victoria según el corazón de todos *los demás* espectadores, y lo hace impopular.

La profundidad y el agua turbia.—El público confunde fácilmente a quien pesca en agua turbia con el que pesca en las profundidades.

263

Demostrar su vanidad ante los amigos y los enemigos. —Ciertos hombres maltratan incluso a sus amigos por vanidad, cuando hay testigos a quienes quieren demostrar su superioridad. Otros exageran el valor de sus enemigos para dar a entender con orgullo que son dignos de semejantes enemigos.

264

Refrescamiento.—El corazón enardecido va unido por lo general a una enfermedad de la mente y del juicio. Quien desee conservar, por cierto tiempo, el juicio sano debe saber, pues, que le conviene refrescarse, sin preocuparse por el porvenir de su corazón. Pues, por poco capaz que sea de enardecerse, acabará seguramente por recobrar el calor y por tener su verano.

265

Sentimientos mixtos.—Respecto a la ciencia, las mujeres y los artistas egoístas sienten algo que está compuesto de envidia y de sentimentalismo.

266

Cuando es mayor el peligro.—Rara vez nos rompemos las piernas en tanto que nos vamos elevando penosamente en la vida; pero el peligro es mayor cuando comenzamos a tomar las cosas por su lado fácil y a elegir los caminos agradables.

267

No demasiado pronto.—Hay que tener cuidado de no agudizarse demasiado pronto, porque, al mismo tiempo, se corre el peligro de adelgazar demasiado pronto también.

268

El placer que causan los que se revuelven.—El buen educador conoce casos en que debe estar orgulloso de que sus discípulos lo *resistan* para permanecer fieles a sí mismos: cuando el joven no deba comprender al hombre o cuando se perjudicase a sí mismo si lo comprendiera.

269

Tentativa de la honradez.—Los jóvenes que quieren ser más honrados de lo que son, escogen por víctima a alguien notoriamente honrado a quien comienzan por atacar tratando, a fuerza de injurias, de elevarse a la altura de este, con la idea de que esta primera tentativa estará, sin duda, libre de peligro, pues su víctima no castigará ciertamente su desvergüenza.

270

El eterno niño.—Creemos que los cuentos y los juegos son cosa de la infancia. ¡Qué miopes somos!

¡Cómo podríamos vivir, en cualquier edad de la vida, sin cuentos y sin juegos! Es cierto que damos otros nombres a todo esto y que lo consideramos de otro modo, pero eso es precisamente una prueba de que es la misma cosa, pues el niño también considera su juego como un trabajo y el cuento como la verdad. La brevedad de la vida debería guardarnos de la separación pedante de las edades —como si cada edad aportase algo nuevo—, y sería asunto digno de un poeta mostrarnos una vez al hombre que, a los doscientos años de edad, viviera verdaderamente sin cuentos y sin juegos.

271

Toda filosofía es la filosofía de una edad particular.—La edad de la vida en que un filósofo encontró su doctrina se reconoce en su obra. No puede impedirlo por más que se imagine que se cierne por encima del tiempo y del momento. Así es como la filosofía de Schopenhauer subsiste como la imagen de la *juventud* ardiente y melancólica, no es una concepción para hombres de más edad; así es como la filosofía de Platón recuerda el ambiente de la treintena, época en que una corriente fría y otra caliente se encuentran, por lo general, con impetuosidad, levantando polvo y pequeñas nubes, pero originando, en circunstancias favorables cuando el sol da, un arcoíris encantador.

272

Del espíritu de las mujeres.—La fuerza intelectual de una mujer parece demostrada cuando, por amor a un hombre y su espíritu, sacrifica su propio espíritu, y cuando, sobre este nuevo dominio, primitivamente extraño a su naturaleza, en que le impulsa la tendencia espiritual de su marido, le nace *inmediatamente un segundo espíritu.*

273

Elevación y rebajamiento en el dominio sexual.—La tempestad del deseo arrastra a veces al hombre a una aventura en que todo deseo enmudece: es cuando *ama* verdaderamente y cuando vive más bien de una existencia mejor que de una voluntad mejor. Y, por otra parte, una mujer buena desciende a veces hasta el deseo, por amor verdadero, y llega hasta *rebajarse* ante sí misma. Este último caso, sobre todo, forma parte de las cosas más conmovedoras que la idea de un buen matrimonio pueda entrañar consigo.

274

La mujer cumple, el hombre promete.—Por la mujer, la naturaleza muestra lo que ha realizado hasta ahora en su trabajo respecto a la estatua humana; por el hombre, muestra lo que tenía que superar en este trabajo, pero también todo lo que *se propone* hacer aún con el ser humano. La mujer perfecta de todos los tiempos representa la ociosidad del creador, en el séptimo día de la cultura, el descanso del artista en su obra.

275

Trasplante.—Cuando se ha empleado al espíritu en adueñarse de lo que las pasiones tienen de desmesurado, se llega veces a un resultado enojoso: se trasplanta al espíritu la falta de medida y se lo exalta desde ese momento en el pensamiento y en el conocimiento.

276

La risa reveladora.—Cuándo y cómo ríe una mujer es el indicio de su educación; pero su naturaleza se revela en el timbre de su risa; en las mujeres muy cultas se ve en ello tal vez el último vestigio inextricable de su naturaleza. Por eso el que estudia a los hombres dirá, como Horacio, mas por una razón diferente: *ridete, puellae*.

277

Del alma del joven.—Los jóvenes cambian en sus relaciones con una sola y misma persona y van desde la abnegación hasta el descaro; pues, en los demás, no estiman ni desprecian, en el fondo, más que a sí mismos, y con respecto a ellos mismos, oscilan de un sentimiento a otro, hasta que la experiencia les hace encontrar la medida en su querer y en su poder.

278

Para hacer el mundo mejor.—Si a los descontentos, a los biliosos y a los espíritus morbosos se les prohibiese la reproducción, veríamos cómo el mundo se transformaba, como por magia, en un edén de felicidad. Este axioma forma parte de una filosofía práctica para el sexo femenino.

279

No desconfiar de sus sentimientos.—El precepto, muy femenino, de que no hay que desconfiar de sus sentimientos, no significa otra cosa sino esto: hay que comer lo que nos sabe bien. Esta es también una buena regla usual para las naturalezas mesuradas. Pero las demás naturalezas deberán vivir según otra regla: «No hay que comer solamente con la boca, sino también con la cabeza; de lo contrario, la gula de tu boca te hará morir».

280

Cruel invención del amor.—Todo gran amor engendra la idea cruel de destruir el objeto de ese amor para sustraerlo de una vez para siempre al juego sacrílego del cambio, pues el amor teme el cambio más que la destrucción.

281

Puertas.—El niño, lo mismo que el hombre, ve, en todo lo que sucede, en todo lo que aprende, puertas; mas para el hombre son puertas de *acceso,* y para el niño, pasadizos.

282

Mujeres compasivas.—La compasión palabrera de las mujeres lleva el lecho del enfermo a la plaza pública.

283

Méritos precoces.—El que, de muy joven, adquiere ya méritos, aprende, por lo general, a no temer a la vejez ni a lo que es antiguo, y se excluye así, con gran desventaja suya, de la sociedad de las gentes maduras, que proporciona la madurez del espíritu; lo que hace que, a pesar de sus méritos, permanezca, mucho más tiempo que otros, verde, importuno y pueril.

284

Almas de una pieza.—Las mujeres y los artistas se imaginan que cuando no se les contradice es porque no se es capaz de hacerlo; la admiración en diez puntos diferentes y la censura silenciosa en otros diez les parecen imposible al mismo tiempo, porque su alma está hecha de un solo bloque.

285

Talentos jóvenes.—Por lo que se refiere a los talentos jóvenes, hay que proceder rigurosamente conforme a la máxima de Goethe, quien pretende que, a menudo, no es lícito poner trabas al error para no poner trabas a la verdad. Su estado se parece a las enfermedades del embarazo y lleva consigo caprichos singulares; habría que satisfacer esos caprichos, bien que mal, y tenerlos en cuenta por el fruto que se espera de ellos. Pero, siendo el guarda de este singular enfermo, hay que conocer el arte difícil de la humillación de sí mismo.

286

Disgusto por la verdad.—Lo característico de la mujer es disgustarse por todas las verdades (en lo que concierne al hombre, al amor, al niño, a la sociedad, al objetivo de la vida) y tratar de vengarse de todos los que les abren los ojos.

287

La fuente del gran amor.—¿De dónde pueden nacer las pasiones repentinas de un hombre por una mujer, las pasiones profundas e íntimas? Son debidas a la sensibilidad menos que a cualquier otra cosa; pero cuando el hombre halla, en un ser, a la vez la debilidad, la abnegación y la petulancia, sucede algo en él como si su alma quisiera desbordarse: se siente al mismo tiempo enternecido y ofendido. De este punto sensible es de donde brota la fuente del gran amor.

288

Limpieza.—Hay que desarrollar en los niños, hasta la pasión, el sentido de la limpieza; este sentido se eleva, después, por transformaciones continuamente nuevas, para igualar casi todas las virtudes, y acaba por aparecer como una compensación de toda clase de talentos, como una envoltura luminosa de pureza, de moderación, de dulzura, de carácter, que trae la dicha consigo, que difunde la dicha en torno suyo.

289

Viejos vanidosos.—La profundidad pertenece a la juventud, y la claridad de espíritu a la edad avanzada: si, a pesar de esto, los viejos hablan y escriben a veces a la manera de hombres profundos, obran así por vanidad, creyendo revestir de esta suerte el encanto de la juventud, de la exaltación, de lo que hay en su porvenir, incluso lleno de presentimientos y de esperanzas.

290

Utilización de lo nuevo.—Los hombres utilizarán siempre lo que han aprendido y vivido de nuevo como se sirven de la reja del arado, acaso como de un arma; pero las mujeres se arreglarán con ello un atavío.

291

Tener razón ante los dos sexos.—Si convenimos ante una mujer que ella tiene razón, esta no dejará de poner su pie triunfalmente sobre la nuca de aquel a quien ha sometido: es preciso que saboree su victoria hasta el fin; mientras que, de hombre a hombre, por lo general, en casos semejantes, se avergüenza uno de tener razón. Y es que, en el hombre, la victoria es la regla, mientras que en la mujer es la excepción.

292

Renuncia en la voluntad de ser bella.—Para llegar a ser bella una mujer no debe querer pasar por bonita; es decir, que, en noventa y nueve de cada cien casos en que podría agradar, debe desdeñar agradar y privarse de ello, para recoger una sola vez la admiración de aquel cuya alma es bastante grande para acoger lo que es grande.

293

Incomprensible; insoportable.—Un joven no puede comprender que alguien de más edad que él haya pasado ya por sus arrebatos, sus auroras de sentimientos, sus reflexiones y sus elevaciones: se ofenden ya solo con la idea de que todo esto haya podido suceder dos veces, pero adoptan una actitud completamente hostil cuando se les dice que no se puede llegar a ser fecundo sino a condición de perder esas flores y de privarse de su perfume.

294

El partido que adopta el aire de víctima.—Todo partido que sabe darse aires de víctima se atrae el corazón de las gentes benévolas y se gana así él mismo el porte de la benevolencia, con gran ventaja suya.

295

Afirmar vale más que demostrar.—Una afirmación tiene más peso que un argumento, por lo menos en la mayoría de los hombres, pues el argumento despierta la desconfianza. Por eso los oradores populares tratan de asegurar los argumentos de sus partidos mediante afirmaciones.

296

Los mejores encubridores.—Todos los que están habituados al éxito tienen la suficiente astucia para presentar siempre sus defectos y sus debilidades como fuerza aparente; de donde resulta que conocen a estos de un modo particular y que saben servirse de ellos.

297

De cuando en cuando.—Se sentó a las puertas de la ciudad y le dijo a uno que pasaba que aquellas eran las puertas de la ciudad. Este le respondió que, aunque dijese la verdad, es preciso no tener razón con demasiada frecuencia si se quiere recoger gratitud. «¡Oh —replicó el primero—, no busco la gratitud; pero, de cuando en cuando, es muy agradable no solamente tener razón, sino también conservarla!»

298

La virtud no ha sido inventada por los alemanes.—La nobleza y la ausencia de envidia de Goethe, la resignación altiva y solitaria de Beethoven, la suavidad y la gracia de corazón de Mozart, la virilidad inquebrantable y la libertad en la ley de Haendel, la vida interior, confiada y transfigurada, que ni siquiera tiene necesidad de renunciar a la gloria y al éxito, de Bach: ¿son realmente cualidades *alemanas?* Pero, si no es así, indicadnos al menos a qué deben aspirar los alemanes y lo que pueden alcanzar.

299

«Pia fraus» u otra cosa.—Tal vez me equivoque, pero me parece que, en la Alemania actual, una doble hipocresía se ha convertido para cada uno en el deber del momento: se predica el germanismo, en interés de la política del Imperio, y el cristianismo por temor social, pero ambos solamente en las palabras y en las actitudes, y sobre todo en la facultad de poder callarse.

Es el *barniz* que cuesta ahora tan caro lo que se paga a precio tan alto; a causa de los *espectadores* es por lo que la nación comunica a sus facciones rasgos germano-cristianizantes.

300

En las cosas buenas, la mitad vale más que el todo.—En todas las cosas que están organizadas por la duración y que exigen siempre el servicio de varias personas, es preciso presentar como *regla* lo que a veces es *menos bueno,* aunque el organizador conozca muy bien lo que es mejor (y más difícil); pero contará con el hecho de que nunca han de faltar personas que *puedan* corresponder a la regla, y sabe que lo que representa la regla es medida de las fuerzas. Esto es de lo que rara vez se da cuenta un joven y está seguro de estar en lo cierto cuando se afirma innovador y se asombra de la extraña ceguera de los demás.

301

El hombre de partido.—El verdadero hombre de partido no aprende ya nada, no hace más que experimentar y juzgar; mientras que Solón, que no fue nunca hombre de partido, pero que persiguió su fin al margen y por encima de los partidos, e incluso contra ellos, se convirtió en el autor (y esto es significativo) de esta sencilla frase que revela toda la salud inagotable de Atenas: «Me hago viejo, pero continúo aprendiendo».

Lo que es alemán, según Goethe.—Son verdaderamente insoportables, y ni siquiera se puede aceptar lo que tienen de bueno, quienes poseen la *libertad de sentimiento* y no se dan cuenta de que les falta la *independencia del gusto y del espíritu*. Pero según el juicio ponderado de Goethe, esto es precisamente lo *alemán*. Su palabra y su ejemplo demuestran que el alemán *debe ser* más que un alemán para ser útil, o incluso tan solo soportable a las demás naciones; y él indica en *qué dirección* debe aspirar a superarse y a salir de sí mismo.

303

Cuándo hay que detenerse.—Cuando las masas comienzan a debatirse con furia y cuando la razón se oscurece, bueno será, en caso de no estar seguro por completo de la salud de su alma, refugiarse en un portal y esperar a que pase la tormenta.

304

Revolucionarios y propietarios.—El único remedio contra el socialismo que queda en vuestras manos es no provocarlo, es decir, vivir vosotros mismos modesta y sobriamente, e impedir, conforme a vuestros medios, toda ostentación de opulencia y ayudar al Estado cuando quiera grabar con impuestos todo lo que es lujo y superfluidad. ¿No os gusta este medio? Entonces, ricos burgueses que os llamáis «liberales», confesáoslo a vosotros mismos, es vuestro propio sentimiento lo que halláis tan terrible y amenazador en los socialistas, pero, en vuestro propio corazón, les concedéis un lugar indispensable, como si no fuese la misma cosa. Si, tal como sois, no tuvieseis nuestra fortuna y el cuidado de su conservación, ese sentimiento os haría semejantes a los socialistas: solo la propiedad constituye la diferencia entre ellos y vosotros. Es preciso, ante todo, venceros a vosotros mismos si queréis triunfar, de cualquier manera que sea, de los adversarios de vuestro bienestar. ¡Si por lo menos este bienestar fuese un bienestar verdadero! Entonces sería menos exterior y provocaría menos envidia, hallaría más benevolencia, más deseo de equidad y estaría más asegurada. Pero lo que hay de falso y de comedia en vuestra alegría de vivir, que proviene más bien de un sentimiento de contraste (con otros que no tienen esta alegría de vivir y que os la envidian) que de una verdadera plenitud de la fuerza y de la superioridad —las exigencias de vuestros alojamientos, de vuestros vestidos, de vuestros equipajes, de vuestras tiendas, de las necesidades de la mesa, de vuestros ardientes entusiasmos por el concierto y la ópera y, en fin, de vuestras mujeres, formadas y modeladas, pero de un metal vil, doradas, pero sin dar el sonido del oro, elegidas por vosotros para hacer ostentación de ellas y ofreciéndose ellas mismas como muestras de ostentación: esos son los propagandistas envenenados de esa enfermedad del pueblo que, en forma de morbo socialista, se difunde hoy entre las masas, con una rapidez cada vez mayor, pero que ha tenido en vosotros su primer asiento y su primer foco de incubación, ¿y quién sería, entonces, capaz de detener esa peste?

305

Táctica de los partidos.—Cuando un partido advierte que uno de sus miembros, después de haber sido un adepto incondicional, se convierte en un adepto con reservas, tolera tan mal este cambio que intenta, por medio de toda clase de humillaciones y de provocaciones, hacer que huya y se convierta en un adversario, pues sospecha que la intención de ver en su doctrina algo que es de un valor relativo, que autoriza el pro y el contra, el examen y la elección, es más peligroso para él que una oposición radical.

306

Para fortalecer los partidos.—El que quiera fortalecer los cimientos interiores de un partido le procura la ocasión de ser tratado con injusticia manifiesta: esto le hace acumular un capital de buena conciencia que tal vez le faltaba hasta entonces.

307

Tener cuidado de su pasado.—Como los hombres no veneran, en suma, sino lo que existe desde hace mucho tiempo y se ha formado lentamente, quien quiera continuar viviendo después de su muerte no debe solamente cuidar de sus descendientes, sino también de su *pasado;* por eso a los tiranos de toda especie (los artistas y los políticos tiránicos también) les gusta violentar a la historia, para que esta parezca como una preparación y una escala que conduce hasta ellos.

308

Escritores de partido.—Los golpes de timbal con los que algunos jóvenes escritores se ponen al servicio de un partido se asemejan, para quien no pertenece al partido, a un ruido de cadenas, y despiertan más bien la compasión que la admiración.

309

Tomar partido contra sí mismo.—Nuestros adeptos no nos perdonan jamás que tomemos partido contra nosotros mismos; pues, a sus ojos, esto no es solamente rechazar su amor, sino también minar su razón.

310

Peligro en la riqueza.—*Solo* debería *poseer* quien tuviera *espíritu;* de otro modo, la fortuna es un *peligro público*. Pues quien posee, cuando no sabe utilizar los ocios que le depara la fortuna, seguirá deseando adquirir siempre más; esta aspiración será su diversión, su astucia de guerra en la lucha contra el aburrimiento. Así es como el modesto bienestar, que bastaría al hombre intelectual, se transforma en verdadera riqueza, resultado engañador de dependencia y de pobreza intelectuales. Sin embargo, el rico *aparece* de otro modo de como podría hacerlo esperar su origen miserable, pues puede tomar la máscara de la cultura y del arte, puede *comprar* esta máscara. Por eso despierta la envidia de los más pobres y de los iletrados —que, en suma, envidian siempre la cultura y que no ven en esta más que una máscara— y prepara así, poco a poco, una revolución social; pues la brutalidad bajo un barniz de lujo, la jactancia de comediante, con que el rico hace ostentación de sus «goces de civilizado», evocan, en el pobre, la idea de que «lo único que importa es el dinero», mientras que, en realidad, si el dinero importa *algo, el espíritu importa mucho más.*

311

El placer de mandar y de obedecer.—Mandar causa tanto placer como obedecer; lo primero cuando no se ha hecho aún habitual, lo segundo cuando se ha hecho completamente habitual. Los viejos servidores y los amos se estimulan recíprocamente para agradar.

312

Ambición de primera figura.—Hay una ambición de primera figura que apremia a un partido a aventurarse en un peligro extremado.

313

Necesidad del asno.—No se conseguirá que la multitud grite *hosanna* hasta que no entre en la ciudad a horcajadas de un asno.

314

Costumbres de partido.—Cada partido trata de presentar como insignificantes las cosas importantes que se hacen fuera de él; pero, si no lo consigue, atacará con tanta mayor virulencia lo que sea más perfecto.

315

Vaciarse.—A medida que nos abandonamos a los acontecimientos nos achicamos cada vez más. Por eso hay grandes políticos que pueden convertirse en hombres completamente vacíos, cuando en otro tiempo eran hombres de talento.

316

Enemigos deseados.—Para los gobiernos dinásticos, las corrientes socialistas son útiles porque inspiran terror, pues les dan el *derecho* de recurrir a medidas de excepción y les pone en las manos una espada para combatir a los partidos que son su pesadilla: a los demócratas y a los adversarios de la dinastía. Todo lo que semejantes gobiernos odian públicamente les es simpático en secreto: se ven forzados a ocultar su alma.

317

La propiedad posee.—Solo hasta cierto grado la propiedad hace al hombre más independiente y más libre; un escalón más y la propiedad se convierte en el dueño y el propietario en esclavo; desde ese momento, tiene que sacrificar su tiempo, su meditación, para entablar relaciones, ligarse a un lugar, incorporarse a un Estado; todo esto, tal vez, en detrimento de sus necesidades íntimas o esenciales.

318

De la dominación de las competencias.—Es fácil, ridículamente fácil, elaborar un modelo para la elección de un cuerpo legislativo. Ante todo habrá que poner a un lado, en un país, a los hombres leales y dignos de confianza que serían, al mismo tiempo, maestros y conocedores en ciertas cosas y reconocerían recíprocamente su capacidad; en esta asamblea habría que hacer una elección más restringida que determinaría las especialidades y las competencias de primer orden en cada partido; esta elección se haría por la estimación y la garantía mutua. Una vez integrado así el cuerpo legislativo, solo los votos y los juicios de cada hombre especialmente competente decidirían en cada caso particular y la honorabilidad de *todos* los demás debería ser bastante noble para que la simple conveniencia les hiciese ceder el voto a estos; de suerte que, en sentido estricto, la ley nacería de la razón de los más razonables. Ahora son los partidos los que votan; y, en cada votación, debe de haber centenares de conciencias vergonzantes: todas las de los hombres mal informados, incapaces de juicios, que obran por imitación, a quienes se lleva y se arrastra. Nada rebaja tanto la dignidad de una ley nueva como la coacción vergonzosa de esa falta de probidad a que obliga todo voto por partidos. Pero, como ya he dicho, es fácil, ridículamente fácil, elaborar una construcción semejante: no hay poder bastante fuerte en la Tierra para realizarla en un sentido mejor, a menos que la creencia en la utilidad superior *de la ciencia y de los sabios* no sea evidente, incluso para los más malévolos, y que se prefiera esta creencia a la fe en el número. Tendiendo en el sentido de este porvenir es lo que nos hace decir: «¡Más respeto para el hombre competente! ¡Y abajo todos los partidos!».

319

El «pueblo de los pensadores» (el de los malos pensadores).—Lo indefinido, lo indeterminado, lo misterioso, lo elemental, lo intuitivo —para dar nombres vagos a cosas vagas—, que se dicen ser las cualidades del carácter alemán, serían, si estas cualidades existiesen efectivamente aún, la prueba de que la civilización alemana ha permanecido muchas veces atrasada y de que respira aún la atmósfera de la Edad Media. Es cierto que semejante retraso tiene también sus ventajas: con las cualidades indicadas —para el caso, naturalmente, de que las poseyera aún— los alemanes serían aptos para ciertas cosas, y especialmente para comprender ciertas cosas, para las cuales otras naciones han perdido todas sus facultades. Y es cierto que cuando la *falta de razón* —es decir, lo que es común a todas esas cualidades— se pierde, se pierden muchas cosas; pero no hay pérdida sin grandes ventajas en compensación, de suerte que falta toda razón para quejarse, admitiendo que no se quiera obrar como hacen los niños y los golosos, y disfrutar simultáneamente frutos de todas las estaciones.

320

Llevar lechuzas a Atenas.—Los gobiernos de los grandes Estados tienen en sus manos dos medios para tener al pueblo sometido, para hacerse temer y obedecer: un medio más burdo, el ejército; un medio más sutil, la escuela. Con ayuda del primero ponen de su parte la *ambición* de las clases superiores y la *fuerza* de las clases inferiores, al menos en la medida en que estas dos clases poseen hombres activos y robustos mediana y mediocremente dotados. Con ayuda del segundo medio se ganan la pobreza *dotada* y sobre todo la semipobreza de pretensiones intelectuales de las clases medias. Se crean, ante todo, por los profesores de todas categorías, una corte intelectual que aspira a «subir»; acumulando obstáculo sobre obstáculo contra la escuela privada o la educación particular que el Estado odia de modo especial, se asegura la disposición de un número muy grande de plazas que se codician constantemente por un número sin duda cinco veces superior al que sería suficiente, de ojos ávidos y devoradores. Pero estas situaciones no deben alimentar a sus hombres sino muy *congruamente;* así es como el Estado mantiene en ellos la sed febril del *progreso,* ligándolos más estrechamente aún a las intenciones gubernamentales. Pues es mejor mantener un descontento benigno, muy preferible a la satisfacción, madre del valor, abuela de la libertad de espíritu y de la presunción. Por medio de este cuerpo docente, material e intelectualmente sujeto por las bridas, se eleva entonces, bien que mal, a toda la juventud del país a un cierto nivel de instrucción útil al Estado, y graduado según la necesidad; ante todo, se transmite casi imperceptiblemente a los espíritus débiles, a los ambiciosos de toda condición, la idea de que solo una dirección de vida reconocida y estampillada por el Estado conduce inmediatamente a desempeñar un papel en la *sociedad.* La creencia en los exámenes de Estado y en los títulos conferidos por el Estado va tan lejos, que, incluso hombres que se han formado de una manera independiente, que se han elevado mediante el comercio o el ejercicio de una profesión, guardan un ápice de amargura en el corazón mientras su situación no se haya reconocido arriba mediante una investidura oficial, un título o una decoración: hasta que puedan «hacerse notar». Por último, el listado asocia el nombramiento a las mil y mil funciones y plazas retribuidas, que dependen de él, al *compromiso* de hacerse educar y estampillar por los establecimientos del Estado, pues de otro modo esta puerta les permanecerá cerrada para siempre; honores sociales, pan para sí mismo, posibilidad de una familia, protección de arriba, espíritu de cuerpo en los que han sido educados en común: todo esto forma una red de esperanzas en la que quedan prendidos todos los jóvenes; ¿de dónde, pues, podría venir un soplo de desconfianza? Si, en fin de cuentas, la obligación para cada uno de ser *soldado* durante unos años se ha convertido, al cabo de unas generaciones, en un hábito y una condición que se cumple sin reserva, en vista de lo cual se arregla de antemano su vida, el Estado puede arriesgar aún el golpe maestro de encadenar, mediante privilegios, la escuela y el ejército, la inteligencia, la ambición y la fuerza; es decir, de atraer hacia el ejército a los hombres de *aptitudes* y de *cultura* superiores y de inculcarles el espíritu militar de la obediencia voluntaria, lo que tal vez los arrastre a prestar juramento a la bandera, para toda su vida, y a proporcionar, por sus aptitudes, un nuevo esplendor al oficio de las armas. Entonces ya no hará falta más que la ocasión de grandes guerras; y se puede prever que, por su profesión, los diplomáticos envejecerán con toda *inocencia,* así como los periódicos y la especulación, pues el «pueblo», cuando es un pueblo de soldados, tiene siempre buena conciencia cuando hace la guerra, y es inútil sugerírsela.

321

La prensa.—Si consideramos que todavía hoy todos los grandes acontecimientos se deslizan secretamente y como cubiertos con un velo en la escena del mundo, que se ocultan mediante hechos insignificantes, al lado de los cuales parecen pequeños, que sus efectos profundos, sus repercusiones no se manifiestan sino mucho tiempo después de haberse producido, ¿qué importancia puede concederse entonces a la prensa, tal corno existe hoy, con su cotidiano gasto de pulmones para aullar, ensordecer, excitar y asustar? ¿Es la prensa algo distinto a un *ruido ciego* y *permanente* que desvía el oído y los sentidos en una dirección falsa?

322

Después de un gran acontecimiento.—Un pueblo o un hombre cuya alma ha sido sacada a la luz gracias a un acontecimiento experimenta enseguida, por lo general, la necesidad de una *puerilidad* o de una *grosería,* tanto por pudor como para descansar.

323

Ser buen alemán es dejar de ser alemán.—No se hallan solamente, como se ha creído hasta aquí, las diferencias naturales en los matices entre los diferentes *gra-*

dos de cultura. Estas diferencias no tienen, a menudo, nada de duradero. Por eso toda argumentación basada en el carácter nacional obstaculiza muy poco a quien trabaja en la *transformación* de las convicciones, a quien hace obra civilizadora. Si pasamos revista, por ejemplo, a todo lo que se ha llamado ya alemán, habrá que corregir la pregunta teórica: «¿Qué *es* lo alemán?», preguntando: «¿Qué es *ahora* lo alemán?», y todo *buen* alemán resolverá prácticamente esta cuestión, sobreponiéndose precisamente a sus cualidades alemanas. Pues cuando un pueblo avanza y crece, va rompiendo, a cada paso, las trabas que le han conferido hasta el momento la consideración *nacional;* si este pueblo se detiene, si desfallece, nuevas trabas se ponen en torno a su alma, la costra que se hace cada día más dura forma, en cierto modo, una prisión cuyos muros no hacen más que espesarse. Si un pueblo celebra muchas fiestas, es una prueba de que quiere petrificarse y de que le gustaría cambiarse en *monumento,* como le sucedió a Egipto a partir de cierta época. Por tanto, quien quiera bien a los alemanes debe velar, por su parte, para superar cada vez más lo que es alemán. Por eso la *orientación* hacia lo que *no es alemán* fue siempre la marca de los hombres distinguidos de nuestro pueblo.

324

Predilecciones del extranjero.—Un extranjero que viajaba por Alemania desagradó y agradó por ciertas afirmaciones, según las comarcas por donde pasó. Todos los suabos que tienen ingenio —solía decir— son coquetos. Pero los demás suabos continúan creyendo que Uhland es un poeta y que Goethe fue un inmoral. Lo mejor de las novelas alemanas que están hoy en boga es que no hay necesidad de leerlas: ya las conocemos. El berlinés parece ser de mejor madera que el alemán del sur, pues, por ser excesivamente burlón, soporta la burla, lo que no sucede entre los alemanes del sur. El ingenio de los alemanes se mantiene a un nivel inferior gracias a la cerveza y a los periódicos: les recomiendan el té y los libelos como remedio, naturalmente. El viajero aconsejaba que se examinasen los diferentes pueblos de la vieja Europa desde el punto de vista de sus cualidades particulares a los ancianos, cuyos diferentes tipos presenta bien Europa, esto para la mayor alegría de quienes asisten al espectáculo del gran teatro de feria: los franceses representan, de una manera feliz, lo que la vejez tiene de sabia y de amable; los ingleses, la experiencia y la reserva, y los italianos, la inocencia y la espontaneidad. ¿Faltarían las demás máscaras de la vejez? ¿Dónde está el viejo altanero? ¿Dónde el viejo despótico? ¿Dónde el viejo avaro? Las comarcas más peligrosas de Alemania son Sajonia y Turingia; en ninguna parte se halla más actividad intelectual y científica de los hombres, con mucha libertad de espíritu; y todo esto es tan humilde y está tan oculto bajo el horrible lenguaje y el servilismo de esta población, que apenas se nota que allí están los suboficiales intelectuales de Alemania y los maestros de esta, en el bien y en el mal. La arrogancia de los alemanes del norte se mantiene en sus límites por su inclinación a obedecer; la de los alemanes del sur, por su inclinación a la indolencia. Al viajero le parecía que los hombres alemanes tenían en sus mujeres torpes domésticas, muy convencidas de su valer; que estás se alababan con tanta insistencia que habían convencido a casi todo el mundo y, en todo caso, a sus maridos, de las virtudes particulares que desplegaban en su interior las mujeres alemanas. Cuando alguna vez la conversación recaía sobre la política de Alemania en el interior y en el exterior, tenía la costumbre de referir —él decía de revelar— que el hombre de Estado más grande de Alemania no creía en los grandes hombres de Estado. Consideraba el porvenir de los alemanes como amenazado y amenazador, pues habían olvidado *alegrarse* (cosa que los italianos sabían hacer muy bien); pero, mediante el gran juego de azar de las guerras y revoluciones dinásticas, se habían *habituado a la emoción,* y, por consiguiente, acabarían, un día, porque estallase entre ellos el motín. Pues esta es la emoción más grande que un pueblo pueda proporcionarse. El socialista alemán —decía— era el más peligroso de todos, porque no va impulsado por una necesidad *determinada;* sufre porque no sabe lo que quiere. Así que, alcance lo que alcance, en el disfrute languidecerá siempre de deseo, como Fausto, pero probablemente como un Fausto muy populachero. «Pues —exclamó, por último—, Bismarck ha expulsado el *demonio de Fausto,* que tanto atormentó a los alemanes cultos; pero este demonio se ha metido ahora dentro de los puercos y está peor que nunca.»

325

Opiniones.—La mayor parte de las gentes no son nada ni cuentan para nada antes de haber revestido el manto de las convicciones generales y de las opiniones públicas; conforme a la filosofía de los sastres: los vestidos son los que hacen a las gentes. Mas, por lo que se refiere a los hombres excepcionales, hay que decir: *el traje lo hace el hombre que lo lleva;* entonces, las opiniones dejan de ser públicas y se convierten en otra cosa distinta a máscaras, adornos y disfraces.

326

Dos clases de sobriedad.—Para no confundir la sobriedad provocada por el agotamiento del espíritu con la sobriedad de la templanza, hay que observar que la primera es torpe de movimientos, mientras que la segunda está llena de gracia.

327

Falsificación de la alegría.—No hay que llamar buena una cosa, ni siquiera un día más, cuando no nos lo parece así, pero no es preciso tampoco que sea un día *más pronto*; es la única manera de conservar una alegría verdadera; de lo contrario, nuestra alegría nos parecería enseguida insípida al gusto y tal vez muy anticipada, y pasaría entre muchas gentes por alimento falsificado.

328

El chivo de la virtud.—Cuando alguien hace lo que mejor sabe hacer, quienes lo quieren bien, mas no están a la altura de su acción, se lanzan enseguida a buscar un chivo para sacrificarlo, pensando que es el chivo emisario *(Sündenbock* = chivo expiatorio), cuando es el chivo de la virtud.

329

Soberanía.—Venerar también las cosas malas y reconocerlas, cuando os agradan, ignorar totalmente cómo se puede tener vergüenza de lo que os agrada, es el signo de la soberanía, en lo grande y en lo pequeño.

330

El que actúa sobre sus semejantes es un fantasma y no una realidad.—El hombre eminente va aprendiendo, poco a poco, *que, en tanto que actúa,* es un fantasma en el cerebro de los demás, y tal vez llega a la tortura sutil del alma de preguntarse si no habrá que conservar el fantasma de sí mismo para el *bien* de sus semejantes.

331

Tomar y dar.—Cuando se ha tomado la menor cosa de alguien (o cuando se ha anticipado a él), se vuelve ciego y no ve que se le han dado cosas infinitamente más importantes, e incluso la más importante.

332

El buen campo.—Toda repulsa o toda negativa son pruebas de una falta de fecundidad; en el fondo, si fuésemos buen campo de labor, no dejaríamos perecer nada sin utilizarlo y veríamos en todo, en los acontecimientos y en los hombres, estiércol útil, lluvia y sol.

333

Las relaciones como goce.—Si el espíritu de renunciación impulsa a alguien a buscar la soledad deliberadamente, puede transformar sus relaciones con los hombres, cuando las disfruta rara vez, como un manjar delicado.

334

Saber sufrir públicamente.—Hay que mostrar la desgracia, quejarse de cuando en cuando, de manera que todo el mundo lo oiga, impacientarse de modo ostensible; pues si los demás se diesen cuenta de cuán tranquilos y felices somos en el fondo de nosotros mismos, a pesar de los sufrimientos y de las privaciones, ¡cuán envidiosos y perversos se volverían! Pero es preciso que procuremos no hacer peores a nuestros semejantes; además, si supieran que somos felices, nos cargarían de pesadas contribuciones, de modo que nuestro *sufrimiento público* es, indudablemente, también para nosotros una *ventaja privada.*

335

Calor en las cimas.—En las alturas hace más calor de lo que generalmente se cree en el valle, especialmente en invierno. El pensador sabe todo lo que quiere decir este símbolo.

336

Querer el bien, conocer lo bello.—No basta practicar el *bien,* es preciso también quererlo y, según la frase del poeta, recibir la divinidad en su *voluntad*. Pero no basta con querer *lo bello,* hay que *poder* quererlo, con inocencia y ciegamente, sin que Psiquis se entrometa. Que quien encienda su linterna para buscar hombres perfectos tenga cuidado con este signo distintivo: los hombres perfectos son los que obran siempre a causa del bien y terminan siempre en lo bello, sin proponérselo. Pues, por incapacidad y defecto de un alma hermosa, muchas personas buenas y nobles, a pesar de su buena voluntad y de sus buenas obras, conservan su aspecto enojoso y parecen feas; rechazan y perjudican incluso a la virtud por el odioso disfraz con que su mal gusto la hace vestir.

337

Peligro de los que renuncian.—Hay que guardarse de cimentar la vida sobre una base de concupiscencia muy reducida; pues cuando se renuncia a las alegrías que proporcionan la posición, los honores, el trato social, los placeres, el confort y las artes, puede llegar un día en que advirtamos que, en lugar de tener a la *sabiduría* por vecina, el renunciamiento os ha llevado a la *saciedad* y al hastío de vivir.

338

Última opinión sobre las opiniones.—O bien ocultamos nuestras opiniones, o nos ocultamos detrás de ellas. Quien obra de otro modo no conoce la marcha del mundo o forma parte de la orden de la Santa Temeridad.

---

[1] Canción tradicional de los estudiantes alemanes.

339

«Gaudeamus igitur» [1].—Es preciso que la alegría contenga también fuerzas edificantes y curativas para la naturaleza moral del hombre: ¿cómo se explicaría que, cada vez que nuestra alma reposa bajo los rayos del sol de la alegría, se prometa involuntariamente ser «buena», «llegar a ser perfecta» y se sienta acometida por una especie de presentimiento de la perfección, semejante a un estremecimiento de dicha?

340

A alguien que ha sido alabado.—No olvides que mientras te alaban no estás aún en tu propio camino, sino en el de otro.

341

Amar al maestro.—El maestro es querido por el obrero de otro modo que del maestro.

342

Demasiado hermoso y demasiado humano.—«La naturaleza es demasiado bella para ti, pobre mortal»; no es raro que este sentimiento se apodere de vosotros; pero, a veces, contemplando con intensidad todo lo que es humano, su plenitud y su fuerza mezcladas de dulzura, he tenido el sentimiento de que debería decir con toda humildad: «*El hombre* también es demasiado hermoso para el hombre contemplativo»; y no pensaba tan solo en el hombre moral, sino en cualquier hombre.

343

Bienes mobiliarios y propiedad territorial.—Cuando alguna vez la vida os ha tratado como verdadera expoliadora y os ha arrebatado todo lo que podía quitaros de honores y de alegrías, robándoos vuestros amigos, vuestra salud y vuestra hacienda, tal vez se descubra después, cuando haya pasado el primer terror, que sois *más ricos* que antes. Pues ahora solo sabéis lo que os pertenece, hasta el punto de que ninguna mano sacrílega puede tocarlo; y así es como tal vez se salga de todo este pillaje y de esta confusión con la nobleza de un gran terrateniente.

344

Involuntarias figuras ideales.—El sentimiento más penoso que hay es descubrir que siempre lo toman a uno por algo superior a lo que es. Pues siempre nos vemos forzados a confesarnos: hay algo en ti que es engaño y mentira —tu palabra, tu expresión, tu actitud, tu mirada, tu acción—, y ese algo engañador es tan necesario como lo es, por otra parte, tu franqueza, pero anula continuamente el efecto y el valor de esta.

345

Idealista y mentiroso.—No hay que dejarse tiranizar por la más hermosa cualidad que pueda existir: la de elevar las cosas en la idea; pues entonces podría suceder que un día la verdad se separase de nosotros con estas duras palabras: «Embustero redomado, ¿qué tengo yo de común contigo?».

346

Ser mal comprendido.—Cuando se es mal comprendido en conjunto, es imposible suprimir por completo una mala inteligencia determinada. Hay que darse cuenta de esto para no emplear inútilmente las fuerzas en defenderse.

347

Habla el bebedor de agua.—Continúa bebiendo el vino que te ha deleitado durante toda tu vida, ¿qué te importa que yo tenga que beber agua? El agua y el vino ¿no son elementos apacibles y fraternales que pueden vivir juntos sin hacerse reproches?

348

Del país de los antropófagos.—En la soledad el solitario se roe el corazón; en la multitud es la muchedumbre quien se lo roe. ¡Elegid, pues!

349

El grado de congelación de la voluntad.—«Por fin llega la hora que te envuelve en la nube dorada de la ausencia del dolor; en que el alma goza de su propia lasitud, abandonándose con deleite a la lentitud de sus movimientos y pareciéndose, en su paciencia, al juego de las olas que, en las orillas de un lago, en un día tranquilo de verano, bajo los reflejos multicolores de un cielo crepuscular, entrechocan una y otra vez y se callan —sin fin, sin objetivo, sin saciedad y sin deseos—, tranquila y deleitándose en el flujo y reflujo rítmico que se armonizan en el aliento de la naturaleza.» Tales son las palabras y los pensamientos de todos los enfermos, pero cuando les llega esta hora, después de un breve goce, los invade el aburrimiento. Pero el aburrimiento es el viento de deshielo para la voluntad congelada: esta se despierta y comienza a suscitar un deseo después de otro. Desear de nuevo, es el síntoma de la convalecencia y de la curación.

350

El ideal renegado.—Sucede excepcionalmente que alguien no puede llegar a su cumbre sino renegando de su ideal, pues este ideal es el que hasta entonces lo estimulaba con demasiada violencia, de modo que, en medio de su camino, perdía siempre el aliento y tenía que pararse.

351

Inclinación pérfida.—El signo de un hombre envidioso, pero que aspira a elevarse, es cuando vemos a alguien atraído por la idea de que, ante lo que es perfecto, no hay más que una sola salvación: el amor.

352

Felicidad de escalera.—Así como, en ciertos hombres, el ingenio no va al unísono con la ocasión de expresarlo, de suerte que la ocasión ha pasado ya por la puerta cuando el ingenio está aún en la escalera, en otros hombres, sin embargo, hay una especie de *felicidad de escalera* que corre muy lentamente para estar siempre al lado del tiempo de los pies ligeros. El mayor goce que proporciona a estos hombres un acontecimiento o todo un periodo de la vida no les llega sino mucho después, a veces solo como un débil perfume aromatizado, que evoca languidez y tristeza, como si —de un momento a otro— hubiera sido posible saciar su sed en este elemento, mientras que ahora ya es demasiado tarde.

353

Gusanos.—No es un argumento contra la madurez de un espíritu encontrar en él algunos gusanos.

354

La posición victoriosa.—Una buena actitud a caballo arrebata el valor al adversario, y gana el corazón al espectador: ¿para qué atacar ya? Mantente como quien ha vencido.

355

Peligro en la admiración.—Al admirar demasiado las virtudes ajenas podemos perder el sentido de las nuestras propias, y, no ejerciéndolas ya, olvidarlas por completo, sin poder reemplazarlas por aquellas.

356

Utilidad de la enfermedad.—Quien está enfermo con frecuencia, porque sana a menudo, no solo toma mayor gusto a la salud, sino que posee también un sentido muy agudo para saber lo que es sano o morboso en las obras y en los actos, tanto suyos como ajenos. Los escritores enfermizos, por ejemplo —y casi todos los grandes están desgraciadamente en este caso—, poseen, por lo general, en sus obras, un tono de salud mucho más seguro y más igual, porque conocen, mejor que los robustos de cuerpo, la filosofía de la salud y de la curación del alma. Conocen a los maestros que enseñan la salud: la mañana, el sol, el bosque y los manantiales de agua clara.

357

Infidelidad, condición de maestría.—Es inevitable: cada maestro no tiene más que un solo alumno —y este alumno le llega a ser infiel—, pues está predestinado a la maestría.

358

Nunca en vano.—No treparás nunca en vano por las montañas de la verdad: ya sea que hoy llegues a subir muy alto o que ejercites tus fuerzas para poder subir más alto mañana.

359

A través de los cristales grises.—Lo que tú ves del mundo, a través de esta ventana, ¿es tan bello que no quieres mirar, a ningún precio, a través de otra ventana, y hasta impides a los demás intentarlo?

360

Indicios de transformaciones violentas.—Si soñamos con quienes están muertos u olvidados hace mucho tiempo, es señal de que una gran transformación se está operando en nosotros y de que el suelo que pisamos está profundamente excavado; entonces los muertos resucitan y lo que era antiguo vuelve a ser nuevo.

361

Medicamento del alma.—Permanecer acostado sin moverse, y pensar poco, es el remedio menos costoso para todas las enfermedades del alma, y, cuando tenemos buena voluntad, su práctica se hace, de hora en hora, más agradable.

362

Clasificación de los espíritus.—Tú te clasificas muy por debajo de otro, pues pretendes constituir la excepción y el otro la regla.

363

El fatalista.—*Tienes* que creer en la fatalidad; la ciencia puede forzarte a ello. Lo que nazca luego de esta creencia —la cobardía y la resignación, o la grandeza y la lealtad— dará testimonio del terreno en que se sembró esta semilla; pero no de la semilla misma, pues de ella pueden salir las cosas más distintas.

364

Razón de muchos malhumores.—El que, en la vida, prefiere lo bello a lo útil, *acabará,* como el niño que prefiere los caramelos al pan, por estropearse el estómago y por mirar el mundo con mucho malhumor.

365

El exceso como remedio.—Se puede volver a tomar gusto a las propias cualidades venerando excesivamente, para gozar de ellas, las cualidades contrarias. Emplear el exceso como remedio es uno de los golpes maestros en el arte de vivir.

366

«¡Quiere ser tú mismo!».—Los temperamentos activos y llenos de éxitos no obran según el axioma «conócete a ti mismo», sino como si viesen dibujarse ante ellos el mandato: «Quiere ser tú mismo y *serás* tú mismo». El destino parece haberles dejado siempre la facultad de elección; mientras que los inactivos y los contemplativos reflexionan, para saber cómo *han hecho* para elegir una vez, el día en que entraron en el mundo.

367

Vivir, si es posible, sin adeptos.—Solo se comprende cuán poca importancia tienen los adeptos cuando se ha dejado de ser el adepto de sus adeptos.

368

Oscurecerse.—Hay que saber oscurecerse, para desembarazarse de las nubes de moscas de admiradores importunos.

369

Aburrimiento.—Hay un aburrimiento de los espíritus más sutiles y más cultos para quienes todos los mejores frutos de la tierra se han vuelto insípidos;

habituados, como están, a ingerir alimentos cada vez más escogidos y a rechazar los vulgares, corren el riesgo de morir de hambre, pues las cosas perfectas existen en número muy reducido y acontece que son inaccesibles o duras como la piedra, de modo que no pueden ya morderlas dientes muy buenos.

370

El peligro en la admiración.—La admiración de una cualidad o de un arte puede ser tan violenta que nos impida aspirar a la posesión de ellos.

371

Lo que se pide al arte.—Unos quieren gozar de su naturaleza por medio del arte, otros quieren, con su ayuda, abstraerse momentáneamente y elevarse por encima de su naturaleza. Según estas dos necesidades, hay una doble especie de arte y de artistas.

372

Defección.—El que nos abandona quizá no nos ofende a nosotros mismos, sino a nuestros adeptos.

373

Después de la muerte.—Suele suceder que encontramos incomprensible la ausencia de un hombre mucho tiempo después de su muerte; para los grandes hombres, a veces se siente solo después de varias décadas. Quien es sincero consigo mismo se dice, con ocasión de un fallecimiento, que, en suma, no hay mucho que lamentar, y que quien pronuncia solemnemente la oración fúnebre es un hipócrita. Pero su falta acaba por enseñarnos la razón de ser de un individuo, y el verdadero epitafio para un muerto es un tardío suspiro de pesar.

374

Dejar en el reino de las sombras.—Hay cosas que es preciso dejar en el reino de los sentimientos apenas conscientes, sin querer liberarlas de su existencia de fantasma; de otro modo, cuando estas cosas se hayan convertido en pensamientos y en palabras, querrán imponerse a nosotros como demonios y pedir despiadadamente nuestra sangre.

375

Al borde de la mendicidad.—Al espíritu más rico le puede suceder que pierda la llave del granero en donde duermen, acumulados, sus tesoros. Se parece entonces al más pobre, que se ve obligado a mendigar para vivir.

376

Pensar por encadenamientos.—A quien ha reflexionado mucho, toda idea nueva, ya la oiga o la lea, se le aparece inmediatamente en forma de cadena.

377

Compasión.—La vaina dorada de la compasión oculta, a veces, el puñal de la envidia.

378

¿Qué es el genio?—Aspirar a un fin elevado y a los medios para llegar a él.

379

Vanidad de los combatientes.—El que no tiene la esperanza de triunfar en una lucha, o ha sucumbido de modo notorio, desea tanto más que se admire su manera de combatir.

380

La vida filosófica es mal interpretada.—En el momento en que alguien comienza a tomar la filosofía en serio, todo el mundo cree de él lo contrario.

381

Imitación.—Por la imitación, gana prestigio todo lo que carece de valor, y lo que tiene valor lo pierde, especialmente en arte.

382

Ultima enseñanza de la historia.—«¡Ay, ojalá hubiera vivido yo entonces!», así es como hablan los hombres insensatos y alegres. Por el contrario, cada trozo de historia que se haya estudiado *seriamente,* aunque se trate de la tierra prometida del pasado, acabaremos por exclamar: «¡No, yo no quisiera volver a aquellos tiempos a ningún precio! El espíritu de aquella época pesaría sobre mí con una presión de mil atmósferas y no podría gozar de lo que tuvo de bueno y de hermoso, ni digerir lo que tuvo de malo». Es cierto que la posteridad juzgará del mismo modo nuestra época: se dirá que fue insoportable y que la vida en ella no merecía ser vivida. Y, sin embargo, cada uno llega a acostumbrarse a su época. Y esto no solo porque el espíritu de su tiempo pesa sobre él, lo tiene *en* él. El espíritu de la época ofrece resistencia a sí mismo, y se lleva a sí mismo.

383

La generosidad como máscara.—Con generosidad en la actitud exasperamos a nuestros enemigos; con la envidia manifiesta, casi nos ganamos su voluntad, pues la envidia compara, equipara, es una forma de humildad involuntaria y quejumbrosa. A causa de esta ventaja, ¿no habrá sido tomada la envidia como máscara por quienes no eran envidiosos? Tal vez. Lo cierto es que la generosidad se utiliza a menudo, como máscara de la envidia, por personas ambiciosas que prefieren sufrir un perjuicio para exasperar a sus enemigos, antes que dejar ver que, en su fuero interno, consideran a estos como sus iguales.

384

Imperdonable.—Le has dado ocasión de mostrar firmeza de carácter y no la ha aprovechado. Esto no te lo perdonará jamás.

385

Axiomas paralelos.—La idea más senil que se haya tenido jamás respecto al hombre se halla en el famoso axioma: «El yo es siempre odioso»; la idea más infantil está contenida en este otro axioma, más famoso aún: «Ama a tu prójimo como a ti mismo». En el primero, la experiencia de los hombres ha cesado; en el segundo, no ha comenzado todavía.

386

El oído que falta.—«Pertenecemos al populacho en tanto que hacemos recaer la falta sobre los demás; estamos en el camino de la verdad cuando no hacemos responsable a nadie más que a nosotros mismos; pero el sabio no considera a nadie como culpable, ni a sí mismo ni a los demás.» ¿Quién dijo esto? Epicteto, hace mil ochocientos años. Lo hemos oído, pero lo hemos olvidado. No, no lo hemos oído ni lo hemos olvidado: hay cosas que no se olvidan. Pero faltaba el oído para oír, el oído de Epicteto. ¿Se lo dijo a sí mismo al oído? Perfectamente: la sabiduría es el murmullo del solitario en la plaza tumultuosa.

387

Defecto del punto de vista, pero no del ojo.—Siempre estamos algunos pasos más cerca de nosotros mismos de lo debido; y algunos pasos más lejos de lo debido del prójimo. Por eso juzgamos a este demasiado en conjunto, mientras que a nosotros nos juzgamos detalladamente por hechos insignificantes y pasajeros.

388

La ignorancia bajo las armas.—Cuán a la ligera tratamos la cuestión de saber si alguien sabe o no una cosa, mientras que él, tal vez, suda tinta y sangre solo ante la idea de que lo podamos tomar por ignorante en aquella cosa. Hay incluso ciertos locos escogidos que se pasean siempre con un carcaj de anatemas y de sentencias sin apelación, dispuestos a fulminar a todos aquellos que den a entender que hay ciertas cosas en que su juicio no se tiene en cuenta.

389

En la cantina de la experiencia.—Las personas que, por sobriedad natural, dejan siempre su vaso a medias, no quieren confesar que cada cosa, en este mundo, tiene su poso y su hez.

390

Pájaros cantores.—Los partidarios de un gran hombre tienen la costumbre de cegarse para cantar mejor sus alabanzas.

391

No estar a la altura.—El bien nos disgusta cuando no estamos a su altura.

392

La regla como madre y como hijo.—El estado que engendra la regla es diferente de aquel que la regla engendra.

393

Comedia.—A veces nos sucede que cosechamos gratitud y honores por obras y acciones que hemos dejado caer hace tiempo, como una piel que mudamos; nos sentimos entonces fácilmente tentados a actuar de comediantes de nuestro propio pasado y echar, una vez más, sobre nuestras espaldas, el viejo despojo, y no solo por vanidad, sino también por benevolencia con respecto a nuestros admiradores.

394

Faltas que cometen los biógrafos.—No hay que confundir la poca fuerza que es necesaria para impulsar una canoa en un río, con la fuerza del río que la lleva desde ese momento; pero este es el caso de casi todos los biógrafos.

395

No pagar demasiado caro.—Generalmente, se utiliza mal lo que se ha pagado demasiado caro, porque se liga a un recuerdo desagradable, y de este modo sufrimos un doble perjuicio.

396

¿Cuál es la filosofía que necesita siempre una sociedad?—El pilar del orden social descansa sobre la base de que es preciso que cada uno mire con serenidad lo que es, lo que hace y a lo que aspira, su salud o su enfermedad, su pobreza o su bienestar, su honor o su apariencia enclenque, y que se diga: «*Yo no querría cambiarme por nadie*». Que quien quiera trabajar por el orden social intente siempre implantar, en el corazón de los hombres, esta filosofía serena de la negativa a cambiar y de la ausencia de celos.

397

Indicios de un alma noble.—No es un alma noble la que es capaz de los vuelos más altos, sino, al contrario, la que se eleva poco y se hunde poco, pero que vive *siempre* al aire libre y a una luz transparente.

398

Lo sublime y quien lo contempla.—El mejor efecto de lo sublime es que proporciona al contemplador una vista que abulta y redondea.

399

Contentarse.—Cuando se ha alcanzado la madurez de la razón no nos aventuramos ya por los sitios en que crecen las flores raras bajo las zarzas más espinosas del conocimiento, y nos contentamos con los jardines, las praderas y las canciones, considerando que la vida es demasiado corta para las cosas raras y extraordinarias.

400

Ventaja de la privación.—El que vive siempre en el calor y la plenitud del corazón y, en cierto modo, en la atmósfera estival del alma, no puede comprender esa embriaguez extraordinaria que se apodera de las naturalezas invernales cuando se sienten excepcionalmente tocadas por un rayo de amor y por el soplo tibio de un día soleado de primavera.

401

Receta para el mártir.—¿El peso de la vida es demasiado abrumador para ti? Pues aumenta el fardo de tu vida. Si el que sufre acaba por tener sed de las aguas del Leteo y las busca, tiene que convertirse en héroe para estar seguro de encontrarlas.

402

El juez.—Quien ha comprendido el ideal de alguien, se convierte para este en un juez despiadado; en cierto modo, en su mala conciencia.

403

Utilidad del gran renunciamiento.—La utilidad del gran renunciamiento es que nos comunica esa altivez virtuosa por medio de la cual nos será fácil, desde ese momento, obtener, fácilmente, de nosotros mismos muchos pequeños renunciamientos.

404

Cómo adquiere esplendor el deber.—Hay un medio para cambiar en oro, a los ojos de todos, un deber imperioso, y es cumplir siempre más de lo que se promete.

405

Plegaria a los hombres.—«¡Perdonadnos nuestras virtudes!» Así es como hay que rezar a los hombres.

406

Creadores y gozadores.—Todo gozador se imagina que lo que importa en el árbol es el fruto, cuando en realidad es la semilla. Esta es la diferencia que hay entre los creadores y los gozadores.

407

La gloria de todos los grandes.—¡Qué importa el genio si no sabe comunicar al que lo contempla y lo venera tal libertad y alteza de sentimiento, que no tenga ya necesidad del genio! *Hacerse superfluo:* esa es la gloria de todos los grandes.

408

La carrera a los infiernos.—Yo también he estado en los infiernos, como Ulises, y volveré a estar muchas veces; y para poder hablar con algunos muertos, no solamente he sacrificado carneros, sino que tampoco he escatimado mi propia sangre. Cuatro parejas de hombres no han rechazado mis sacrificios: Epicuro y Montaigne, Goethe y Espinosa, Platón y Rousseau, Pascal y Schopenhauer. Con ellos es con quienes necesito conversar cuando paseo solitario a lo largo de mi camino; por ellos quiero darme y quitarme la razón, y los escucharé cuando, ante mí, se den y se quiten la razón unos a otros. Diga lo que diga, decida lo que decida, imagine lo que imagine para *mí* y para los demás: en estos *ocho* fijo mis ojos y veo sus ojos fijos en mí. Que los vivos me perdonen si a veces me parecen sombras, tan pálidos y entristecidos están, tan inquietos, ¡ay!, tan ávidos de vivir; mientras que ellos me parecen entonces tan vivos, como si, *después* de estar muertos, ya nunca pudieran sentirse cansados de la vida. Pues es *la eterna vivacidad* lo que importa: lo que nos hace la «vida eterna», y, en general, la vida.

SEGUNDA PARTE

El viajero y su sombra

La Sombra.—Hace tanto tiempo que no te oigo hablar, que quisiera darte ocasión para ello.

El Viajero.—Alguien habla, mas ¿dónde y quién? Me parece que me oigo hablar a mí mismo, pero con una voz más débil que la mía.

La Sombra.—*(Después de una pausa.)* ¿No te alegras de tener una ocasión de hablar?

El Viajero.—¡Por Dios y por todas las cosas en que no creo, mi sombra habla! ¡La oigo hablar, pero no lo creo!

La Sombra.—Supongamos que es así y no pensemos más en ello. Dentro de una hora todo habrá acabado.

El Viajero.—Eso es precisamente lo que iba pensando cuando en un bosque, en los alrededores de París, vi primero dos y luego cinco camellos.

La Sombra.—Bueno es que seamos pacientes con nosotros mismos, los dos de la misma manera, una vez que nuestra razón se acalle; así no tendremos palabras agrias en la conversación, ni nos pondremos enseguida los resonadores el uno al otro, si por ventura nuestras palabras nos son incomprensibles. Si no se sabe responder vivamente, basta con decir algo; es la justa condición que pongo cuando hablo con alguien. En una conversación un poco larga, el más sabio es loco, por lo menos, una vez y tres veces necio.

El Viajero.—Tus pocas exigencias no son muy halagadoras para aquel a quien se las haces.

La Sombra.—¿Es que debo halagar?

El Viajero.—La vanidad del hombre, en lo que entiendo de ella, no pregunta tampoco, como yo he hecho ya dos veces, *si* puede hablar: habla siempre.

El Viajero.—Observo, en primer lugar, que soy muy descortés contigo, querida sombra; no te he dicho aún cuánto me *alegra* oírte y no solo verte. Ya sabes que me gusta la sombra tanto como la luz. Para que haya belleza en el rostro, claridad en la palabra, bondad y firmeza en el carácter, la sombra es tan necesaria como la luz. No son enemigas; antes bien, se tienden la mano amistosamente, y cuando la luz desaparece, la sombra va detrás de ella.

La Sombra.—Y yo aborrezco lo que tú aborreces: la noche. Amo a los hombres porque son discípulos de la luz, y me alegra la claridad que hay en sus ojos, cuando conocen y descubren, ellos, infatigables conocedores y descubridores. Esa sombra que todos los objetos muestran, cuando el rayo de la ciencia cae sobre ellos, esa sombra soy yo también.

El Viajero.—Creo comprenderte, aunque tal vez te expresas un poco a la manera de las sombras. Pero tenías razón; los buenos amigos se cruzan entre sí, como signo de inteligencia, una frase oscura que, para un tercero, debe ser un enigma. Y nosotros somos buenos amigos. ¡Conque, basta de preliminares! Miles de preguntas gravitan en mi alma, y el tiempo de que dispones para contestarlas tal vez sea breve. Veamos de qué vamos a conversar con todo apresuramiento y tranquilidad.

La Sombra.—Pero las sombras son más tímidas que los hombres; ¿no le dirás a nadie cómo hemos conversado juntos?

El Viajero.—¿Cómo hemos conversado juntos? ¡Dios me libre de los diálogos que se prolongan largamente por escrito! Si Platón no hubiera sido tan aficionado a esta forma dialogada, sus lectores le hubiesen tomado más gusto a sus obras. Una conversación que agrada en la realidad es, transformada y leída por escrito, un cuadro en el que todas las perspectivas son falsas: todo es demasiado largo o demasiado corto. Sin embargo, tal vez yo sepa comunicar *aquello en que* estamos de acuerdo.

La Sombra.—Eso me basta; pues todos verán en ello solo tus opiniones: nadie pensará en la sombra.

El Viajero.—Quizá te equivoques, amiga. Hasta ahora, en mis opiniones, se han acordado más bien de mi sombra que de mí mismo.

La Sombra.—¿Más de la sombra que de la luz? ¿Es posible?

El Viajero.—¡Ten seriedad, locuela! Mi primera pregunta ya requiere seriedad.

1

Del Árbol de la Ciencia.—Verosimilitud, pero no verdad; apariencia de libertad, pero no libertad; a causa de estos dos frutos, el Árbol de la Ciencia no corre el peligro de ser confundido con el Árbol de la Vida.

2

La razón del mundo.—El mundo *no es el substrátum* de una razón eterna, es lo que se puede probar definitivamente en virtud del hecho de que esta *porción del mundo* que conocemos —me refiero a la razón humana— no es demasiado razonable. Y si *ella* no es, siempre y enteramente, prudente y racional, el resto del mundo no lo será tampoco; el razonamiento *a minori ad majus, a parte ad totum,* es aplicable aquí y con una fuerza decisiva.

3

«En el principio era...».—Exaltar los orígenes es el retoño metafísico que reaparece constantemente en

la concepción de la historia y que nos hace creer terminantemente que *en el comienzo* de todas las cosas se halla lo más valioso y esencial que exista.

4

Medida del valor de la verdad.—Para la altura de las montañas, el esfuerzo que cuesta subirlas no es en modo alguno una unidad de medida. ¿Y sucedería de otro modo en la ciencia?, nos dicen algunos que quieren pasar por iniciados. El trabajo que cuesta una verdad ¿iba a decidir precisamente el valor de esta verdad? Esta moral absurda parte de la idea de que las «Verdades» no son realmente más que aparatos de gimnasia, en los que debemos trabajar seriamente hasta la fatiga: una moral para atletas y gimnasiarcas del espíritu.

5

Lenguaje y realidad.—Hay un menosprecio hipócrita de todas las cosas que, de hecho, los hombres consideran como más importantes, *de todas las cosas inmediatas.* Se dice, por ejemplo: «No se come más que para vivir»; *mentira* execrable, como el que habla de la procreación de los hijos como designio propio de toda voluptuosidad. Al contrario, la gran estimación de las «cosas importantes» casi nunca es verdadera por completo; aunque los sacerdotes y los metafísicos nos hayan acostumbrado en estos asuntos a un *lenguaje* hipócritamente exagerado, no han logrado cambiar el sentir que no atribuye a estas cosas importantes tanta importancia como a esas cosas inmediatas menospreciadas. De esta doble hipocresía se desprende una consecuencia enojosa: la de que las cosas inmediatas, como el comer, el alojamiento, el vestir, las relaciones sociales, no constituyen el objeto de una reflexión y reforma continua, libre de prejuicios y *general,* sino que, al tenerlas por degradantes, se abandona su aplicación intelectual y artística; de modo que, de un lado, la costumbre y la frivolidad consiguen una victoria fácil sobre el elemento inconsiderado, por ejemplo, sobre la juventud sin experiencia, mientras que, por otro lado, nuestras continuas infracciones a las leyes más sencillas del cuerpo y del espíritu nos llevan a todos, jóvenes y viejos, una vergonzosa dependencia y servidumbre; quiero decir a esa dependencia, en el fondo superflua, de los médicos profesores y curanderos de almas, cuya presión se ha ejercido siempre, incluso hoy, en toda la sociedad.

6

La imperfección terrena y su causa principal.—Cuando echamos una mirada en torno nuestro, siempre hallamos hombres que durante toda su vida han comido huevos sin observar que los más alargados son los mejores, ni saben que una tormenta es saludable para el vientre, que los perfumes son más olorosos en un aire frío y claro, que nuestro sentido del gusto no es el mismo en todas las partes de la boca, que toda comida en la que se dicen o escuchan cosas buenas es perjudicial para el estómago. Aunque no nos contentemos con estos ejemplos de falta de espíritu de observación, hemos de confesar ya que *las cosas más inmediatas* son mal consideradas, por la mayoría de las gentes, y muy raramente estudiadas. ¿Y es esto indiferente? Pensemos, por último, que de esta falta derivan *casi todos los vicios corporales y morales* de los individuos: no saber lo que no es nocivo en el concierto de la existencia, en la distribución de la jornada, en el tiempo y en la elección de nuestras relaciones, en los negocios y en los ocios, en el mando y en la obediencia, en las sensaciones de la naturaleza y del arte, en el comer, en el dormir y en el pensar; ser ignorante *en las cosas más mezquinas y cotidianas,* es lo que hace de la tierra, para tantas gentes, un «campo de perdición». Y no se diga que se trata aquí, como siempre, de *falta de razón* entre los hombres; por el contrario, hay razón suficiente y más que suficiente, pero está guiada *en una dirección falsa* y *artificialmente desviada* de estas cosas mezquinas e inmediatas. Los sacerdotes, los profesores y la sublime ambición de los idealistas de toda clase, de la burda y de la delicada, persuaden ya al niño que se trata de otra cosa: de la salvación del alma, del servicio del Estado, del progreso de la ciencia, o bien de consideración y de propiedad, como medio de prestar servicios a toda la humanidad, mientras que las necesidades del individuo, sus necesidades grandes y pequeñas, en las veinticuatro horas del día, son, se dice, algo desdeñable o indiferente. Sócrates ya se ponía en guardia con toda prudencia contra este orgulloso desprecio de lo humano en provecho del hombre, y se complacía en recordar, mediante una cita de Homero, los límites y el objeto verdadero de todo cuidado y de toda reflexión: «Esto es —decía—, y solo esto, lo que a mí me sucede como bien y como mal».

7

Dos modos de consolarse.—Epicuro, el hombre que calmó las almas de la Antigüedad moribunda, tuvo la admirable visión, tan rara de encontrar hoy también, de que, para el descanso de la conciencia, la solución de los problemas teóricos últimos y extremos no es totalmente necesaria. Por eso le bastó con decir a las gentes a quienes atormentaba la «inquietud de lo divino»: «Si hay dioses, no se ocupan de nosotros», en lugar de discutir larga e inútilmente sobre el problema último de saber si, en definitiva, hay dioses. Esta posición es mucho más favorable y más firme: se cede unos pasos al adversario y así se dispone ya a escuchar y a reflexionar. Pero desde el momento en que se ve obligado a demostrar lo contrario —a saber, que los dioses se ocupan de nosotros—, ¿en qué laberintos y en qué malezas ha de extraviarse el infeliz, por su propia culpa, y no por la astucia del interlocutor, a quien le basta tan solo con tener humanidad y delicadeza, para ocultar la piedad que le inspira este espectáculo? A la postre, el otro llega al hastío, el argumento más fuerte contra toda proposición, el hastío de su propia opinión; se enfría y se aleja con la misma disposición de ánimo que el ateo puro: «¿Qué me importan los dioses? ¡Que se vayan al diablo!». En otros casos, particularmente cuando una hipótesis medio física y medio moral había ensombrecido la conciencia, no refutaba esta hipótesis, sino que concedía que pudiese haber una *segunda hipótesis* para explicar el mismo fenómeno, que tal vez las cosas podían también suceder de otro modo. *La pluralidad* de las hipótesis basta también en nuestro tiempo, por ejemplo, a propósito del origen de los escrúpulos de conciencia, para arrojar del alma esa sombra que nace tan fácilmente de los refinamientos de una hipótesis única, solo ella visible y por eso mil veces alabada. Quien desee, pues, llevar consuelo a los infortunados, a los criminales, a los hipocondríacos, a los moribundos, no tiene más que acordarse de los dos artificios calmantes de Epicuro, que pueden aplicarse a muchos problemas. En su forma más sencilla, se expresarían aproximadamente en estos términos: en primer lugar, suponiendo que sea así, esto no nos importa; en segundo lugar, puede ser así, pero también puede ser de otro modo.

8

En la noche.—En cuanto comienza a caer la noche, nuestra impresión respecto a los objetos familiares se transforma. Existe el viento, que merodea por caminos prohibidos, cuchicheando, como si buscase algo, enfadado por no encontrarlo. Existe el resplandor de las lámparas, con sus rojizos rayos difusos, su claridad mortecina, luchando con desgana contra la noche, esclava impaciente del hombre que vela. Existe la respiración del durmiente, su ritmo inquietante, en el que una constante inquietud parece cantar su melodía: nosotros no la oímos, pero cuando el pecho del durmiente se eleva, sentirnos nuestro corazón oprimido, y cuando el aliento disminuye, casi expirando en un silencio de muerte, nos decimos: «¡Descansa un poco, pobre espíritu atormentado!». Deseamos a todo viviente, porque vive en tal opresión, un descanso eterno; la noche invita a la muerte. Si los hombres prescindieran del Sol y libraran bajo la claridad de la Luna y de la lámpara de aceite el combate contra la noche, ¿qué filosofía los envolvería en sus velos? Observamos ya en el ser intelectual y moral del hombre, a causa de esta mezcla de tinieblas y de ausencia del Sol que vela la vida, cuán sombrío se ha vuelto.

9

Donde nació la teoría del libre albedrío.—Para unos, la *necesidad* se cierne en la forma de sus pasiones; para otros, el hábito es escuchar y obedecer; para un tercero, la conciencia lógica, y para el cuarto, el capricho y el placer fantástico de saltar las páginas. Pero todos ellos buscan precisamente su *libre* albedrío allí donde cada uno está más sólidamente: es como si el gusano de seda hiciese consistir su libre albedrío en hilar. ¿De dónde proviene esto? Evidentemente de que cada uno se considera más libre allí donde su *sentimiento de vivir* es más fuerte, y por tanto, como ya he dicho, unas veces en la pasión, otras en el deber, otras en la investigación científica y otras en la fantasía. Aquello que hace fuerte al individuo, aquello por lo que se siente animado de vida, cree involuntariamente que debe ser también el elemento de su libertad; aúna la dependencia y la torpeza, la independencia y el sentimiento de vivir como parejas inseparables. En este caso, una experiencia que el hombre ha hecho en el terreno político y social se transfiere erróneamente al campo metafísico trascendental; allí, el hombre fuerte es también el hombre libre; allí, el sentimiento vivaz de alegría y de sufrimiento, la elevación de las esperanzas, la audacia de los deseos, la potencia del odio, son el patrimonio del soberano y del independiente, mientras que el súbdito, el esclavo, vive oprimido y estúpidamente. La teoría del libre albedrío es una invención de las clases *dirigentes*.

10

No sentir cadenas nuevas.—Mientras no nos *sentimos* depender de algo, nos consideramos independientes: conclusión errónea que demuestra cuánto es el orgullo y la sed de dominación del hombre. Pues admite aquí que, en toda ocasión, debe observar y reconocer su dependencia, en cuanto la sufre, a causa de la idea preconcebida de que *de ordinario* vive en la independencia y de que, si llegara a perderla excepcionalmente, sentiría inmediatamente un contraste de impresión. Pero ¿y si el contraste fuera verdad, es decir, si viviese *siempre* en una múltiple dependencia, pero que *se considerase libre* allí donde, por una larga costumbre, no sintiese ya la presión de las cadenas. Solo las cadenas *nuevas* le hacen sufrir: «Libre albedrío» no quiere decir propiamente otra cosa que el hecho de no sentir cadenas nuevas.

11

El libre albedrío y el aislamiento de los hechos.—La observación inexacta que nos es habitual toma un grupo de fenómenos por una unidad y lo llama un hecho: entre él y otro hecho, se representa un espacio vacío, *aísla* cada hecho. Pero, en realidad, el conjunto de nuestra actividad y de nuestro conocimiento no es una serie de hechos y de espacios intermedios vacíos, sino una corriente continua. Solo la creencia en el libre albedrío es justamente incompatible con la concepción de una corriente continua, homogénea, indivisa e indivisible; supone que *toda la acción particular es aislada e indivisible;* es una *atomística* en el dominio del querer y del saber. Del mismo modo que comprendemos de una manera inexacta los personajes, nos pasa lo mismo con los hechos: hablamos de personajes idénticos, de hechos idénticos; *no existe ni lo uno ni lo otro.* Pero, en fin, no hacemos elogio ni censura sino bajo la acción de esa idea falsa de que hay hechos *idénticos,* de que existe un orden gradual de *géneros,* de hechos, el cual responde a un orden gradual de valores; así, *aislamos* no solamente el hecho particular, sino también, a su vez, los grupos de esos supuestos hechos idénticos (actos de bondad, de maldad, de piedad, de envidia, etcétera), unos y otros por error. La causa más visible que nos hace creer en este aislamiento de grupos de acciones; no nos servimos de ellos solamente para *designar* las cosas, creemos originariamente que por medio de ellos comprendemos su *esencia.* Las palabras y las ideas nos llevan ahora también a representarnos constantemente las cosas como más sencillas de lo que son, separadas las unas de las otras, indivisibles, teniendo cada una existencia en sí y por sí. Oculta en el *lenguaje* hay una mitología filosófica que a cada instante reaparece, por muchas precauciones que se tomen. La creencia en el libre albedrío, es decir, la creencia en los hechos *idénticos* y en los hechos *aislados,* posee en el lenguaje un apóstol y un representante perpetuo.

12

Los errores fundamentales.—Para que el hombre sienta un placer o un disgusto moral cualquiera, es preciso que esté dominado por una de estas dos ilusiones: *o bien* cree en la *identidad* de ciertos hechos, y, entonces, siente por la comparación de estados actuales con estados anteriores y por la identificación o la diferenciación de estos estados (tal como sucede en todo recuerdo), un placer o un disgusto moral; *o bien* cree en el *libre albedrío,* por ejemplo, cuando piensa: «Yo no hubiera debido hacer esto», «esto hubiera podido acabar de otro modo», y por ello siente también placer o disgusto. Sin los errores que obran en todo placer o disgusto moral, nunca se hubiera producido una humanidad cuyo sentimiento fundamental es y seguirá siendo que el hombre es el ser libre en el mundo de la necesidad, el eterno *hacedor de milagros,* ya haga el bien o el mal, la asombrosa excepción, el superanimal, el casi-Dios, el sentido de la creación, el que no puede suprimirse por el pensamiento, la clave del enigma cósmico, el gran dominador de la naturaleza y su gran despreciador, el ser que denomina a *su* historia, la *historia universal. Vanitas vanitatum homo.*

13

Decir dos veces las cosas.—Bueno es expresar de corrido una cosa doblemente y darle un pie derecho y un pie izquierdo. Es cierto que la verdad puede sostenerse sobre un pie; pero con dos andará y hará su camino.

14

El hombre comediante del mundo.—Habría que ser más espiritual de lo que es el hombre nada más que para gustar a fondo el humorismo que reside en el hecho de que el hombre se considere como el fin de todo el universo, y que la humanidad declare seriamente no contentarse con menos que con la perspectiva de una misión universal. Si Dios ha creado el mundo, ha creado al hombre para ser *el mono de Dios,* como un perpetuo regocijo en sus eternidades en exceso prolongadas. La armonía de las esferas alrededor de la Tierra podría ser en ese caso las carcajadas de todas las demás criaturas que rodean al hombre. El *sufrimiento* sirve a este inmortal aburrido para hacer cosquillas a su animal favorito, para divertirse con sus actitudes fieramente trágicas y con las descripciones de sus propios sufrimientos, sobre todo con la invención intelectual de la más vana de las criaturas, al ser el inventor de este inventor. Pues quien imaginó al hombre para reírse de él tenía más ingenio que él, y también más gozo en su ingenio. Incluso aquí, donde nuestra humanidad quiere humillarse voluntariamente, la vanidad nos juega también una mala pasada, haciéndonos creer que nosotros, los hombres, seríamos al menos *en esta vanidad* algo incomparable y milagroso. ¡Nosotros, únicos en el mundo! ¡Ah, es cosa demasiado inverosímil! Los astrónomos, que ven a veces realmente un horizonte alejado de la Tierra, dan a entender que la gota de *vida* del mundo carece de importancia respecto al carácter total del inmenso océano del porvenir y del parecer; que astros, cuyo número no se sabe, presentan condiciones análogas a las de la Tierra para la producción de la vida; que son, por consiguiente, muy numerosos, pero, en realidad, apenas un puñadito en comparación con el número infinito que no tuvieron jamás el primer impulso de la vida o se han sosegado ya desde hace mucho tiempo; que la vida en cada uno de estos astros, en relación con la duración de su existencia, ha sido un instante, una centella, seguida de larguísimos lapsos de tiempo y, por tanto, que no es en modo alguno el fin y el objetivo último de su existencia. Tal vez la hormiga en el bosque se figura también que es el objetivo y el fin de la existencia del bosque, como nosotros hacemos cuando, en nuestra imaginación, unimos casi involuntariamente a la destrucción de la humanidad la destrucción de la Tierra; y aún somos modestos cuando no pasamos de aquí y no organizamos, para solemnizar los funerales del último mortal, un crepúsculo general del mundo y de los dioses. Incluso el astrónomo más libre de prejuicios no puede representarse la Tierra sin vida, sino como la tumba iluminada y flotante de la humanidad.

15

Modestia del hombre.—¡Con qué poco placer se contenta la mayoría para encontrar buena la vida! ¡Qué modestia la del hombre!

16

Donde la indiferencia es necesaria.—Nada sería más absurdo que querer alcanzar lo que la ciencia establecerá definitivamente acerca de las cosas primeras y últimas, y hasta entonces pensar a la manera *tradicional* (¡y, sobre todo, creer así!), como se ha aconsejado muy a menudo. La tendencia a no querer poseer sobre estas materias *más que certidumbres* absolutas es una *reminiscencia religiosa,* nada mejor, una forma disimulada y escéptica en apariencia solamente de la «necesidad metafísica», aumentada con la idea de que durante mucho tiempo aún no tendrá la visión de sus certidumbres últimas y de que hasta entonces el «creyente» está en su derecho de no preocuparse de todo este orden de hechos. No tenemos en absoluto *necesidad* de estas certidumbres alrededor del último horizonte, para vivir una vida humana plena y sólida, como la hormiga no la necesita para ser una buena hormiga. Nos es preciso, más bien, poner en claro de dónde proviene realmente la importancia fatal que hemos atribuido desde hace tanto tiempo a estas cosas, y por esto tenemos necesidad de la *historia* de los sentimientos morales y religiosos. Pues solamente bajo la influencia de estos sentimientos estos problemas culminantes del conocimiento se han hecho para nosotros tan graves y temibles; se ha introducido como contrabando en los dominios más exteriores, *hacia los cuales* el ojo del espíritu se dirige aún sin penetrar *en ellos,* conceptos como los de delito y pena (¡e incluso pena eterna!), y esto con tanto menos escrúpulo cuanto más oscuros eran para nosotros estos dominios. Desde la más remota Antigüedad se han imaginado temerariamente allí donde no se podía asegurar nada, y se ha convencido a las gentes que admitan estas imaginaciones como cosa seria y verdadera, utilizando como último recurso esta proposición execrable: creer vale más que saber. Ahora bien, lo que es necesario hoy respecto a estas cosas últimas, no es el saber opuesto a la creencia, sino la *indiferencia respecto a la creencia y al pretendido saber* en estas materias. Cualquier otra cosa debe mantenernos más cerca de lo que hasta aquí se nos ha predicado como la más importante; me refiero a estas cuestiones: ¿Cuál es el fin del hombre? ¿Cuál es su destino después de la muerte? ¿Cómo se reconcilia con Dios?, y todas las posibles expresiones *curiosas* como estas. Y tan poco como estas cuestiones de los dogmáticos religiosos, ya sean idealistas, materialistas o realistas. Todos, mientras existen, se ocupan de lanzarnos a decidir sobre estos asuntos, en los que ni la creencia ni el saber son necesarios; incluso para el más sediento de ciencia es más ventajoso que, en torno a todo lo que es objeto de investigación y accesible a la razón, se extienda una falaz envoltura de marasmo nebuloso, una banda impenetrable, un flujo eterno e indeterminado. Es precisamente mediante la comparación con el reino de la oscuridad, situado en los confines del saber, como el mundo de la ciencia, claro e inmediato, demasiado inmediato, *crece* continuamente en valor. Es preciso que de nuevo estemos cerca de los objetos inmediatos, y que no dejemos como hasta ahora, pasar nuestra mirada con menosprecio sobre ellos, para dirigirla hacia las nubes y los espíritus de la noche. En los bosques y en las cavernas, en las tierras pantanosas y bajo cielos nublados es donde el hombre vivió durante mucho tiempo, y vivió miserablemente en los diversos grados de civilización siglos y siglos. Allí *aprendió a menospreciar* lo presente y lo inmediato, y la vida y a él mismo; y nosotros, que habitamos los planos más luminosos de la naturaleza y del espíritu, llevamos aún en nuestra sangre, por herencia, algo de ese veneno del menosprecio hacia las cosas inmediatas.

17

Explicaciones profundas.—Quien da de un pasaje de un autor una *explicación más profunda* que no estaba en la concepción no ha explicado a su autor, *lo ha oscurecido*. Tal es la situación de nuestros metafísicos con respecto al texto de la naturaleza, y aún es peor. Pues para aportar sus explicaciones profundas, comienzan a menudo por deformar el texto, es decir, *lo corrompen*. Para dar un ejemplo curioso de corrupción del texto y de oscurecimiento del autor, reproduzcamos aquí las ideas de Schopenhauer sobre el embarazo de las mujeres. «La señal de la persistencia de la voluntad de vivir en el tiempo —dice— es el coito; la señal de la luz del conocimiento asociada a esa voluntad, que manifiesta la posibilidad de la liberación, y esto en el grado más elevado de claridad, es la nueva encarnación de la voluntad de vivir. El signo de esta es el embarazo, que, por esta razón, se adelanta franca y libremente, incluso orgullosamente, mientras que el coito se oculta como un criminal.» Schopenhauer pretende que *toda mujer*, si fuese sorprendida en el acto de la generación, se moriría de vergüenza, mientras que *pone de manifiesto su embarazo, sin rastro de vergüenza, y hasta con una especie de orgullo*. Ante todo, no es que este estado se ponga de manifiesto tan fácilmente, sino más bien que se hace ver el mismo, pero Schopenhauer, poniendo precisamente de relieve la premeditación de esta exhibición, se prepara su texto para que se le conceda la «explicación» deseada. Lo que dice luego de la generalidad del fenómeno no es cierto; habla de «toda mujer», pero muchas, y especialmente las jóvenes, muestran a menudo en este estado una penosa vergüenza, incluso ante sus parientes más cercanos; y si las mujeres de edad más madura, y las completamente maduras, sobre todo las mujeres del pueblo bajo, encuentran, en efecto, como se dice, cierto placer en este estado, es que dan a entender con ello que *todavía* inspiran deseos a los hombres. Que, ante su aspecto, el vecino y la vecina, o un extraño que pasa, dice o piensa: «¿Es posible?». Esta limosna es siempre aceptada voluntariamente por la variedad femenina en su inferioridad intelectual. Por el contrario. Si aceptáramos las proposiciones de Schopenhauer, serían las mujeres más finas y más inteligentes las que harían gala de su estado; y es que tienen la plena perspectiva de traer al mundo un niño milagroso por su inteligencia, en el cual «la voluntad» se «niega» una vez más respecto al bien general. ¡Estúpidas mujeres!, más razones tendrían, por el contrario, para ocultar su embarazo con más vergüenza aún que todo lo que ocultan. No podemos decir que estas cosas estén sacadas de la realidad. Pero aun suponiendo que Schopenhauer haya tenido, de una manera general, perfecta razón para decir que las mujeres en estado muestran más contento de sí mismas que de ordinario, habría al alcance de la mano una explicación más inmediata que la suya. Podríamos imaginar un cacareo de gallina aun *antes* de poner el huevo, y este cacareo querría decir: «¡Mirad, mirad, voy a poner un huevo, voy a poner un huevo!».

18

El Diógenes moderno.—Antes de buscar al hombre, es preciso haber encontrado la linterna. ¿Será necesariamente la linterna del *cínico?*

19

Inmoralistas.—Es preciso ya que los moralistas consientan en ser tratados como inmoralistas, porque disecan la moral. Sin embargo, el que intenta disecar se ve forzado a matar, si bien solo para conocer y juzgar mejor, y también para vivir mejor, no para que el mundo entero se ponga a disecar.

Desgraciadamente, los hombres se imaginan aún que el moralista debe ser, en todos los actos de su vida, un modelo que sus semejantes deben imitar; lo confunden con el predicador de la moral. Los moralistas de antaño no disecaban bastante y predicaban demasiado: de aquí proviene esa confusión y esa consecuencia desagradable para los moralistas de hoy.

20

No confundir.—Los moralistas que estudian los sentimientos grandiosos, poderosos y desinteresados, por ejemplo, en los héroes de Plutarco, o bien el estado de alma puro, iluminado, ardiente, en los seres verdaderamente buenos, como se estudiaría un riguroso problema del conocimiento, y que buscasen el origen de estos sentimientos y de estos estados de alma, mostrando lo que hay de complejo en una aparente sencillez, considerando el embrollo de los motivos, al cual se mezcla el hilo tenue de las ilusiones ideales y de las sensaciones individuales y colectivas transmitidas desde tiempos remotos y lentamente reforzadas; estos moralistas son los que más difieren de aquellos con quienes se los *confunde* muy a menudo: los espíritus mezquinos que no creen en modo alguno en estos sentimientos ni en estos estados de alma y que piensan ocultar su propia miseria tras el brillo de la grandeza y de la pureza. Los moralistas dicen: «Hay problemas», y las gentes mezquinas dicen: «Hay impostores y engaños»; *niegan,* por consiguiente, muy sencillamente la existencia de lo que aquellos tratan de *explicar.*

21

El hombre, el que mide.—Tal vez pudiéramos remontar todo el origen de la moralidad de los hombres a la enorme agitación interior que se apoderó de la humanidad primitiva cuando descubrió la medida y la evaluación, la balanza y el peso. (Sabemos que la palabra «hombre» significa el que mide: ¡ha querido *denominarse* según su descubrimiento más grande!) Estas nociones nuevas lo elevarán a dominios que no podría medir ni ponderar, que primitivamente no parecían tan inaccesibles.

22

Principio del equilibrio.—El bandido y el hombre poderoso que promete a una comunidad que la protegerá contra el bandido son probablemente dos seres semejantes, con la única diferencia de que el segundo conseguirá su ventaja de otra manera que el primero, es decir, por medio de contribuciones regulares que la comunidad le paga y no por represalias de guerra. (La misma relación existe entre el mercader y el pirata, que pueden ser durante mucho tiempo un único y mismo personaje, pues en cuanto una de sus funciones no les parece prudente, ejercen la otra. En el fondo, incluso ahora, la moral del mercader no es más que una moral de pirata, *más avisado*; se trata de comprar a un precio lo más bajo posible —de no invertir en caso de necesidad más que los gastos de empresa— y de vender lo más caro posible.) El punto esencial es que este hombre poderoso promete *contrapesar* al bandido; los débiles ven en esto la posibilidad de vivir. Pues es preciso o que se agrupen ellos mismos en un poder equivalente, o bien que se sometan a un hombre que sea capaz de *reequilibrar* este poder (su sumisión consiste en prestar servicios). Generalmente se prefiere este procedimiento, porque pone en jaque a dos seres peligrosos, el primero por el segundo, y el segundo por el punto de vista del provecho; pues el protector sale ganando por tratar bien a quienes le están sometidos, para que puedan no solamente alimentarse, sino también alimentar a su dominador. Por otra parte, puede suceder que sean tratados muy dura y cruelmente; pero, en comparación con la *aniquilación* completa a que estaban siempre expuestos, los hombres experimentan un gran alivio. La comunidad es, al principio, la organización de los débiles para equilibrar los poderes que la amenazan. Una organización con miras a la *superioridad* sería preferible si llegase a ser en algún caso bastante fuerte para aniquilar el poder contrario; y cuando se trata de un solo destructor poderoso, eso será ciertamente lo que se *intente*. Pero este enemigo es tal vez el jefe de una estirpe o bien posee un gran número de adeptos, y en ese caso la destrucción rápida y definitiva será poco probable y habrá que esperar largas *hostilidades* que acarrearán a la comunidad el estado menos deseable, porque esta perdería así el tiempo que le es necesario para procurarse de un modo regular su sustento y vería constantemente amenazado el producto de su trabajo. Por eso la comunidad prefiere poner su poder de defensa y de ataque exactamente a la altura en que se encuentra el poder del vecino peligroso y darle a entender que, siendo ya sus armas equivalentes a las suyas, no hay razón alguna para no ser buenos amigos.

El *equilibrio* es, pues, una noción muy importante para los antiguos principios de justicia y de moral; el equilibrio es la base de la *justicia*. Si, en las épocas bárbaras, la justicia dice: «Ojo por ojo y diente por diente», considera el equilibrio como alcanzado y quiere *conservar* este equilibrio por medio de esta facultad de pagar en la misma moneda, de tal modo que, si se comete un delito en detrimento de otro, este no podrá ya ejercer su venganza con ciega cólera. Gracias a la *ley del Talión,* el equilibrio entre los poderes, que había sido destruido, *se restableció;* pues un ojo, un brazo *de más,* en estas condiciones primitivas, es una suma de poder, un peso *de más.* En el recinto de la comunidad, donde todos se consideran como iguales en valor, existe para reprimir los delitos, es decir, contra la ruptura del principio de equilibrio, el *deshonor* y la *pena;* el deshonor es un peso instituido contra el transgresor que se ha enriquecido por medio de usurpaciones y a quien el deshonor acarrea perjuicios que suprimen y *reequilibran* las ventajas anteriores. Lo mismo sucede con la pena; esta establece contra el predominio que se arroga todo criminal un contrapeso mucho más grande: contra el atentado, la prisión; contra el robo, la restitución y la multa. Así es como se le *recuerda* al malhechor que, a causa de su acto, se lo ha excluido de la comunidad, renunciando a las ventajas morales de esta: la comunidad lo trata como desigual, como débil, que se encuentra fuera de ella; por eso la pena no es solamente una venganza, es algo *más,* que posee la *dureza del estado primitivo,* pues este estado es el que quiere recordar.

23

Los partidarios de la doctrina del libre albedrío ¿tienen derecho a castigar?—Los hombres que, por profesión, están encargados de juzgar y de castigar, tratan de fijar, en cada caso particular, si un criminal es responsable de su acto, si ha *podido* servirse de su razón, si ha obrado obedeciendo a *motivos* y no inconscientemente o por coacción. Si se le castiga, es por haber preferido las malas razones a las buenas que debía *conocer.* Cuando este conocimiento falta, conforme a las ideas dominantes, el hombre no es libre ni responsable, a menos que su ignorancia, por ejemplo, su ignorancia de la ley, sea la consecuencia de una negligencia intencional por su parte; por tanto, ya antes, cuando no quiso aprender lo que debía, fue cuando prefirió las malas razones a las buenas, y ahora padece las consecuencias de su elección. Si, por el contrario, no conoció mejores razones, por estupidez o idiotez, no es costumbre castigarlo. Se dice entonces que no poseía el discernimiento necesario, que obró como una bestia. La negación deliberada de la mejor razón es ahora la condición que se exige para que un criminal sea digno de castigo. Pero ¿cómo puede ser alguien deliberadamente más irracional de lo que debe ser? ¿Qué es lo que lo decidirá, cuando los platillos de la balanza estén cargados de buenos y malos motivos? No será ni el error, ni la ceguedad, ni una coacción interior ni exterior. (Hay que considerar, además, que lo que se llama «coacción exterior» no es más que la coacción interior del temor y del dolor.) ¿Qué es entonces?, se preguntará justamente. La *razón* no debe ser la causa que hace obrar, porque no podría decidir contra los mejores motivos. Aquí es donde se acude en ayuda del «libre albedrío». El *capricho* es el que debe decidir y hacer intervenir un momento en que ningún motivo obra, en que la acción se realiza como un *milagro,* saliendo de la nada. Se castiga esta pretendida *discreción* en un caso en que ningún capricho debería imperar; la razón que conoce la ley, la prohibición y el precepto, no debería dejar elegir, se dice, y obrar como coacción y poder superior. Por consiguiente, el criminal es castigado porque obró sin razón, cuando hubiera debido obrar conforme a razones. Pero ¿*por qué* obró así? Esto es, precisamente, lo que no tenemos derecho a *preguntar;* fue una acción sin «por qué», sin motivo, sin origen, algo que no tenía ni finalidad ni razón. Por tanto, conforme a las condiciones de penalidad enunciadas anteriormente, no tendríamos tampoco *derecho a castigar una acción semejante.* Por eso no podemos hacer valer esta forma de penalidad; es como si *no* se hubiese hecho alguna cosa, como si se hubiese omitido hacerla, como si *no* se hubiese hecho uso de la razón; pues, en todos los sentidos, la omisión se hizo *sin intención,* y únicamente son punibles las omisiones intencionales de lo que está ordenado. A decir verdad, el criminal prefirió las malas razones a las buenas, pero *sin* motivo y sin intención; si no hizo uso de su razón, no fue precisamente *para* no hacer uso de ella. La hipótesis de que ha renegado intencionadamente de su razón, queda justamente suprimida si admitimos el «libre albedrío». No tenéis derecho a castigar, vosotros, los partidarios de la doctrina del «libre albedrío»; ¡vuestros propios principios os lo prohíben! Pero estos principios no son, en suma, otra cosa que una muy singular mitología de las ideas; y la gallina que la ha incubado se hallaba lejos de la realidad cuando cubría sus huevos.

24

Para juzgar al criminal y a su juez—El criminal que conoce todo el encadenamiento de las circunstancias no considera, como su juez y su censor, que su acto está fuera del orden y de la comprensión; sin embargo, su pena le es medida exactamente según el grado de *asombro* que se apodera de aquellos, al ver esa cosa incomprensible para ellos: el acto del criminal. Cuando el defensor de un criminal conoce suficientemente el caso y su génesis, las circunstancias atenuantes que le presenten, unas tras otras, terminarán necesariamente por borrar todo el delito. O, para expresarlo más exactamente aún: el defensor *atenuará* gradualmente este *asombro* que quiere condenar y atribuir la pena, e incluso acabará por suprimirla completamente, obligando a todos los oyentes honrados a confesarse en su fuero interno: «Tuvo que obrar de la manera que obró; al castigar, castigaremos la eterna fatalidad». Medir el grado de la pena según el *grado de conocimiento* que se tiene o *se puede tener* de la historia de un crimen, ¿no es contrario a toda equidad?

25

El cambio y la equidad.—Un cambio no podría hacerse de una manera honrada y conforme a derecho si cada una de las dos partes no pide lo que le parece ser el valor de su objeto, estimando el esfuerzo de adquirirlo, la rareza, el tiempo empleado, etc., sin olvidar el valor moral que se le atribuye. Desde el momento que fija el precio *con relación a la necesidad de otro,* esto se convierte en una manera más sutil de bandidaje y exacción. Si el objeto del cambio es dinero, hay que pensar que un *tálero,* en manos de un rico heredero o de un jornalero, de un negociante o de un estudiante, cambia completamente de valor; cada uno podrá recibir por él más o menos, según que le haya costado un trabajo más o menos grande adquirirlo: así es como sería equitativo; pero, en la realidad, nadie lo ignora, es justamente lo contrario. En el mundo de las finanzas, el tálero de un rico perezoso produce más que el del pobre y el del laborioso.

26

Las condiciones legales como medio.—El derecho, que se basa en tratados entre iguales, persiste tanto que el poder de quienes se han entendido sigue siendo el mismo; la razón creó el derecho para poner fin a las actividades y a las *disipaciones* inútiles entre fuerzas iguales. Pero esta razón de conveniencia cesa definitivamente cuando una de las partes *se ha hecho,* sensiblemente, *más débil* que la otra; entonces la sumisión reemplaza el derecho que *deja de existir,* pero el éxito es el mismo que el que se alcanzaba hasta aquí gracias al derecho. Pues, desde ese momento, es la razón de quien se impone la que aconseja *economizar* la fuerza del sometido y no gastarla inútilmente; y muchas veces la condición del sometido es mucho más favorable que su antigua igualdad. Las condiciones legales son, pues, *medios* pasajeros que aconseja la razón: no son fines.

27

Explicación de la alegría maligna.—La alegría maligna que experimentamos ante el mal ajeno proviene del hecho de que nos sentimos mal en muchos aspectos, de que también nosotros tenemos nuestros remordimientos, nuestros dolores, y que lo sabemos; el daño que sufre el prójimo lo hace *igual* a nosotros, lo exime de nuestra envidia. Si tenemos razones momentáneas para ser felices, no dejamos de acumular por eso las desdichas del prójimo, como un capital en nuestra memoria, para hacerlo valer contra él cuando la desgracia se cebe en su persona; esta es también una manera de sentir una «alegría maligna» *(Schadenfreude)*. El sentimiento de igualdad desea, pues, aplicar su medida al dominio de la dicha y del azar; la alegría maligna es la expresión más vulgar en que se manifiestan la victoria y el restablecimiento de la igualdad, incluso en el dominio del mundo superior. Solo a partir del momento en que el hombre aprendió a ver, en los demás hombres, sus iguales, y por tanto solo después de la creación de la sociedad, es cuando aparece la alegría maligna.

28

Lo que hay de arbitrario en la atribución del castigo.—En la mayoría de los criminales, la pena viene como los hijos a las mujeres. Han hecho diez, cien veces la misma cosa sin consecuencias desagradables; pero de repente son descubiertos y el castigo les sobreviene. Por tanto, la costumbre debería hacer disculpable la falta por la que se castiga al culpable, pues es una inclinación creada poco a poco y es difícil resistirla. En vez de esto, cuando se supone que el delito ha sido realizado por hábito, el malhechor es castigado más severamente, considerando el hábito como motivo para rechazar toda atenuación. Por el contrario, una existencia modelo que hace destacar el delito con tanto más horror, debería aumentar el grado de culpabilidad. Pero, lejos de ello, atenúa la pena. Por tanto, no es el acto delictivo el que se castiga, sino que lo que se evalúa siempre es el daño causado a la sociedad y el peligro que esta corre; la utilidad anterior de un hombre le es tenida en cuenta porque no ha hecho daño más que una sola vez; pero si se descubren en su pasado otros actos de carácter nocivo, se les suma el acto presente para infligir una pena tanto mayor. Pero si castigamos o recompensamos de esta manera el pasado de un hombre (el castigo mínimo no es, en este caso, más que una recompensa), deberíamos remontarnos más atrás aún y castigar y recompensar lo que fue la causa de un pasado semejante, me refiero a los padres, los educadores, la sociedad misma, etc., y entonces hallaremos que, en muchos casos, el *juez* participa, de una u otra manera, en la culpabilidad. Es arbitrario detenerse en el criminal cuando se castiga el pasado; deberíamos atenernos a cada caso particular, cuando no se quiere admitir que todo delito es absolutamente excusable, y no mirar hacia atrás; se trataría, pues, de *aislar* el delito y no referirlo en modo alguno a lo que le ha precedido; de lo contrario sería pecar contra la lógica. Vosotros, los partidarios del libre albedrío, sacad la conclusión que se deriva necesariamente de vuestra doctrina y decretad valientemente: *Ningún acto tiene pasado.*

29

La envidia y su hermana más noble.—Desde el momento en que la igualdad fue verdaderamente reconocida y cimentada de un modo duradero, nace una inclinación que pasa por inmoral y que, en el estado primitivo, apenas sería imaginable: *la envidia.* El envidioso se da cuenta de toda preeminencia de su vecino por encima de la medida común y quiere reducirlo a esta, o también elevarse él a aquella. De donde resultan dos maneras diferentes de obrar, que Hesíodo designó con el nombre de buena y de mala Eris. Del mismo modo, en el estado de igualdad, nace la indignación de ver que una persona que se encuentra en un nivel de igualdad diferente sufre *menos* infortunios de los que merecería, mientras que otra persona disfruta *más* felicidad de la que merece; estos son sentimientos particulares en las naturalezas *más nobles*. Estas buscan, en vano, la justicia y la equidad en las cosas que son independientes de la voluntad de los hombres; es decir, que exigen que esta igualdad, reconocida por el hombre, sea también reconocida por la naturaleza y por el azar, y se indignan de que los iguales no tengan la misma suerte.

30

La envidia de los dioses.—La «envidia de los dioses» nace cuando alguien, que es considerado inferior, se pone en igualdad de condiciones con algún superior (por ejemplo, Áyax), o cuando, por un favor del destino, esta paridad de condiciones se constituye por sí misma (Níobe, madre demasiado feliz). En el orden *social,* esta envidia exige que nadie ostente méritos *por encima* de su posición, así como que la dicha sea conforme a esta, y también que la conciencia de sí mismo no se salga de los límites trazados por tal condición. A menudo, el general victorioso sufre la «envidia de los dioses», y también el discípulo, cuando ha producido una obra maestra.

31

La vanidad como brote de un estado presocial.—Habiendo decretado los hombres que son todos iguales, por razones de seguridad personal, con la intención de formar una comunidad, pero siendo, en suma, esta concepción contraria a la naturaleza de cada uno y apareciendo como algo forzado, cuanto más se garantiza la seguridad general, más brotes nuevos del viejo instinto de preponderancia comienzan a manifestarse: en la delimitación de las castas, en las pretensiones a las dignidades y a las ventajas profesionales, y, en general en los asuntos de vanidad (buenas maneras, vestidos, lenguaje, etc.). Pero tan pronto como empezamos a prever algún peligro para la comunidad, la mayoría, que no ha podido hacer valer su preponderancia en los periodos de tranquilidad pública, provoca de nuevo el estado de igualdad: los absurdos privilegios y vanidades desaparecen por algún tiempo. Pero si la comunidad social se hunde por completo, si la anarquía se hace universal, el estado natural aparecerá de nuevo, la desigualdad despreocupada y absoluta, como sucedió en la isla de Corcira, según el relato de Tucídides. No hay justicia natural ni injusticia natural.

32

La equidad.—La equidad es un desarrollo de la justicia que nace entre aquellos que, en la comunidad, no pecan contra la igualdad; se aplica a casos en que la ley no prescribe nada, en que interviene el sentido sutil del equilibrio que toma en consideración el pasado y el porvenir y que tiene por máxima «no hagas a los demás lo que no quieras que te hagan». *Aequum* quiere decir, precisamente, *esto es conforme a nuestra igualdad;* la equidad nivela nuestras pequeñas diferencias para restablecer la apariencia de igualdad, y quiere que nos perdonemos muchas cosas que no estaríamos *obligados* a perdonarnos.

33

Elementos de la venganza.—La palabra «venganza» *(Rache)* se pronuncia enseguida; casi me parece que no podría contener más que una sola raíz de idea y de sentimiento. Por eso nos dedicamos continuamente a buscar esta raíz, del mismo modo que nuestros economistas no se han cansado aún de olfatear en la palabra «valor» una unidad parecida y de buscar la raíz fundamental de la idea de valor; como si todas las palabras no fueran bolsillos en los que se van metiendo ya esto o aquello o muchas cosas a la vez. La «venganza» es, pues, también ya esto o aquello, o algo más complicado. Por consiguiente, se trata de distinguir ese retroceso defensivo que se efectúa casi involuntariamente, como si estuviésemos ante una máquina en movimiento, o incluso ante objetos inanimados que nos han herido; el sentido que hay que atribuir a este movimiento inverso es hacer que cese el peligro deteniendo la máquina. Para alcanzar este objetivo, es preciso, a veces, que la respuesta sea tan violenta que destruya la máquina; pero cuando esta es lo bastante sólida para no ser destruida de un solo golpe, por un individuo, este empleará toda la fuerza de que es capaz, para descargar un golpe vigoroso, como si se tratase de una última tentativa. Bajo el dominio inmediato del daño causado, nos comportamos lo mismo frente a personas que nos han herido. Si se quiere llamar a esto un acto de venganza, sea; pero no hay que olvidar que solo el *instinto de conservación* fue el que puso en movimiento la rueda de su razón, y que, en el fondo, no se piensa en quien causa el daño, sino únicamente en sí mismo: obramos así, *no* para perjudicarnos a nuestra vez, sino tan solo para *dejar* la vida a salvo. Empleamos *tiempo* para pasar, con la imaginación, de nosotros mismos a nuestro adversario y para preguntarnos de qué manera herirlo en el punto vulnerable. Tal es el caso en el segundo modo de venganza: hay que considerar como condición primera la reflexión que nos hacemos con motivo de la vulnerabilidad y la facultad de sufrimiento de nuestro adversario: solo entonces queremos hacer daño. El que se venga, por el contrario, no piensa todavía en precaverse contra un daño futuro, hasta el punto de que se atrae casi siempre un nuevo perjuicio, que prevé, por lo demás, a menudo con mucha sangre fría. Si, en la primera clase de venganza, era el miedo al segundo golpe lo que hacía la respuesta tan vigorosa como fuese posible, ahora, por el contrario, nos encontramos frente a una completa indiferencia con respecto a lo que el adversario *hará;* la violencia de la respuesta está determinada tan solo por lo que el adversario nos ha hecho *ya*. ¿Qué ha hecho, pues? ¿Y qué nos importa que sufra ahora, después que nosotros hemos sufrido por él? Se trata de una *reparación:* mientras que el acto de venganza de la primera especie no servía más que para la *conservación de sí mismo*. Tal vez nuestro adversario nos haya hecho perder nuestra fortuna, nuestra posición, nuestra categoría, nuestros amigos, nuestros hijos; la venganza no rescata estas pérdidas, y la reparación no se refiere más que a una *pérdida accesoria* que se añade a todas las pérdidas mencionadas. La venganza de la reparación no nos protege contra daños futuros, no repara el daño causado, salvo en un solo caso. Cuando nuestro *honor* ha sufrido por los ataques del adversario, la venganza trata también de *restablecerlo*. Pero este perjuicio le ha sido causado de todos modos, cuando nos ha hecho el mal intencionadamente, pues el adversario ha demostrado con ello que nos temía. Nuestra venganza demuestra que nosotros también le tememos: en esto es en lo que hay compensación y reparación. (La intención de mostrar la total ausencia de temor va tan lejos, en algunas personas, que el peligro que la venganza podría hacerles correr —pérdida de la salud o de la vida u otros perjuicios— se considera por ellas como una condición esencial de la venganza. Por eso apelan al duelo, aunque los tribunales les presten su concurso para obtener satisfacción de la ofensa; sin embargo, dichas personas no consideran como suficiente una reparación de su honor donde no haya peligro alguno, porque una reparación sin peligro no podría demostrar que están desprovistas de temor.) En la primera especie de venganza es, precisamente, el temor el que da la respuesta; aquí, por el contrario, es la ausencia de temor lo que se quiere afirmar con la respuesta. Nada me parece, pues, más diferente que la motivación íntima de las dos maneras de obrar designadas por el mismo término de «venganza»; y, a pesar de eso, sucede muy a menudo que quien ejercita la venganza no se da cuenta exactamente de lo que lo ha impulsado a la acción; tal vez respondió por temor y por instinto de conservación, pero después, cuando tuvo tiempo de reflexionar desde el punto de vista del honor ofendido, se persuadió a sí mismo de que su honor ha sido la causa de la venganza. Este motivo es, en todo caso, más noble que el primero. Hay también otro punto de vista, que es importante: saber si considera su honor empañado a los ojos de los demás (del mundo) o solamente a los ojos del ofensor; en este último caso, preferirá la venganza secreta; en el primero, la venganza pública. Según que, en su imaginación, se considere fuerte o débil, en el alma del delincuente y de los espectadores, su venganza será más exasperada o más suave; si carece por completo de este género de imaginación, no pensará en la venganza, pues entonces no poseerá el sentimiento del honor, y no se podría, por tanto, ofender en él dicho sentimiento. Igualmente no se piensa en la venganza, cuando se *menosprecia* al ofensor y al espectador de la ofensa; pues, aceptando que los menosprecia, estos no podrían darle el honor, y por consiguiente no podrían quitárselo. Por último, renunciará también a la venganza, en el caso, no raro, de que ame a quien lo ha ofendido: acaso a los ojos de este, tal renuncia perjudique su honor y se haga así menos digno del afecto recíproco. Pero renunciar al mayor, en reciprocidad, es también un sacrificio que el amor está dispuesto a hacer, a condición de no verse *obligado a hacer daño* a quien ama; aquello le costaría más aún que el daño que le causa este sacrificio. Pues todos se vengan, a menos que se carezca de honor, o se esté lleno de menosprecio o de amor hacia el ofensor que le cause el daño. Cuando se dirige a los tribunales, desea también la venganza como particular; pero, *además,* como miembro de la sociedad que razona y que prevé, deseará la venganza de la sociedad contra quien no la respeta. Así, mediante el castigo jurídico, tanto la doctrina privada como la doctrina social, se *restablecen,* es decir, el castigo es una venganza. Indudablemente, existe también en el castigo ese otro elemento del odio descrito anteriormente, en el sentido de que, por el castigo, la sociedad trabaja por la *conservación de sí misma* y da la respuesta en pro de su legítima defensa. El castigo intenta preservar de un daño *futuro,* quiere intimidar. Por consiguiente, en realidad, en el castigo van *asociados* los dos elementos tan diferentes del odio, y esto es, acaso, lo que más contribuya a mantener esta confusión de ideas, gracias a la cual el individuo que se venga no *sabe* por, lo general, lo que *quiere.*

34

Las virtudes del prejuicio.—Como miembros de ciertos grupos sociales, creemos no tener derecho a ejercer ciertas virtudes que, como particulares, nos hacen el mayor honor y nos proporcionan un agradable placer, por ejemplo, la gracia y la indulgencia contra los extraviados de toda especie, y, en general, todo modo de obrar en que el provecho de la sociedad sufriría a causa de nuestra virtud. Ningún colegio de magistrados tiene el derecho de ser indulgente ante su conciencia; solo al soberano, *como individuo,* se ha reservado esta prerrogativa y se alegra cuando hace uso de ella, para demostrar que le gustaría ser indulgente, pero no en tanto que sociedad. La sociedad no reconoce, pues, más que las virtudes que le son provechosas o que, por lo menos, no le causan perjuicio (las que pueden ser ejercidas sin daño o incluso provechosamente, por ejemplo, la justicia). Estas virtudes del prejuicio no pueden nacer, por tanto, en la *sociedad,* puesto que, todavía hoy, en el seno de la aglomeración social más pequeña que se constituya, la oposición se elevará contra ella. Son virtudes que corren entre los hombres que no son iguales, virtudes inventadas por el individuo que se siente superior, virtudes propias del *dominador,* con esta reserva: «Soy bastante poderoso para aceptar un perjuicio evidente; esta es una prueba de mi poder». Por consiguiente, una virtud cercana al orgullo.

35

Casuística del provecho.—No habría casuística de la moral si no hubiese casuística del provecho. La razón más independiente y más sagaz no basta a menudo para elegir entre dos cosas de modo que de la elección resulte el mayor provecho. En casos parecidos, se elige porque hay que elegir, y se siente después una especie de mareo sentimental.

36

Hacerse hipócrita.—Todos los mendigos se vuelven hipócritas, como todos los que hacen su profesión de una penuria y de una miseria (ya sea una miseria personal o una miseria pública). El mendigo está lejos de sufrir su miseria con tanta intensidad como se ve obligado a *fingir* que la siente si quiere vivir de la mendicidad.

37

Una especie de culto de las pasiones.—Vosotros, oscurantistas y socarrones filosóficos, habláis, para acusar la conformación de todo el edificio del mundo, del *carácter temible* de las pasiones humanas. ¡Como si en todas partes en donde hubo pasiones humanas hubiese habido también error! ¡Como si siempre, en este bajo mundo, debiera existir esta clase de terror! Por negligencia en las cosas pequeñas, por falta de observación de vosotros mismos y de observación de quienes deben ser educados, habéis dejado crecer la pasión hasta que se ha convertido en semejante monstruo, hasta el punto que tembláis solo con oír pronunciar la palabra pasión. Eso depende de vosotros, y de vosotros depende *quitar* a las pasiones su carácter temible, y obrar de suerte que se les impida convertirse en torrentes devastadores. No hay que hinchar su menosprecio hasta hacer de él la fatalidad eterna; por el contrario, queremos trabajar lealmente en la tarea de transformar en alegrías todas las pasiones de los hombres.

38

El remordimiento.—El remordimiento es, como la mordedura de un perro en una piedra, una estupidez.

39

Origen de los privilegios.—Los privilegios se remontan, por lo general, a un *uso*, y el uso a un *convenio* momentáneamente establecido. Sucede a veces que las dos partes están satisfechas de las consecuencias que resultan de un convenio establecido, y que son demasiado perezosos para renovar, formalmente este convenio: siguen viviendo, por tanto, como si hubiera sido renovado, y poco a poco, cuando el olvido ha echado su velo sobre su origen, se cree poseer un edificio sagrado e inquebrantable, sobre el cual cada generación continúa *forzosamente* edificando. El uso se ha convertido entonces en una *coacción,* aun cuando no tenga ya la utilidad que se consideraba primitivamente, en el momento en que se estableció el convenio. Los *débiles* han hallado ahí, en todo tiempo, sólida muralla: tienden a *eternizar,* una vez aceptado el convenio, la gracia que se les hizo.

40

La significación del olvido en el sentimiento moral.—Las mismas acciones, inspiradas primero en la sociedad primitiva por la *utilidad* general, se atribuyeron después, por otras generaciones, a otros motivos: porque se temía y se veneraba a quienes exigían y recomendaban estos actos, o por hábito, porque, desde su infancia, los habían visto en torno suyo, o también por benevolencia, porque su ejercicio producía siempre alegría y muestras de aprobación, o, en fin, por vanidad, porque eran alabados por eso. Acciones semejantes, de las que se ha *olvidado* su motivo fundamental, el de la utilidad, se llaman entonces morales: no porque se hayan realizado por esos motivos *diferentes,* sino porque *no* han sido realizadas por razones de una utilidad consciente. ¿De dónde proviene ese *odio* a la utilidad, notorio aquí, cuando toda acción loable se excluye, literalmente, de cualquier acción con miras utilitarias? Es evidente que la sociedad, hogar de toda moral y de todas las alabanzas en favor de los actos morales, ha tenido que luchar largo tiempo, y muy duramente, con el interés particular y la terquedad del individuo para no acabar por considerar como superior el punto de vista moral, cualquier otro motivo que la utilidad. Así es como nace la apariencia que hace creer que la moral no ha salido de la utilidad, cuando en realidad no fue otra cosa, al principio, sino la utilidad pública la que tuvo que luchar denodadamente para prevalecer y para ser tomada en consideración contra todas las utilidades privadas.

41

La riqueza moral por sucesión.—Hay también una riqueza por sucesión en el dominio de la moral: la poseen las personas dulces, caritativas, benévolas, compasivas, que han heredado de sus antepasados todos los buenos *procedimientos,* pero no la razón (que es la fuente de ellos). Lo agradable de esta riqueza es que hay que prodigarla constantemente, si queremos que se sientan sus beneficios, y que trabaja tan involuntariamente en reducir las distancias entre la riqueza y la pobreza morales; lo más singular y excelente de ella es que esta aproximación no se hace en favor de un futuro promedio entre el pobre y el rico, sino en favor de una riqueza y de una abundancia *universales.* De este modo es como se puede resumir, poco más o menos, la opinión corriente sobre la riqueza moral o sucesión. Pero me parece que esta opinión se mantiene más bien *in maiórem glóriam* de la moralidad que en honor de la verdad. La experiencia, al menos, establece un axioma que, si no es una refutación de esta generalidad, puede ser considerado, por lo menos, como una restricción significativa. Sin una razón elegida —dice la experiencia—, sin la facultad de elección más sutil y una *fuerte disposición a la medida,* los que poseen una riqueza moral por sucesión se convierten en dilapidadores de la moralidad: abandonándose, sin reserva, a sus instintos de piedad, de caridad, de benevolencia y de conciliación, hacen más negligentes, exigentes y sentimentales a todos los que los rodean. Por eso, hijos de tales dilapidadores, muy morales, son fácilmente —y, desdichadamente, en el mejor de los casos— unos ineptos, débiles y agradables.

42

El juez y las circunstancias atenuantes.—«Es preciso también ser honrado con el diablo y pagarle lo que se le debe —decía un soldado veterano cuando le contaron, detalladamente, la historia de Fausto—. ¡Fausto debe ir al infierno!» «¡Los hombres sois terribles! —exclamó su mujer—. ¿Cómo es posible eso? Fausto no ha hecho otra cosa que no tener tinta en su tintero. Cierto que es pecado escribir con sangre; pero no tan grande como para condenar a las torturas del infierno a un buen hombre como él.»

43

Problema del deber de la verdad.—El deber es un sentimiento imperioso que nos impulsa a la acción, un sentimiento que llamamos bueno y que consideramos como indiscutible (no hablamos ni nos gusta que se hable de sus orígenes, de sus límites y de su justificación). Pero el pensador considera todo como resultado de una evolución y todo lo que ha *llegado a ser* como discutible; es, por consiguiente, el hombre sin deber, en tanto que no es más que pensador. Como tal, no aceptaría, pues, tampoco el deber de considerar y de decir la verdad y no experimentaría este sentimiento; se preguntaría: ¿de dónde proviene la verdad?, ¿adónde va?, pero estas cuestiones las considera él como problemáticas. Ahora bien, ¿no resultaría que la máquina del pensador no funcionase ya bien, si podía considerarse realmente como *irresponsable,* en la investigación del conocimiento? En este sentido, podríamos decir que, para *alimentar* la máquina, hay necesidad del mismo elemento que debe ser examinado por medio de esta. La fórmula tal vez podría resumirse así: admitiendo que existe el deber de reconocer la verdad, ¿cuál es, en este caso, la verdad con relación a cualquier otra especie de deber? ¿Pero no es un absurdo el sentimiento hipotético del deber?

44

Grados de la moral.—La moral es, ante todo, un medio para conservar la comunidad, de una manera general, y para preservarla de su ruina; es, en segundo lugar, un medio para conservar la comunidad a cierto nivel y para garantizarle determinadas cualidades. Los motivos de conservación son el *temor* y la *esperanza,* motivos tanto más poderosos y burdos cuanto más viva es la inclinación hacia las cosas falsas, exclusivas y personales. Hay que servirse aquí de los medios de intimidación más espantosos, mientras medios más benignos no surtan efecto alguno y mientras esta doble manera de conservación no se puede conseguir de otro modo (uno de los medios más violentos es la invención de un más allá con un infierno eterno). Se necesitan torturas del alma y verdugos para ejecutar estas torturas. Otros grados de la moral, medios para llegar al fin indicado, están representados por los mandamientos de un dios (por ejemplo, la ley mosaica); y otros grados superiores, por los mandamientos de una idea del deber absoluto con el famoso «tú debes». Estos grados, muy burdamente tallados, pero grados *amplios,* teniendo en cuenta que los hombres no saben aún poner sus pies en escalones más estrechos y delicados. Viene luego la moral de la *inclinación,* del *gusto* y, por último, de la *inteligencia,* que está por encima de todos los motivos ilusorios de la moral; pero nos hemos dado cuenta de que durante mucho tiempo no le ha sido posible a la humanidad tener otros.

45

La moral de la compasión en boca de los inmoderados.—Todos los que no son bastante dueños de sí mismos y no ven en la moral un constante dominio de sí mismos, ejercido continuamente, tanto en lo grande como en lo pequeño, se convierten, involuntariamente, en los glorificadores de los impulsos de bondad, de compasión y de benevolencia, particulares a esta moralidad instintiva que no posee cerebro, pero que parece estar compuesta tan solo de corazón y de manos caritativas. Tiene incluso interés en hacer sospechosa una moralidad de la razón y en querer dar un valor universal a esta otra moralidad.

46

Cloacas del alma.—El alma también debe tener sus cloacas particulares por las que evacua sus inmundicias. Muchas cosas pueden servir para esto: personas, relaciones, clases sociales, tal vez la patria, o incluso el mundo, o, en fin, para los más orgullosos (me refiero a nuestros buenos «pesimistas» modernos), el buen Dios.

47

Una forma de reposo y de contemplación.—Ten cuidado de que tu reposo y tu contemplación no se parezcan a los del perro ante una carnicería. El miedo no le permite avanzar, el deseo le impide retroceder y abre unos ojos grandes como si se hubiese quedado boquiabierto.

48

Prohibición injustificada.—Una prohibición cuyas razones no comprendemos o no admitimos es casi una orden, no solamente para el espíritu obstinado, sino también para quien tiene sed de conocimiento; se trata de saber *por qué* se ha hecho la prohibición. Las prohibiciones morales, como las del Decálogo, no tienen validez más que durante las épocas en que la razón está sometida. Ahora una prohibición como «no matarás», «no cometerás adulterio», presentada así, sin razón, tendría más bien un efecto nocivo que útil.

49

Característica.—¿Cuál es el hombre que puede decir de sí mismo: «A menudo desprecio, pero nunca odio. En cada hombre hallo siempre algo que se puede honrar y por ello lo honro; me seducen poco las llamadas cualidades amables»?

50

Compasión y desprecio.—Manifestar compasión se considera como un signo de desprecio, pues evidentemente se ha dejado de ser un objeto de *temor,* desde el momento en que inspiramos compasión. Se ha caído, en ese caso, por debajo del equilibrio, cuando, en realidad, en ese nivel no basta a la vanidad humana, pues solo la preponderancia y el temor que inspiramos proporcionan al alma el sentimiento más apetecido. Por eso hay que plantearse el problema de saber cómo ha nacido la evaluación de la piedad y cómo hay que explicar las *alabanzas* que se prodigan ahora al desinterés: en el estado primitivo, se desprecia el desinterés o se teme las emboscadas.

51

Saber ser pequeño.—Junto a las flores, a las hierbas y a las mariposas hay que saber rebajarse a la altura de un niño que apenas las rebasa. Pero nosotros, personas de edad, hemos crecido por encima de estas cosas y tenemos que inclinarnos hasta ellas; creo que las hierbas nos odian porque confesamos el amor que tenemos por ellas. El que quiere participar de todas las cosas buenas debe saber también empequeñecerse en ciertos momentos.

52

La imagen de la conciencia.—La imagen de nuestra conciencia es lo único que, durante los años de nuestra juventud, se nos ha *exigido,* de una manera regular y sin razón, por personas a quienes venerábamos o temíamos. Es, pues, de la conciencia de donde proviene ese sentimiento de obligación («tengo que hacer tal cosa, no hacer tal otra») que no pregunta *por qué* tiene que ser así. En todos los casos en que una cosa se hace con su «porqué» y su «para qué», el hombre obra *sin* conciencia; pero esto no es tampoco una razón para que obre contra su conciencia. La fe en la autoridad es la fuente de la conciencia: esta no es, pues, la voz de Dios en el pecho del hombre, sino la voz de algunos hombres en el hombre.

53

Las pasiones dominadas.—El hombre que ha dominado sus pasiones ha entrado en posesión del suelo más fecundo, del mismo modo que el colono que se ha adueñado de los bosques y de los pantanos. *Sembrar* en el terreno de las pasiones vencidas la semilla de las buenas obras espirituales es entonces la tarea más urgente e inmediata. Dominar no es más que un *medio,* no es un fin; si consideramos de otro modo esta victoria, toda clase de malas hierbas y de cizañas empiezan a cundir en el suelo fecundo, convertido así en erial, y enseguida todo empieza a crecer y crecer con más impetuosidad que antes.

54

La habilidad para servir.—Todas las personas a las que se llama prácticas tienen una habilidad particular para servir; esto es, precisamente, lo que las hace prácticas, ya sea para los demás, ya para ellas mismas. Robinsón poseía un servidor mejor que Viernes: era Crusoe.

55

Peligro del lenguaje para la libertad intelectual.—Toda palabra es un prejuicio.

56

Ingenio y aburrimiento.—El proverbio: «El magiar es demasiado perezoso para aburrirse» da que pensar. Solo los animales mejor organizados y más activos son los que comienzan a ser capaces de aburrimiento. ¡Qué excelente asunto para un gran poeta el *aburrimiento de Dios* en el séptimo día de la creación!

57

Las relaciones con los animales.—Podemos observar la formación de la moral en la forma en que nos comportamos con los animales. Cuando la utilidad y el daño *no* entran en el juego, experimentamos un sentimiento de completa irresponsabilidad; matamos y herimos, por ejemplo, a los insectos, o bien les dejamos vivir, sin pensar en ellos por lo general. Tenemos la mano tan ruda, que nuestras delicadezas respecto a las flores y a los animalitos son, casi siempre, mortíferas para ellos, lo que no impide en modo alguno que nos produzcan placer. Hoy es la fiesta de los animalitos, el día más sofocante del año: ved cómo todo esto bulle y hormiguea a nuestro alrededor, y, sin intención, pero también sin reparar en ello, aplastamos acá y allá un gusano o un pequeño insecto. Cuando los animales nos perjudican, aspiramos, por todos los medios, a su *destrucción*. Y estos medios son a menudo muy crueles, sin que sea esa nuestra intención: es la crueldad de la irreflexión. Si, por el contrario, son útiles, los *explotamos,* hasta que una razón más sutil nos enseña que, de ciertos animales, podemos sacar beneficio de otro modo, es decir, prodigándoles cuidados y criándolos. Solo entonces es cuando nace la responsabilidad. Con respecto a los animales, se evitan los tratamientos bárbaros; hay personas que se indignan cuando ven que alguien se comporta despiadadamente con una vaca, de conformidad absoluta con la moral de la comunidad primitiva que ve la utilidad *general* en peligro en cuanto un individuo comete una falta. El que, en la comunidad, advierte un delito teme un daño indirecto para sí; y tememos por la calidad de la carne, el cultivo de la tierra y los medios de comunicación cuando vemos maltratar a los animales. Además, el que es brutal con los animales despierta la sospecha de que lo será también con los débiles, hombres inferiores e incapaces de venganza; se le tiene por falto de nobleza y de delicadeza. Así es como se forma un comienzo de juicio y de sentido moral; la superstición añade a ello la mejor parte. Ciertos animales incitan al hombre con sus miradas, sus cuidados y sus actitudes a trasladarse con la imaginación al cuerpo de estos, y ciertas religiones enseñan a ver, a veces, en el animal la residencia de las almas de los hombres y de los dioses; por eso recomiendan nobles preocupaciones e incluso un temor respetuoso en las relaciones con los animales. Aun cuando esta superstición haya desaparecido, los sentimientos que ella despierta siguen surtiendo sus efectos, maduran y dan sus frutos. Sabemos que, desde este punto de vista, el cristianismo ha demostrado ser una religión pobre y retrógrada.

58

Nuevos actores.—No hay mayor vulgaridad entre los hombres que la muerte; en segundo lugar se halla el nacimiento, porque también se puede morir sin haber nacido; y luego, el matrimonio. Pero todas estas pequeñas tragicomedias que se representan, en cada una de sus representaciones, infinitamente numerosas, se interpretan siempre por nuevos actores y, por consiguiente, hallan constantemente espectadores interesados; cuando más bien habría que creer que todos los espectadores de este valle de lágrimas estarían ya tan aburridos del espectáculo, que se habrían ahorcado de todos los árboles. ¡Son los nuevos actores lo que importa y muy poco la obra!

59

¿Qué es «ser obstinado»?—El camino más corto no es el más recto, sino aquel en que el viento más favorable hincha nuestra vela; esto es lo que enseñan las reglas de la navegación. No obedecerlas es ser obstinado; la firmeza de carácter se confunde aquí con la estupidez.

60

La palabra «vanidad».—Es enojoso que ciertas palabras, de las que los moralistas no podemos prescindir en modo alguno, lleven ya en sí una especie de censura de las costumbres, pues datan de la época en que los impulsos más sencillos y naturales del hombre eran desnaturalizados. Por eso la convicción fundamental de que, en los mares de la sociedad, navegamos o naufragamos más por lo que parecemos que por lo que somos —convicción que debe servirnos de timón para todo lo que emprendamos en la sociedad— se designa y estigmatiza con la palabra «vanidad», una de las cosas más graves y consecuentes designada por un expresión que la hace aparecer como lo más vacío y fútil que exista, algo grande a lo que se le dan los rasgos de una caricatura. Pero esto no sirve de nada, nos vemos obligados a emplear términos semejantes, cerrando los oídos a las insinuaciones de los hábitos antiguos.

61

Fatalismo turco.—El fatalismo turco tiene el defecto fundamental de que sitúa a uno frente a otro hombre y la fatalidad, como dos cosas absolutamente distintas: el hombre —dicen— puede resistir a la fatalidad e intentar aniquilarla, pero esta acaba siempre por conseguir la victoria; por eso, lo más razonable es resignarse o vivir a su antojo. En realidad, cada hombre es una parcela de la fatalidad; si cree oponerse a la fatalidad de la manera indicada, es que también en esto se cumple la fatalidad; la lucha no es más que imaginaria, pero imaginaria es también esa resignación al destino, de suerte que todas estas quimeras están enclavadas en la fatalidad. El temor que se apodera de la mayoría de la gente ante la doctrina de la voluntad no emancipada es, en suma, el temor al fatalismo turco; creen que el hombre se volverá débil y resignado, que bajará la cabeza ante el porvenir, porque no está en condiciones de cambiarlo en nada; o bien soltará las riendas a su humor tornadizo, porque este no puede agravar en nada lo que está determinado de antemano. Las locuras del hombre constituyen parte de la fatalidad, lo mismo que sus actos de gran sabiduría; ese miedo a la creencia en la fatalidad es también fatalidad. Tú mismo, pobre ser temeroso, eres la invencible Moira que reina por encima de todos los dioses; para todo lo que está por venir tú eres la bendición o la maldición, y, en todo caso, la traba que sujeta al hombre, incluso al más fuerte; en ti, todo el porvenir humano está determinado de antemano; de nada vale que te asustes de ti mismo.

62

Abogado del diablo.—«No llegamos a *sabios* más que por la desgracia, no nos hacemos *buenos* más que por la maldad de los demás.» Así es como habla esa filosofía singular que hace derivar toda moralidad de la compasión y toda intelectualidad del aislamiento de los hombres; de este modo intercede, inconscientemente, por todas las degradaciones terrenas. Pues la compasión necesita del sufrimiento y el aislamiento, del menosprecio de los demás.

63

Las *máscaras morales de personaje.*—En las épocas en que las máscaras de personajes particulares a las diferentes clases se consideran definitivamente fijadas, así como las clases mismas, los moralistas se sienten inducidos a considerar como abolutas las máscaras *morales* de personaje y a dibujarlas en consecuencia. Por eso Molière es inteligible como contemporáneo de la sociedad de Luis XIV; en nuestra época de transiciones y de estados intermedios, aparecería como un pedante genial.

La virtud más noble.—En la primera fase de la humanidad superior se considera a la bravura como la virtud más noble; en la segunda, a la justicia; en la tercera, a la moderación; en la cuarta, a la sabiduría. ¿En qué fase vivimos *nosotros?* ¿En cuál vives *tú?*

65

Lo que es necesario ante todo.—Un hombre que no quiere dominar su cólera, sus accesos de odio y de venganza, su lujuria, y que, a pesar de esto, aspira a dominar en cualquier cosa que sea, es tan estúpido como el agricultor que siembra su campo en las orillas de un torrente sin tomar precauciones contra este.

66

¿Qué es la verdad?—Schwarzert (Melanchton)[1]: «Proclamamos a menudo nuestra fe cuando acabamos precisamente de perderla y la buscamos por todas las calles, ¡y no es entonces cuando la proclamamos con menos energía!». Lutero: «¡Ahora dices verdad, hermano mío, y hablas como un ángel!». Schwarzert: «Pero esa es la idea de tus enemigos, y te la aplican a ti». Lutero: «¡Entonces, es una mentira engendrada por el diablo!».

67

El hábito de los contrastes.—La observación superficial e inexacta ve contrastes en la naturaleza

---

[1] Schwarzert era el nombre de Melanchton: tanto la raíz del nombre alemán como la del nombre griego significan «negro».

(por ejemplo, la oposición entre «calor» y «frío») por todas partes donde no hay contrastes, sino tan solo diferencias de grado. Esta mala costumbre nos ha llevado también a querer comprender y a separar, según estos contrastes, la naturaleza interior, el mundo moral e intelectual. El sentimiento humano está cargado de un número infinito de dolores, de injusticias, de durezas, de enajenaciones, de enfriamientos, por el hecho de que se creía ver contrastes donde no hay más que transiciones.

68

Si podemos perdonar.—¡Cómo podríamos perdonarlos si no saben lo que hacen! No hay en este caso nada que perdonar. Pero ¿acaso *sabe* alguien alguna vez, *por completo,* lo que hace? Y si sus acciones son siempre *problemáticas,* los hombres no tendrían nunca nada que perdonarse, y perdonar sería para el hombre razonable una cosa imposible. En fin de cuentas, si los criminales supieran verdaderamente lo que hacen, no tendríamos tampoco el derecho de *perdonar,* a no ser que tuviésemos el derecho de acusar y de castigar. Pero no tenemos tal derecho.

69

Vergüenza habitual.—¿Por qué sentimos vergüenza cuando se nos concede un favor o una distinción que, según la expresión corriente, «no hemos merecido»? Nos parece entonces que nos llevan a un terreno que no es el nuestro, de donde deberíamos estar excluidos: algo así como un lugar sagrado o santísimo que nuestros pies debieran franquear. Por error de los demás hemos penetrado allí; y ahora nos sentimos subyugados por el temor o por la veneración, y no sabemos si debemos huir o gozar del momento bendito y del beneficio que se nos concede como gracia. En toda vergüenza hay un misterio que hemos profanado o que está en peligro de ser profanado; cualquier *gracia* engendra la vergüenza. Pero si consideramos que, de una manera general, nunca hemos «merecido» nada, respecto al caso en que nos abandonáramos a esta idea en el círculo de las concepciones *cristianas,* el sentimiento de *vergüenza* se haría habitual, porque, entonces, parecería que Dios estaba bendiciendo *siempre* y ejerciendo su gracia. Pero, prescindiendo de esta interpretación cristiana, este estado de *vergüenza habitual* sería aún posible para el sabio, totalmente impío, que sostiene la irresponsabilidad radical y la ausencia absoluta de mérito en toda acción y en toda organización: si lo tratamos como si hubiera merecido tal o cual cosa, parece hallarse introducido en un orden superior de seres que, de una manera general, *merecen* algo, que son libres y verdaderamente capaces de soportar la responsabilidad de su poder y de su querer. El que le dice a este sabio: «Lo has merecido», parece apostrofarlo así: «No eres un hombre, sino un Dios».

70

El educador más torpe.—En unos, todas las virtudes verdaderas están planteadas en el terreno de su espíritu de contradicción; en otros, en su incapacidad para decir no y, por consiguiente, en su espíritu de aprobación; un tercero edifica toda su moralidad en su orgullo de solitario, y un cuarto, la suya en su violento instinto de sociabilidad. Admitiendo desde luego que, por culpa de los malos educadores y por circunstancias nefastas, las semillas de la virtud no hayan sido sembradas, en esas clases de individuos, en el terreno de su naturaleza, terreno en ellos el más rico y fecundo, se habrían convertido en hombres sin moralidad, débiles y desagradables. ¿Y cuál hubiese sido el más torpe de todos los educadores y el peor destino de estos cuatro hombres? El fanático moral que cree que el bien no puede salir más que del bien ni puede crecer más que en el bien.

71

La escritura de la previsión.—*A:* Pero si *todos* supiesen esto, sería nocivo para la *mayoría* de ellos. Tú mismo consideras estas opiniones peligrosas para quien está en peligro y, sin embargo, las proclamas públicamente. *B:* Yo escribo de modo que ni el populacho, ni los *populi,* ni los partidos de toda especie sientan deseos de leerme. Por consiguiente, esas opiniones nunca serán públicas. *A:* Pero ¿cómo escribes? *B:* Ni de una manera útil, ni de una manera agradable, para los tres citados.

72

Misioneros divinos.—Sócrates también se consideraba como un misionero divino; pero no sé qué veleidad de ironía ática y de gusto por la chanza se siente aún en él, veleidad por la que se atenúa ese término fatal y presuntuoso. Habla sin unción: sus imágenes del freno y del caballo son simples y no tienen nada de sacerdotal, y la verdadera tarea religiosa, tal como se la planteó —someter al dios a *prueba* de mil maneras distintas para saber si dijo la verdad—, permite concluir una actitud bonachona y libre que toma el misionero para situarse al lado de su dios. Esta manera de poner al dios a prueba es uno de los compromisos más sutiles que podamos imaginar entre la piedad y la libertad de espíritu. Ahora no tenemos ya necesidad de ese compromiso.

73

Lealtad en la pintura.—Rafael, que tenía en mucho a la Iglesia (por poco que le pagasen) y en muy poco, como también los mejores de su tiempo, a los objetos de la fe cristiana, Rafael no dio un paso para seguir la piedad exigente y extática de algunos de sus clientes; conservó su lealtad, incluso en aquel cuadro excepcional que fue primitivamente destinado a un pendón de profesión, la madona de la capilla Sixtina. Allí se le ocurrió pintar una visión; pero una visión tal como podían tenerla *también* nobles jóvenes sin «fe», y la tendrían indudablemente, la visión de la esposa del porvenir, de una mujer inteligente, el alma noble, silenciosa y muy bella que lleva a su recién nacido en sus brazos. Que los antiguos, acostumbrados a las plegarias y a las adoraciones, semejantes al digno anciano de la izquierda, veneren aquí algo sobrehumano; a nosotros los jóvenes —así parece hablarnos Rafael— nos gusta fijarnos en la bonita joven de la derecha, que, con su mirada provocativa y en modo alguno devota, se dirige a los espectadores del cuadro como insinuándoles: «¿Verdad que esta madre y su niño son un espectáculo amable y tentador?». Ese rostro y esa mirada lanzan un destello de alegría al rostro de quienes los contemplan; es una manera que el artista tiene de gozar con su obra, añadiendo su propio gozo al de quienes gozan de su arte. En cuanto a la expresión «mesiánica» en la cabeza de un niño, Rafael, el hombre leal que no quería pintar estados de alma en cuya existencia no creía, supo engañar de una manera amable a sus admiradores creyentes; pintó ese juego de la naturaleza que no es raro, el ojo del hombre sobre la cabeza del niño, ese ojo del hombre valiente y generoso que contempla una miseria. Para esos ojos hace falta una barba; la ausencia de esta y la reunión de dos edades diferentes que se expresan en un mismo rostro: he ahí la paradoja agradable que los creyentes han interpretado en el sentido de la creencia del milagro; pero el artista esperaba esto de su arte de interpretación y de sustitución.

74

La oración.—Solo bajo dos condiciones, la oración —esa costumbre de tiempos remotos que no se ha extinguido aún por completo— puede tener algún sentido: en primer lugar, sería preciso que fuese posible determinar o cambiar el sentimiento de la divinidad, y luego que quien reza sepa bien lo que le hace falta, lo que le sería verdaderamente deseable. Estas dos condiciones, aceptadas y transmitidas por todas las demás condiciones, han sido precisamente negadas por el cristianismo; si, a pesar de eso, el cristianismo ha conservado la oración, paralelamente a la fe en una razón divina omnisciente y en su providencia, con lo cual la oración pierde su sentido y se convierte casi en un acto blasfematorio, demuestra así, una vez más, la admirable astucia de serpiente de que dispone. Pues una prohibición terminante «no rezarás» habría impulsado a los cristianos a la impiedad por aburrimiento. En el axioma cristiano *ora et labora,* el *ora* reemplaza al *placer;* y ¿qué habría sido, sin el *ora,* de aquellos desgraciados que se negaban al *labora,* los santos? Pero hablar con Dios, pedirle mil cosas agradables, divertirse un poco al darse cuenta de que aún se pueden tener deseos, a pesar de un padre tan perfecto: todo esto era para los santos una excelente invención.

75

Una santa mentira.—La mentira que Arrio, moribundo, puso en sus labios *(Paete, non dolet)* oscureció todas las verdades que hayan dicho siempre los moribundos. Es la única *mentira* santa que se ha hecho famosa; mientras que, por otra parte, el olor de santidad no se ha atribuido más que a *errores*.

76

El apóstol más necesario.—Entre doce apóstoles, siempre tienen que haber uno que sea duro como la piedra, para que la nueva iglesia pueda edificarse sobre él.

77

¿Qué es más perecedero, el espíritu o el cuerpo?—En los asuntos jurídicos morales y religiosos, lo que hay más externo, más concreto, es decir, el uso, la actitud, la ceremonia, es lo más duradero: es el *cuerpo* al que se añade siempre un *alma* nueva. El culto, como un texto de términos fijos, se interpreta constantemente de nuevo; las ideas y los sentimientos son lo que hay de flotante; las costumbres, lo que hay de duro.

78

La fe en la enfermedad, una enfermedad.—El cristianismo fue el primero en pintar el diablo en el edificio del mundo; el cristianismo fue el primero en introducir el pecado en el mundo. La fe en los remedios que ofrecía a cambio se ha ido quebrantando poco a poco, hasta en sus raíces más profundas; pero siempre persiste la *fe en la enfermedad* que ha enseñado y difundido.

79

Palabra y escritura de los hombres religiosos.—Si el estilo y la expresión general del sacerdote, tanto del que habla como del que escribe, no anuncian ya al hombre *religioso,* es inútil tomar en serio las opiniones de este sobre la religión y en favor de la religión. Estas opiniones han quedado *sin fuerza* para quien las profesa, si, como su estilo hace presumir, posee la ironía, la pretensión, la malignidad, el odio y todas las tergiversaciones del estado del espíritu que son propias de los hombres menos religiosos, ¡cuánto menos fuerza tendrán para quien las oiga o las lea! En una palabra, servirá para hacer a sus oyentes menos religiosos.

80

Peligro en la persona.—Cuanto más se ha considerado a Dios como una persona aparte, menos fidelidad se le ha guardado. Los hombres se aferran más a las imágenes de su pensamiento que a lo que tienen por más querido entre sus bienamados; por eso se sacrifican por el Estado, por la Iglesia y también por Dios, en cuanto que este es su producto, su *pensamiento,* y no se lo toma de una manera muy personal. En este último caso, disputan casi siempre con él: el más piadoso de ellos no pudo menos de lanzar esta amarga frase: «¡Dios mío, por qué me has abandonado!».

81

La justicia terrena.—Es posible hacer saltar de sus goznes la justicia terrena, junto con la doctrina de la irresponsabilidad absoluta y de la inocencia de cada uno, y ya se hizo una tentativa en este sentido, precisamente gracias a la doctrina contraria, la de la completa responsabilidad y culpabilidad de cada uno. El fundador del cristianismo fue quien quiso suprimir la justicia terrena y extirpar del mundo el juicio y el castigo. Pues interpretaba toda culpabilidad como un «pecado», es decir, como una falta contra *Dios,* y no como falta contra el mundo; por otra parte, consideraba a cada uno, en la más amplia medida y casi en todas las relaciones, como un pecado. Sin embargo, los culpables no deben ser los jueces de sus semejantes: así es como decidía su espíritu de equidad. *Todos* los jueces de la justicia terrena eran, pues, a sus ojos, tan culpables como aquellos a quienes condenaba, y su aire de inocencia les parecía hipócrita y fariseo. Además, atendía a los motivos de las acciones y no a su éxito, y para juzgar estos motivos había alguien que poseía la perspicacia necesaria: él mismo «o, como él se expresaba, Dios».

82

Una afectación al despedirse.—El que se quiere separar de un partido o de una religión se imagina que es necesario para él refutarlos. Pero es una pretensión orgullosa. Tan solo es necesario que conozca exactamente los lazos que lo retenían hasta el presente en ese partido o en esa religión, lazos que ahora ya no existen, intenciones que lo impulsaban por ese camino y que ahora lo impulsan por otro. No es por las *razones severas del conocimiento* por lo que nos ponemos del lado de tal partido o religión; no deberíamos, al despedirnos de ellos, *tomar* esta actitud.

83

Salvador y médico.—El fundador del cristianismo, en cuanto conocedor del alma humana, no estaba, como es de suponer, al abrigo de los defectos más graves y de los prejuicios mayores en cuanto médico del alma, se había entregado a una ciencia desacreditada y burda, la de la medicina universal. A veces, hace pensar, por su método, en aquel dentista que quería curar todos los dolores arrancando los dientes; es el caso, por ejemplo, cuando se lucha contra la sensualidad con el precepto: «Si tu ojo te escandaliza, arráncatelo». Pero hay, sin embargo, una diferencia: el dentista consigue al menos su objetivo: suprimir el dolor de su enfermo, aunque sea de una manera tan burda que caiga en el ridículo; mientras que el cristianismo, que obedece a tales preceptos y cree haber vencido su sensualidad, se engaña, pues esta sigue viviendo de una manera misteriosa y vampírica y lo atormenta bajo disfraces repugnantes.

84

Los presos.—Una mañana los presos salieron al patio de trabajo; el carcelero estaba ausente. Unos se aplicaron al trabajo inmediatamente, como de costumbre; los demás permanecieron inactivos, lanzando a su alrededor miradas retadoras. Entonces, uno de ellos salió de las filas y dijo en voz alta: «Trabajad si queréis o no hagáis nada; es igual. Vuestras secretas maquinaciones han sido descubiertas, y el carcelero de la prisión os ha sorprendido y os va a castigar de un modo terrible. Ya lo conocéis; es duro y rencoroso; pero escuchad lo que voy a deciros: no me habéis conocido hasta ahora, no soy lo que parezco. Soy el hijo del carcelero de la prisión y puedo todo con él. Puedo salvaros, quiero salvaros. Aunque, naturalmente, solo salvaré a aquellos de vosotros que *crean* que soy el hijo del carcelero de la prisión. ¡Que los demás recojan los frutos de su incredulidad!». «Bueno —dijo, tras un momento de silencio, uno de los presos de más edad—, ¿y qué importancia tiene para ti que creamos o no en ti? Si eres verdaderamente el hijo, si puedes hacer lo que dices, intercede en favor nuestro mediante un buen discurso, y con ello harás verdaderamente una buena obra. ¡Pero deja esos discursos sobre la fe y la incredulidad!» «No creo nada de eso —interrumpió uno de los jóvenes—. Ese está loco. Apuesto a que dentro de ocho días todavía estaremos aquí, lo mismo que hoy, y a que el carcelero de la prisión no sabe *nada.*» «Y si verdaderamente supo algo, ya no sabe nada ahora —exclamó el último de los presos que acababa de bajar al patio—, pues el carcelero de la prisión acaba de morir súbitamente.» «¡Hola —exclamaron muchos presos al mismo tiempo—, hola! ¿El hijo, eh, el hijo?, ¿y dónde está la herencia? ¡O acaso somos ahora tus prisioneros?» «Os lo he dicho —respondió dulcemente aquel a quien se le apostrofaba—, dejaré en libertad a quienes crean en mí; lo afirmo con tanta certidumbre como que mi padre está vivo aún.» Los presos no se rieron, pero se encogieron de hombros y se apartaron de él.

85

El perseguidor de Dios.—San Pablo formuló la idea y Calvino la desarrolló: desde toda una eternidad se ha adjudicado la condenación a un número incalculable de hombres, y este maravilloso plan universal se ha elaborado así para que la gloria de Dios pueda manifestarse; el cielo y el infierno y la humanidad existirán, pues, ¡para satisfacer la vanidad de Dios! ¡Qué vanidad cruel e insaciable debió arder en el alma de aquel que fue el primero o el segundo en imaginar esto! Pablo, a pesar de todo, siguió siendo Saulo, el *perseguidor de Dios.*

86

Sócrates.—Si todo va bien, llegará un día en que, para progresar en el camino de la moral y de la razón, antes que la Biblia, se tendrá en las manos los *Dichos memorables de Sócrates,* y en que se considerará a Montaigne y a Horacio como iniciadores y guías para la inteligencia de este sabio mediador, el más sencillo e imperecedero de todos, Sócrates. En él convergen los caminos de diferentes reglas filosóficas, que son, en suma, las reglas de los diferentes temperamentos, fijadas por la razón y el hábito, y que todas apuntan a la alegría de vivir y a la alegría que se halla en el propio yo; de donde se podrá concluir que lo más original de Sócrates fue su participación en todos los temperamentos. Sócrates es superior al fundador del cristianismo por su manera gozosa de permanecer serio y por esa *sabiduría llena de jovialidad* que es el estado del alma más bello del hombre. Además, su razón era superior.

87

Aprender a escribir bien.—El tiempo en el que se hablaba bien ha pasado, porque la época de la civilización de las ciudades ya no existe. El último límite que Aristóteles trazaba a una gran ciudad —el heraldo debía poder hacerse oír ante todos los ciudadanos reunidos en asamblea— nos es indiferente, lo mismo que los municipios urbanos, pues queremos ser inteligibles incluso más allá de los pueblos. Por eso todos los que tienen buenas ideas europeas deben aprender a *escribir bien, cada vez mejor;* de nada sirve que se haya nacido en

Alemania, donde se considera que es un privilegio nacional escribir mal. Pero escribir mejor significa, al mismo tiempo, pensar mejor; descubrir cosas que son cada vez más dignas de ser comunicadas y saberlas realmente comunicar; ser traducible a otras lenguas, hacerse accesible a la comprensión de los extranjeros que estudian nuestra lengua; hacer que todo lo que es bueno se universalice y que todo sea libre para los hombres libres; *preparar,* en fin, ese estado de cosas aún lejano en que los buenos europeos se dediquen a su grandiosa tarea: la dirección y la vigilancia de la civilización universal en la Tierra. Quien predique lo contrario y no se preocupe de escribir bien y de leer bien —esas dos virtudes que crecen y disminuyen al mismo tiempo— indica, en efecto, a los pueblos el camino que los conducirá a ser cada vez más *nacionales:* aumenta la enfermedad de este siglo y se opone como enemigo a los buenos europeos, a los espíritus libres.

88

La escuela del mejor estilo.—La escuela del estilo puede ser, de una *parte,* la escuela que enseña a encontrar la expresión gracias a la cual se puedan transmitir todos los estados de alma a los lectores y a los oyentes; luego la escuela que enseña a descubrir el estado de alma que más se *desea* en el hombre, cuya transmisión, por consiguiente, anhela; quiero decir el estado de alma en que se encuentra el hombre profundamente conmovido, el hombre de espíritu alegre, lúcido y recto que ha dominado las pasiones. Esta será la escuela del mejor estilo: corresponde al hombre bueno.

89

Cuidar de la marcha.—La marcha de las frases indica si el autor está fatigado; cada expresión, incluso por separado, puede ser enérgica y buena, porque se halló en otro tiempo, cuando la idea nació en el autor. Así sucede con frecuencia en Goethe, que dictaba muy a menudo cuando estaba fatigado.

90

Ya y todavía.—A: —La prosa alemana es aún muy joven: Goethe cree que Wieland fue su padre. B: —¡Tan joven y ya tan fea! C: —Pero, si no estoy mal informado, el obispo Ulfilas escribió ya en prosa alemana; por tanto, esta tiene ya cerca de mil quinientos años. B: —¡Tan vieja y aún tan fea!

91

Alemán original.—La prosa alemana, al no formarse según un modelo, puede ser considerada como una producción original del gusto alemán, y podría servir de indicación a los celosos promotores de una cultura original alemana en el porvenir, para enseñarles, por ejemplo, qué aspecto tendría, sin imitación de modelos, un vestido realmente alemán, una sociedad alemana, la instalación de un apartamento alemán, una comida alemana. Quienquiera que hubiera reflexionado largo tiempo en estas perspectivas concluiría por exclamar, lleno de terror: «¡Pero, por Dios, tal vez *poseamos* ya esta cultura original, solo que no nos gusta hablar de ella!».

92

Libros prohibidos.—No leáis nunca nada de lo que escriben esos orgullosos polimatas y espíritus nebulosos que poseen el disfraz más horrible: el de la paradoja lógica; emplean las formas *lógicas* justamente en los pasajes en que todo está impertinentemente improvisado y cimentado en la nada. («Por tanto» quiere decir, en ellos, «lector imbécil, para ti no hay *luego»,* sino solamente para mí; a lo que se debe responder: «Escritor imbécil, ¿por qué escribes, pues?»).

93

Demostrar ingenio.—Cada uno de los que quieren *demostrar* ingenio da a entender que está largamente desprovisto de lo contrario. Este disfraz de algunos ingeniosos franceses, que consiste en añadir a sus mejores ocurrencias un rasgo de *desdén,* tiene su origen en el deseo de hacerse pasar por más ingeniosos de lo que son; quieren prodigar con negligencia, fatigados en cierto modo de las continuas ofrendas recogidas en los graneros más repletos.

94

Literaturas alemana y francesa.—La desgracia de las literaturas alemana y francesa, de los últimos cien años, proviene de que los alemanes se emanciparon prematuramente de la escuela francesa; mientras que, después, los franceses se han acercado demasiado pronto a la escuela alemana.

95

Nuestra prosa.—Ninguno de los pueblos civilizados actuales tiene peor prosa que el pueblo alemán; y si los espirituales y delicados franceses dicen: «No hay prosa alemana», no hemos de tomarlo a mal, puesto que esto se dice con intenciones más amables de lo que merecemos. Si buscamos una razón para ello, acabamos por hacer el raro descubrimiento de que *el alemán no conoce más que la prosa improvisada* y *no sospecha que pueda existir otra*. Halla casi incomprensible que un italiano pueda decir que la prosa es más difícil que el verso, en la misma medida en que la representación de la belleza desnuda es más difícil, para el escultor, que la de la belleza vestida. El verso, la descripción, el ritmo y la rima exigen un esfuerzo honrado; esto lo comprende también el alemán, y no se siente tentado a atribuir a la improvisación un valor particularmente superior. Pero ¿trabajar en una página de prosa como en una estatua? Cuando oye esto tiene la impresión de oír contar algo que solo sucede en un país fabuloso.

96

El gran estilo.—El gran estilo nace cuando lo bello consigue la victoria sobre lo grandioso.

97

Evitar.—No se sabe en qué consiste, en los espíritus distinguidos, la delicadeza de la expresión y la gracia de la frase, antes de poder decir en qué palabra habría tropezado inevitablemente todo escritor mediocre si hubiera querido expresar lo mismo. Todos los grandes artistas se sienten inclinados a desviarse y encarrilarse cuando conducen su coche, pero no llegan nunca a volcar.

98

Algo como el pan.—El pan neutraliza el gusto de los demás alimentos, lo desvanece; por eso forma parte de todas las comidas. En todas las obras de arte es preciso que haya algo como el pan, para que estas puedan producir efectos diferentes; efectos que, si se sucediesen inmediatamente, sin uno de esos descansos y detenciones momentáneos, agotarían rápidamente y causarían repugnancia; esto haría imposible un *largo* banquete artístico.

99

Jean Paul.—Jean Paul sabía muchas cosas, pero no poseía ciencia alguna; entendía en toda clase de artificios del arte, pero no poseía arte; apenas había nada que encontrase insípido, pero no tenía gusto; poseía sentimiento y seriedad, pero cuando quería saborearlos, vertía sobre ellos un insoportable torrente de lágrimas; también tenía ingenio, pero desgraciadamente muy poco para su avidez: por eso desesperaba a sus lectores, precisamente por su falta de ingenio. En suma, no era otra cosa más que una mala hierba abigarrada y de un olor fuerte que crecía de un día a otro en los surcos fecundos y preciosos de Schiller y de Goethe; era un buen hombre correcto y, sin embargo, un hombre fatal: la fatalidad en bata de casa.

100

Saber saborear también el constraste.—Para saborear una obra del pasado tal como la sentían sus contemporáneos, hay que tener en la lengua el gusto que reinaba entonces, un gusto del cual dicha obra se diferenciaba.

101

Autores con espíritu de vino.—Algunos autores no son ni espíritu ni vino, sino espíritu de vino: pueden inflamarse y dan calor.

102

El sentido mediador.—El sentido del gusto, que es el verdadero sentido mediador, ha decidido, a menudo, a los demás sentidos a compartir sus opiniones acerca de las cosas y les ha inspirado sus leyes y sus costumbres. Podemos ilustrarnos, en la comida, en los secretos más sutiles de las artes: basta observar lo que tiene sabor, en qué momento se siente ese sabor, qué sabor es y si es muy persistente.

103

Lessing.—Lessing posee una virtud verdaderamente francesa, y, en cuanto escritor, es también el que más se ha dedicado a seguir los modelos franceses; sabe presentar y ordenar muy bien sus mercancías intelectuales en el muestrario. Sin este *arte* verdadero, sus pensamientos, así como el objeto de estos, hubieran permanecido pasablemente en la sombra y sin que el perjuicio general fuese muy grande. Pero hay muchas personas que han aprendido en su *arte* (especialmente las últimas generaciones de sabios alemanes), y muchas de ellas con placer. Sin embargo, era inútil que quienes se aprovecharon de Lessing tomasen de él, como sucedió con harta frecuencia, ese tono desagradable en su mezcla de combatividad y de honrada bravura. Hoy estamos de acuerdo sobre el «poeta lírico» Lessing: acabaremos por llegar a estarlo sobre el «dramaturgo».

104

Lectores que no deseamos.—Cuán atormentado se ve un autor por esas buenas gentes de alma burda y torpe que, cada vez que tropiezan en alguna parte, se caen y se hacen daño.

105

Ideas de poetas.—Las ideas verdaderas entre los verdaderos poetas están siempre veladas, como las egipcias: solo el *ojo* profundo del pensamiento penetra libremente por el velo. Las ideas de poetas no valen tanto, por término medio, como pretenden valer: es que hay que pagar también el velo y la propia curiosidad.

106

Escribir sencilla y útilmente.—Las transiciones,

los detalles, la variedad de los colores en las pasiones: todo esto se lo perdonamos al autor porque lo llevamos con nosotros y nos aprovechamos de ello, por poco que nos indemnice de cualquier manera que sea.

107

Wieland.—Wieland escribió alemán mejor que nadie, y, en la perfección y en la imperfección, conservó su maestría (su traducción de las *Cartas* de Cicerón y la de Luciano son las mejores traducciones alemanas); pero sus ideas no nos hacen ya reflexionar. Soportamos sus moralidades divertidas tan poco como sus divertidas inmoralidades: ambas son inseparables. Quienes se deleitaban con sus obras eran ciertamente, en el fondo, hombres mejores que nosotros; pero también eran bastante más pesados, por lo que tuvieron *necesidad* de un escritor semejante. *Goethe* no era necesario a los alemanes, por eso no saben qué hacer con él. Estudiad desde este punto de vista a los mejores entre nuestros hombres de Estado y a nuestros artistas: ninguno tuvo a Goethe como educador; ni *podían* tenerlo como tal.

108

Fiestas raras.—Concisión sólida, calma y madurez: cuando encuentres estas cualidades reunidas en un autor, párate y celebra una gran fiesta en medio del desierto; pasará mucho tiempo antes de que experimentes de nuevo un placer tan grande.

El tesoro de la prosa alemana.—Si prescindimos de las *Obras* de Goethe, y sobre todo de las *Conversaciones* de Goethe con Eckermann, el mejor libro alemán que existe, ¿qué queda, en suma, de la literatura alemana en prosa que merezca ser releído constantemente? Los *Aforismos* de Lichtenberg, el primer libro de la *Historia de mi vida* de Jung-Stilling, la *Última estación* de Adalbert Stifter y las *Gentes de Seldwyla* de Gottfried Keller, y con esto estamos, provisionalmente, al cabo de la calle.

110

Estilo escrito y estilo hablado.—El arte de escribir requiere, ante todo, *equivalentes* para los medios de expresión que solo están al alcance de quien habla, es decir, para los gestos, el acento, el tono, la mirada. Por eso el estilo escrito es muy diferente del estilo hablado, y mucho más difícil: quiere ser tan expresivo como este, con medios más reducidos. Demóstenes pronunció sus discursos de una manera distinta a como los leemos: los rehízo para que pudieran ser leídos. Con el mismo fin, los discursos de Cicerón deberían antes ser demostenizados; incluso ahora hallamos en ellos muchos más vestigios del *fórum* romano de lo que el lector pueda soportar.

111

Citar con prudencia.—Los escritores jóvenes no saben que las buenas expresiones y las buenas ideas no se presentan bien más que entre sus semejantes, y que una cita excelente puede aniquilar páginas enteras e incluso todo un libro, cuando se le advierte al lector con aire de decirle: «Cuidado, yo soy la piedra preciosa y a mi alrededor hay plomo, plomo gris y miserable». Cada palabra, cada pensamiento, quiere vivir *en su sociedad;* esta es la moral del estilo selecto.

112

Cómo debemos exponer los errores.—Podemos discutir para saber si es más perjudicial expresar mal los errores o expresarlos tan bien como las mejores verdades. Es cierto que, en el primer caso, perjudican al cerebro de una manera doble y que es más difícil extirparlos; pero es verdad también que obran con menos certeza que en el segundo caso: son menos contagiosas.

113

Restringir y ensanchar.—Homero redujo y aminoró la extensión del asunto, pero amplificó y resaltó las diferentes escenas; así es como, después, procedieron siempre los poetas trágicos: cada uno se hacía con el asunto en fragmentos aún más *pequeños* que los de su predecesor, pero cada uno conducía a una floración mucho más *rica* aún, en los límites estrictos de aquellos apacibles macizos de jardín.

114

La literatura y la moral se explican.—Se puede demostrar, con el ejemplo de la literatura griega, cuáles son las fuerzas que hacen florecer el espíritu griego, cómo penetró en diferentes vías y lo que acabó por debilitarlo. Todo esto nos proporciona una imagen de lo que, en suma, sucedió con la *moralidad* griega y de lo que sucederá con cualquier otra moral: cómo comenzó por ser una coacción, mostrando primeramente dureza, haciéndose luego, poco a poco, más dulce; cómo se formó, en fin, el placer que proporcionan ciertas acciones, ciertas convenciones y ciertas formas, y, surgiendo de ahí, también una inclinación al ejercicio exclusivo y a la posesión única de estas; cómo la vía se llenó y se colmó de competidores, cómo sobrevino la saciedad, cómo se buscaron nuevos asuntos de lucha y de ambición, cómo se despertó a los antiguos a la vida, cómo el espectáculo se repitió, cómo los espectadores se fatigaron del espectáculo, porque, desde aquel momento, todo el círculo parecía haber sido recorrido; y entonces sobrevino un reposo, una pausa en la respiración: los ríos se perdieron en la arena. Era el fin, o, al menos, *un* fin.

115

Cuáles son las comarcas que seducen de una manera perenne.—Esta comarca posee rasgos significativos para un cuadro, pero no puedo asir la fórmula para expresarlo; como conjunto, es inasible para mí. Observo que todos los paisajes que me agradan de una manera persistente contienen, en su diversidad, una simple figura de líneas geométricas. Sin semejante sustrato matemático, ninguna comarca llega a ser para la mirada un regalo artístico. Y acaso esta regla permita una aplicación simbólica al hombre.

116

Leer en voz alta.—Para leer en voz alta hay que saber *declamar;* hay que aplicar a todas las partes colores pálidos, pero hay que graduar la palidez conforme a un cuadro fundamental de colores plenos y profundos que flota siempre ante nuestros ojos y nos dirige, es decir, según la manera como se *declamarían* los mismos pasajes; por tanto, hay que estar en condiciones de hacerlo.

117

El sentido dramático.—El que no posee los cuatro sentidos del arte intenta comprenderlo todo con el quinto sentido, que es el más burdo: el sentido dramático.

118

Herder.—Herder está muy lejos de ser lo que quería hacer creer que era (y lo que deseaba creer él mismo); no es un gran pensador ni un gran creador; no es un terreno nuevo y fecundo con un poder virgen y aún no utilizado. Pero poseía, en el más alto grado, el olfato de lo que iba a venir; veía y recogía las primicias de la estación antes que todos los demás y entonces estos creían que era él quien las había hecho brotar; su espíritu estaba siempre al acecho entre lo claro y lo oscuro, lo viejo y lo nuevo. Siempre que algunos pasajes, ahondamientos o conmociones indicaban la existencia de fuentes interiores, la inquietud de la primavera lo agitaba, pero él no era la primavera. Lo sospechaba de cuando en cuando, pero no quería confesárselo a sí mismo, ¡él, el sacerdote ambicioso a quien tanto le hubiera gustado ser el Papa de los espíritus de su tiempo! Este fue su sufrimiento; parece que vivió mucho tiempo pretendiendo muchos reinos del espíritu, e incluso un imperio universal, y tenía a sus partidarios que creían en él: el joven Goethe se hallaba entre ellos. Pero siempre que se acababa por distribuir verdaderamente coronas, él se iba con las manos vacías. Kant, Goethe y luego los primeros verdaderos historiadores y filólogos alemanes le arrebataron lo que creía estar reservado para él, pero sin creer, a veces, en esta prioridad sincera e íntimamente. Poseía realmente entusiasmo y ardor, pero su ambición era mucho más grande que todo eso. Esta ambición avivaba su fuego y enseguida se ponía a arder, a crepitar y a humear —el *estilo* de Herder arde, crepita, humea—; pero deseaba la gran llamarada y esta no llegaba nunca. No podía sentarse a la mesa de los verdaderos creadores; y su ambición no le permitía situarse, humildemente, entre quienes se contentaban con gozar. Por eso fue un invitado inquieto que saboreaba por anticipado de todos los manjares intelectuales que durante medio siglo reunieron los alemanes en todos los mundos y en todos los tiempos. Nunca totalmente saciado ni satisfecho, Herder estaba, además, enfermo muy a menudo; entonces la envidia se sentaba a la cabecera de su cama, y también la hipocresía lo visitaba. Guardaba una actitud cohibida y parecía roído por una llaga. Más que ninguno de los que llamamos nuestros «clásicos», carecía de una virilidad sencilla y valiente.

Olor de las palabras.—Cada palabra tiene su olor; hay una armonía y una disonancia de los perfumes, así como en las palabras.

120

El estilo rebuscado.—El estilo rebuscado es una ofensa para el amigo del estilo rebuscado.

121

Promesa solemne.—Ya no quiero leer a un autor en quien se advierte que ha querido hacer un libro. Ya no leeré más que a aquellos cuyas ideas se conviertan inopinadamente en un libro.

122

La convención artística.—Lo que escribió Homero es, en sus tres cuartas partes, convención, y casi sucede lo mismo con todos los artistas griegos, que no tenían ninguna necesidad de entregarse al furor de la originalidad, que es lo característico de los modernos. No tenían miedo alguno a lo convencional, pues era un medio de entrar en comunicación con su público; porque las convenciones son procedimientos para el entendimiento del oyente, un lenguaje común penosamente aprendido, un medio por el cual el artista puede realmente comunicarse. Sobre todo cuando, como los poetas y los músicos griegos, quiere salir *inmediatamente* victorioso con su obra de arte —por estar habituado a luchar públicamente con uno o dos rivales—, es también la primera condición para ser *comprendido inmediatamente,* lo que no era posible más que por la convención. Lo que el artista inventa, más allá de la convención, lo añade de su propia cosecha y corre el peligro, en el mejor de los casos, con este éxito de haber *creado* una nueva convención. Generalmente, si mira con asombro todo lo que es original, a veces incluso es adorado, pero rara vez es comprendido; querer huir obstinadamente de la convención, es querer no ser comprendido. ¿A qué tiende, pues, la manía de la originalidad de los tiempos modernos?

123

Afectación de la ciencia entre los artistas.—Schiller creía, junto con algunos otros artistas alemanes, que cuando se tiene ingenio se tiene derecho a entregarse a la *improvisación* sobre toda clase de asuntos difíciles. Tenemos, pues, sus composiciones en prosa, que son, desde todos los puntos de vista, un modelo para mostrar cómo no hay que atacar las cuestiones científicas de la estética y de la moral, y también un peligro para los lectores jóvenes que, en su admiración por el poeta Schiller, no tienen el valor de estimar en poco al pensador y escritor Schiller. La tentación que se apodera tan fácilmente del artista, tentación perdonable entre todas, de pasar también él una vez por una pradera que le está prohibida y manifestarse acerca de la ciencia —pues el más valiente halla, a veces, su oficio y su taller insoportables—, esta tentación es tan fuerte en el artista, que quiere demostrar a todo el mundo lo que nadie tiene necesidad de ver, a saber: que su pequeño estudio, «estudio de pensador», es estrecho y desordenado —¡qué importa, él no vive allí!—, que los graneros de su saber están vacíos o medio llenos de un fárrago de cosas —¿por qué no?—, el niño-artista —se adapta a ello muy bien—, y sobre todo que, para las prácticas más sencillas del método científico, familiares incluso a los principiantes, sus miembros están poco ejercitados y no son bastante ágiles —¡y tampoco por esto tiene necesidad de avergonzarse!—. En cambio, despliega a veces un arte considerable en imitar todos los defectos, todos los disfraces y los resabios sabiondos que se encuentran en la corporación científica, con la idea de que esto constituye parte, si no del asunto mismo, al menos de la apariencia del asunto; y esto es precisamente lo que hay de seductor en semejantes escritos de artistas; el artista hace, sin proponérselo, lo que es, en suma, su oficio: *parodiar* las naturalezas científicas y antiartísticas. Frente a la ciencia, no debería tomar otra posición más que la parodia, por lo menos cuando se es artista y nada más que artista.

124

La idea de Fausto.—Una modistilla es seducida y sumida en la desgracia; el malhechor es un sabio eminente, doctor en cuatro facultades. ¡Indudablemente aquí se oculta algo! Pues esta historia no tiene nada de natural. Sin la ayuda del diablo en persona, el sabio eminente no habría conseguido sus fines. ¿Será este verdaderamente el «pensamiento trágico» alemán más grande, como se oye decir a los alemanes? Para Goethe, sin embargo, este pensamiento tenía algo de espantoso; su corazón compasivo no pudo hacer sino transportar a la modistilla, «el alma buena que no se abandonó más que una sola vez», después de su muerte involuntaria, a las proximidades de los santos; y hasta llegó, jugándole una mala pasada al diablo, en el momento decisivo, a hacer entrar en el cielo al sabio eminente cuando aún vivía él, el «hombre bueno» del «instinto oscuro», de suerte que los amantes se encontraron allí arriba, en el cielo. Goethe dijo una vez que su temperamento era demasiado conciliador para los asuntos verdaderamente trágicos.

125

¿Hay clásicos alemanes?—Sainte-Beuve hace observar una vez que el estilo de ciertas literaturas no se acomoda, en modo alguno, con la palabra «clasicismo»; a nadie se le ocurría, por ejemplo, hablar de «clásicos alemanes». ¿Qué dicen de esto nuestros libreros alemanes, que están a punto de añadir a los cincuenta clásicos alemanes, en quienes ya debemos creer, otros cincuenta clásicos más? ¡Casi parece que bastaría, sencillamente, haber muerto hace treinta años *y* ofrecerse públicamente como presa al alcance de todos, para oír de pronto la trompeta de resurrección que os consagra como clásico! Y esto en una época y en un pueblo en que, de seis grandes antepasados de la literatura, cinco están a punto de envejecer incontestablemente o han envejecido ya, sin que tal época y tal pueblo hayan tenido necesidad precisamente de avergonzarse por *eso*. Pues estos escritores han cedido su puesto a las *fuerzas* de esta época: ¡basta con pensar en ello con toda equidad! Como ya he indicado, prescindo de Goethe, pues pertenece a una

categoría superior de literaturas que está por encima de las «literaturas nacionales»; por eso la vida, la novedad y la caducidad no se tienen en cuenta en sus relaciones con su *nación*. No vivió más que para la minoría y para esta minoría vive aún; para la mayoría de las personas no es más que una fanfarria de vanidad que suena, de cuando en cuando, por encima de las fronteras alemanas. Goethe no solo fue un hombre bueno y grande, sino también una *cultura*. En la historia de los alemanes es un incidente sin consecuencias. ¿Quién podría, por ejemplo, descubrir en la política alemana de los últimos setenta años la más mínima influencia de Goethe? (mientras que Schiller trabajó ciertamente en esta historia y quizá también un poco Lessing). Pero ¿qué decir de los otros cinco? Klopstock envejeció ya durante su vida de una manera altamente venerable, y de una manera tan radical que el libro meditado de sus sueños de vejez, su *República de los sabios*, no se ha tomado en serio hasta hoy por nadie. Herder tuvo la desdicha de escribir obras que eran siempre demasiado nuevas o que estaban ya envejecidas; para los espíritus más sutiles y más enérgicos (como Lichtenberg) la obra principal de Herder, sus *Ideas sobre la historia de la humanidad*, por ejemplo, tenía ya algo de anticuado desde su aparición. Wieland, que tan abundantemente había vivido y engendrado vida, previno, como hombre avisado, la disminución de su influencia por la muerte. Lessing subsiste quizá aún hoy, pero entre los sabios jóvenes y siempre los más jóvenes. Y Schiller ha salido ahora de las manos de los jóvenes para caer en las de los muchachos, de todos los muchachos alemanes. Para un libro, una manera de envejecer es caer en manos de personas cada vez menos maduras. ¿Y qué es lo que ha hecho que esos cinco escritores no sean ya leídos por los hombres laboriosos y de una instrucción sólida? El gusto más refinado, la reflexión más madura, la mayor estima de lo verdadero y de lo real; es decir, virtudes que han sido *implantadas* de nuevo en Alemania por esos cinco, precisamente (y por otros diez o veinte, menos brillantes), y que ahora, como bosque suntuoso, extienden sobre su propia tumba la sombra de la veneración, y también un poco la sombra del olvido. Pero los *clásicos* no son los *plantadores* de las virtudes intelectuales o literarias; son la *realización* y las cumbres más altas de estas virtudes, que continúan elevándose por encima de los pueblos, aun cuando estos perezcan, pues son más ligeros, más libres y más puros que ellos. Podemos imaginar un estado superior de la humanidad en que la Europa de los pueblos haya caído en el olvido del pasado, pero en que Europa *viva* aún en treinta volúmenes muy antiguos y que no envejecerán jamás: en los clásicos.

126

Interesante, pero no bello.—Esta comarca oculta su significación, pero tiene una que nos gustaría adivinar; por dondequiera que mire, leo palabras e indicaciones de palabras, pero no sé dónde comienza la frase que resuelve el enigma de todas estas indicaciones, y cojo un tortícolis por intentar en vano leer, comenzando por este o aquel lado.

Contra los innovadores del lenguaje.—Emplear neologismos o arcaísmos en el lenguaje, preferir lo raro y lo extravagante, buscar la riqueza de las expresiones más bien que la restricción, es siempre el signo de un gusto que todavía no ha llegado a su madurez o que ya está corrompido. Pero una pobreza noble, en un dominio sin apariencia, una libertad de maestro, es lo que distingue, en Grecia, a los artistas del discurso; quieren poseer *menos* de lo que posee el pueblo —pues el pueblo es el más rico en cosas antiguas y nuevas—, pero este poco quieren poseerlo *mejor.* Se acaba enseguida de enumerar sus arcaísmos y sus barbarismos, pero la admiración no tiene límites cuando se poseen buenos ojos para ver la forma ligera y dulce con que acceden a lo que hay de cotidiano y muy usado en apariencia en las palabras y en los giros de las frases.

128

Los autores tristes y los autores serios.—Quien lleva al papel lo que *sufre* se convierte en un autor triste; pero se convierte en un autor serio cuando nos dice lo que ha *sufrido* y por qué descansa ahora en la alegría.

129

Salud del gusto.—¿De dónde proviene que la salud no sea tan contagiosa como la enfermedad, dicho esto de una manera general, y, sobre todo, en materia de gusto? ¿O acaso hay epidemias de salud?

130

Resolución.—No leer un libro que, tan pronto como ha nacido, ha sido bautizado (con tinta).

131

Corregir el pensamiento.—Corregir el estilo es corregir el pensamiento y nada más. Quien no convenga en ello, desde el primer instante, no podrá convencerse nunca.

132

Libros clásicos.—El aspecto más débil de todo libro clásico es que está demasiado escrito en la lengua materna de su autor.

133

Libros malos.—El libro debe reclamar la pluma, la tinta y la mesa de escribir; pero, generalmente, son la pluma, la tinta y la mesa de escribir las que reclaman el libro. Por eso en nuestros días los libros valen tan poco.

134

Presencia de los sentidos.—El público, cuando reflexiona ante los cuadros, se convierte en poeta; pero cuando reflexiona ante unos poemas, se convierte en observador. En el momento en que el artista hace un llamamiento al público, carece por lo general del sentido verdadero; por tanto, carece no de presencia de espíritu, sino de presencia de los sentidos.

135

Ideas escogidas.—El estilo escogido de una época preminente elige no solo las palabras, sino también las ideas, y busca tanto las palabras como las ideas, en lo que es *usual* y *dominante;* las ideas atrevidas y demasiado nuevas repugnan al gusto maduro tanto como las imágenes y las expresiones nuevas y audaces. Después, estas dos cosas —la idea escogida y la palabra escogida— huelen enseguida a mediocridad, porque el olor particular se pierde rápidamente y no queda más que lo vulgar y lo cotidiano.

136

Causa principal de la corrupción del estilo.— Querer demostrar más sentimiento por una cosa del que realmente se *posee* destruye el *estilo,* en el idioma y en las artes. Todo gran arte posee más bien la tendencia contraria: semejante a todo hombre de un positivo valor moral, querrá detener el sentimiento en marcha y no dejarlo llegar por completo hasta el final. Este pudor de la semivisibilidad del sentimiento es, por ejemplo, lo que se observa de una manera más admirable en Sófocles; y parece transfigurar los rasgos del sentimiento, cuando este se muestra más sobrio de lo que es.

137

Para disculpar a los estilistas pesados.—Lo que se dice con ligereza rara vez resuena en los oídos con su peso verdadero; pero la culpa es del oído mal disciplinado, que, educado por lo que hasta ahora se ha llamado la música, ha descuidado la escuela de las armonías superiores, es decir, del *discurso*.

138

Perspectiva a vuelo de pájaro.—Contemplad esos torrentes que se precipitan por diversas laderas en un abismo: su movimiento es tan impetuoso y arrastra la mirada con tanta fuerza que las vertientes de la montaña, peladas o pobladas de árboles, no parecen inclinarse, sino *precipitarse* en las profundidades. Ante este espectáculo, sufrimos las angustias del sobresalto, como si detrás de todo esto se ocultase algo hostil que nos impulsara a la fuga y de lo que solo el abismo pudiera protegernos. No es posible pintar esta comarca, a menos que nos remontemos por encima de ella, al aire libre, como pájaros; lo que se llama la perspectiva a vista de pájaro no es, pues, aquí un capricho del artista, sino el único procedimiento posible.

139

Comparaciones peligrosas.—Cuando las comparaciones arriesgadas no son la prueba de la malicia de un autor, son la prueba de que su imaginación está agotada. Pero, en todo caso, demuestran su mal gusto.

140

Bailar encadenado.—Ante cualquier artista, poeta o escritor griego hay que preguntarse: ¿cuál es la *nueva coacción* que se impone y que pinta como seductora a los ojos de sus contemporáneos (para encontrar así imitadores)? Pues lo que se llama «invención» (en el dominio métrico, por ejemplo) es siempre una de esas trabas que se pone a sí mismo. «Bailar encadenado»: contemplar las dificultades de frente, y luego tender sobre ellas la ilusión de la facilidad: este es el alarde con que nos quieren deslumbrar. Ya en Homero se advierte una serie de fórmulas transmitidas y de reglas en el relato épico, *en medio* de las cuales había que bailar; y él mismo añade, de su propia cosecha, nuevas convenciones para los venideros. Esta fue la escuela educadora de los poetas griegos: dejarse imponer primero, por los poetas precedentes, una coacción múltiple; luego, añadir la invención de una coacción nueva y vencerla con gracia, para que fueran observadas y admiradas la coacción y la victoria.

141

Amplitud de los escritores.—Lo último que le llega a un buen escritor es la extensión; quien la lleve consigo no será nunca un buen escritor. Los más nobles caballos de carrera son delgados, hasta que pueden *descansar* de sus victorias.

142

Héroes desalentados.—Los poetas y los artistas que sufren de estrechez en los sentimientos hacen que sus héroes jadeen muy a menudo: no saben respirar con facilidad.

143

Los semiciegos.—El semiciego es el enemigo nato de todos los escritores que se dejan llevar de la pluma.

¡Qué cólera lo invade al cerrar un libro en que ha advertido que el autor necesitó de cincuenta páginas para comunicar cinco ideas! Se enfurece de haber puesto en peligro, casi sin recompensa, lo que le queda de vista. Un semiciego dijo un día: *Todos* los autores son prolijos. «¿También el Espíritu Santo?» También el Espíritu Santo. Pero este tenía derecho a ello: escribía para quienes estaban completamente ciegos.

144

El estilo de la inmortalidad.—Tucídides, así como Tácito, al escribir sus obras, pensaban en la inmortalidad; si no lo supiéramos de alguna otra manera, se adivinaría ya en su estilo. El primero creía dar duración a sus ideas reduciéndolas mediante la ebullición; el segundo, echando sal en ellas; y, al parecer, los dos acertaron.

145

Contra las imágenes y los símbolos.—Con las imágenes y los símbolos se persuade, pero no se demuestra. Por eso, en el campo de la ciencia, se tiene tanto terror de las imágenes y de los símbolos; pues aquí *no* se quiere precisamente lo que convence y da verosimilitud, sino que se provoca, por el contrario, la más fría desconfianza, nada más que por la manera de expresarse y la desnudez de los muros, porque la desconfianza es la piedra de toque para el oro de la certidumbre.

Guardarse.—En Alemania quien no posee un saber profundo deberá guardarse mucho de escribir. Pues el buen alemán no dice «es ignorante», sino «es de un carácter dudoso». Esta conclusión precipitada hace honor, por lo demás, a los alemanes.

147

Esqueletos tatuados.—Los esqueletos tatuados son los autores a quienes les gustaría reemplazar lo que les falta de carne por colores artificiales.

148

El estilo grandilocuente y el que le es superior.— Es más fácil aprender a escribir con grandilocuencia que a escribir ligera y sencillamente. Las razones de esto se pierden en el dominio moral.

149

Juan Sebastián Bach.—Cuando se escucha la música de Bach, no como conocedor perfecto y sagaz del contrapunto y de todos los géneros del estilo de la fuga, privándose así de un verdadero placer artístico, se le escuchará de otro modo, con el estado de espíritu de un hombre (para emplear, con Goethe, una expresión magnífica) que hubiese estado presente en el momento en que *Dios creó al mundo*. Es decir, que sentiríamos entonces que hay algo grande que está en su devenir, pero que no existe aún: nuestra *gran* música moderna. Esta ha venido ya al mundo alcanzando la victoria sobre la Iglesia, las nacionalidades y el contrapunto. En Bach hay aún demasiado cristianismo crudo, demasiado hermanismo crudo, demasiado escolasticismo crudo; se halla en el umbral de la música europea «moderna», pero desde ahí vuelve su mirada hacia la Edad Media.

150

Haendel.—Haendel, cuando componía su música, era valiente, innovador, verdadero, poderoso; se volvía hacia un heroísmo semejante al heroísmo de que es capaz *un pueblo*; pero cuando trataba de perfeccionar su obra, se sentía con frecuencia cohibido, frío y hasta disgustado de sí mismo; entonces se valía de algunos métodos experimentados en la ejecución, se ponía a escribir rápidamente y mucho y era muy feliz cuando terminaba; pero no era un contento parecido al de Dios y otros creadores, al declinar de su jornada fecunda.

151

Haydn.—Si la genialidad puede aliarse con la naturaleza de un hombre sencillamente *bueno,* Haydn poseyó esta genialidad. Llegó hasta el límite que la moralidad traza a la inteligencia; solo hace música que no tiene «pasado».

152

Beethoven y Mazart.—La música de Beethoven parece a menudo como una *contemplación* profundamente emocionada con la audición de un fragmento que se creyó perdido durante mucho tiempo; es «la inocencia en los sonidos», una música *con motivo* de la música. La canción del mendigo o del niño del arroyo, los motivos apasionados de los italianos vagabundos, los aires de danza de las posadas de los pueblos o de las noches de carnaval: he ahí las fuentes de inspiración donde Beethoven descubre sus «melodías», las reúne como una abeja, cogiendo aquí y allá una nota o una breve cadencia. Son para él *recuerdos* transfigurados de un «mundo mejor», semejantes a lo que Platón imaginaba respecto a las ideas. Mozart está en una relación muy distinta con sus melodías: no halla sus inspiraciones oyendo música, *sino* contemplando la vida, la vida más animada de las comarcas meridionales: soñaba siempre con Italia cuando no estaba en ella.

153

Recitativo.—Antaño, el recitativo era seco; ahora vivimos en la época del *recitativo mojado:* ha caído al agua y las ondas lo llevan a donde quieren.

154

Música «serena».—Cuando oímos música después de haber estado mucho tiempo sin oírla, se nos adentra muy rápidamente en la sangre como uno de esos vinos gruesos del Mediodía que deja al alma en una embriaguez semejante a la de un narcótico que la hunde en un estado de adormecimiento y de deseos; este es el caso, especialmente, de la música «serena», que proporciona al mismo tiempo amargura y dolor, saciedad y nostalgia, y que nos obliga a absorber todo esto, continuamente, como un dulce brebaje envenenado. Durante este tiempo, la sala donde brilla una alegría serena parece estrecharse cada vez más, la luz parece disminuir de intensidad y hacerse más opaca; finalmente, creemos oír la música como si penetrase en una prisión, en donde la nostalgia impide dormir a un pobre hombre.

155

Franz Schubert.—Franz Schubert, un artista menor que los otros grandes músicos, poseía, sin embargo, más que estos, una *riqueza hereditaria* en música. Dilapidó esta riqueza a manos llenas y con corazón generoso, de suerte que los músicos pudieron aún vivir durante unos siglos de sus ideas y de sus invenciones. En su obra poseemos un tesoro de invenciones inutilizadas. Si nos atreviéramos a llamar a Beethoven el oyente ideal de un menestral, Schubert tendría derecho a ser llamado el menestral ideal.

156

La dicción musical más moderna.—La gran dicción trágico-dramática en la música adquiere su carácter por la imitación de los gestos del gran pecador, tal como el cristianismo concibe y desea a este: del ser que marcha a pasos lentos, meditando con pasión, agitado por las torturas de la conciencia, huyendo tan pronto con espanto como deteniéndose con desesperación, o incluso tendiendo las manos con arrebato, y todos los demás síntomas del gran estado de pecado. Pero el cristiano admite que todos los hombres son grandes pecadores y que pecan continuamente, y esta condición bastaría para justificar la aplicación a *toda* la música de este estilo en la dicción; y esto en el sentido de que la música sería el reflejo de todos los actos humanos y tendría, como tal, que hablar continuamente el lenguaje que el gran pecador expresa en sus gestos. Un oyente que no fuera bastante cristiano para comprender esta lógica tendría, ciertamente, el derecho de exclamar ante semejante dicción musical: «¡En el nombre del cielo, cómo ha penetrado el pecado en la música!».

157

Félix Mendelssohn.—La música de Félix Mendelssohn es la música del buen gusto que se complace en todo lo que antaño hubo de bueno: nos remite siempre al pasado. ¡Cómo iba a tener muchas cosas ante ella, mucho porvenir! Pero Félix Mendelssohn *¡quiso* tener porvenir! Poseía una virtud que es rara en los artistas: la gratitud sin reservas, y esta es también una virtud que nos hace mirar siempre al pasado.

158

Una madre de las artes.—En nuestra época de escepticismo, un heroísmo brutal de la *ambición* casi forma parte de la verdadera *devoción*. No basta ya cerrar fanáticamente los ojos y doblar las rodillas. ¿Acaso no será posible que la ambición de ser para siempre el último héroe de la devoción llegase a ser la madre de la última música religiosa católica, del mismo modo que esta engendró ya el último estilo de la arquitectura religiosa? (Lo llamamos el estilo jesuita.)

159

La libertad en medio de las trabas. Una libertad principesca.—El último de los músicos modernos que vio y adoró la belleza, al igual de Leopardi, el polaco Chopin, el que fue el inimitable —ninguno de los que llegaron antes y después que él tienen derecho a este epíteto—, Chopin, digo, poseía la misma nobleza principesca en lo convencional que Rafael en el empleo de los colores tradicionales más sencillos, pero no con relación a los colores, sino a los usos melódicos y rítmicos. Admitió estos usos porque había *nacido en la etiqueta,* pero, como el espíritu más sutil y gracioso, entregándose dentro de sus trabas al juego y a la danza, *sin* el menor asomo de burla.

160

La barcarola de Chopin.—Casi todos los estados anímicos y todas las condiciones de la vida poseen un solo momento *dichoso.* Este momento lo saben descubrir los buenos artistas. Los hay también en la vida en la costa, esa vida tan aburrida, tan sucia, tan malsana, que se desenvuelve en contacto con el populacho más vocinglero y rapaz; este momento dichoso supo expresarlo Chopin con los acordes de su *Barcarola,* hasta el punto de que los mismos dioses pudieran sentir deseos de tumbarse en una barca durante las largas tardes de estío.

Robert Schumann.—El «joven», tal como lo soñaban los poetas líricos del Romanticismo francés y alemán en el primer tercio de este siglo, ese joven ha sido traducido por completo en canciones y en música por Robert Schumann, el joven eterno, mientras se sintió en la plenitud de su vigor; es cierto que hay momentos en que su música recuerda a la eterna «solterona».

162

Los cantantes dramáticos.—«¿Por qué canta este mendigo?» Probablemente no sabe gemir. «Entonces hace bien; pero nuestros cantantes dramáticos, que gimen porque no saben cantar, ¿también hacen bien?»

163

Música dramática.—Para quien no ve lo que sucede en la escena, la música dramática es un absurdo; del mismo modo que el comentario perpetuo de un texto sería también un absurdo. Esta música requiere muy en serio que se tengan los oídos allí donde se hallan los ojos. Pero esto es violentar a Euterpe; esta pobre musa quiere que se dejen sus ojos y sus oídos en el mismo sitio donde los tienen también las demás musas.

164

Victoria y razón.—Desdichadamente, en las contiendas estéticas que los artistas provocan con sus obras y la defensa de estas, es también la fuerza la que decide en última instancia y no la razón. Ahora todo el mundo admite, como hecho histórico, que la dicha en la contienda tuvo *razón* con Piccini: en todos los casos, Piccini salió *victorioso,* la fuerza se hallaba de su parte.

165

Del principio de la ejecución musical.—Los ejecutantes de hoy ¿creen verdaderamente que el principio supremo de su arte es dar a cada pieza tan *alto relieve* como sea posible y hacerle hablar a toda costa un lenguaje dramático? Aplicado, por ejemplo, a Mozart, ¿no es acaso un verdadero pecado contra el espíritu, el espíritu sereno, soleado, tierno y ligero de Mozart, cuya seriedad es una seriedad benévola y en modo alguno una seriedad terrible, cuyas imágenes no quieren saltar fuera de su marco para asustar y poner en fuga a quien las contempla? ¿O imagináis que la música de Mozart se identifica con la música de «El convidado de piedra»? Y no solo la música de Mozart, sino toda clase de música. Pero responderéis que el efecto más grande habla en favor de nuestro principio, y tendríais razón si no se os replicase con otra pregunta: *¿Sobre quién* ha pretendido causar efecto, y sobre qué artista noble tiene tan solo el derecho de *pretender* causar efecto? ¡Jamás sobre el pueblo! ¡Jamás sobre los seres que no han alcanzado su madurez! ¡Nunca sobre los seres sensibles! ¡Nunca sobre los seres enfermizos! Pero, ante todo, ¡nunca sobre los seres embotados!

Música de hoy.—Esta música archimoderna, con sus pulmones vigorosos y sus nervios delicados, se asusta siempre de sí misma.

167

Donde la música está a su gusto.—La música no alcanza todo su poder sino entre los hombres que no pueden ni deben discutir. Por eso sus primeros promotores fueron los príncipes que no querían que, en su corte, se criticase mucho, ni siquiera que se pensase mucho; y luego las sociedades que, bajo una presión cualquiera (principesca o religiosa), se ven obligadas a habituarse al silencio, pero que están a la búsqueda de sortilegios tanto más violentos contra el fastidio del sentimiento (generalmente, la eterna inclinación amorosa y la eterna música); en tercer lugar, pueblos enteros en donde no hay «sociedad», sino tantos más individuos con inclinación a la soledad, a los pensamientos crepusculares y a la veneración de todo lo que es inexpresable: estas son las verdaderas almas musicales. Los griegos, por ser un pueblo al que le gustaba la palabra y la lucha, no soportaban la música sino como un *accesorio* de las artes acerca del cual se puede discutir y hablar verdaderamente, mientras que acerca de la música apenas es posible *pensar* netamente. Los pitagóricos, aquellos griegos excepcionales en muchas materias, eran también, como se ha dicho, grandes músicos; ellos fueron los que inventaron el silencio de cinco años, pero no la dialéctica.

Sentimentalismo en la música.—Cualquiera que sea la inclinación que se tenga por la música seria y elevada, en ciertos momentos nos sentimos subyugados, cautivados y enternecidos por la música contraria. Me refiero a esos *melismos*[1] de ópera italiana, los más sencillos de todos, que, a pesar de su uniformidad rítmica y la puerilidad de sus armonías, nos conmueven a veces como si oyésemos cantar al alma misma de la música. Convengáis o no en ello, fariseos del buen gusto, *es así,* y, en lo que a mí se refiere, me importa ahora ante todo proponer este enigma y ayudarme un poco a resolverlo. Cuando aún éramos niños, saboreamos por primera vez la miel de muchas cosas, y nunca después nos pareció tan buena como entonces; nos invitaba a la vida, a la vida más larga, en la forma de la primera primavera, de las primeras flores, de las primeras mariposas, de la primera amistad. Entonces —acaso hacia los nueve años— oímos la primera música, y esta fue la que *comprendimos* primero; por consiguiente, la más sencilla y la más infantil, la que no fue casi más que el desarrollo de una canción de cuna o de un aire musical ambulante. (Pues es preciso que se esté *preparado* y *ejercitado* para las primeras revelaciones en el arte: no existe ningún resultado «inmediato» del arte, cualesquiera que sean las bellas invenciones que los filósofos hayan ideado a este respecto.) A estas primeras embriagueces musicales —las más violentas de nuestra vida— está ligado nuestro sentimiento, cuando oímos esos *melismos* italianos: la beatitud de la infancia y la pérdida de la niñez, el sentimiento de lo irrepa-

---

[1] Melodías.

rable como nuestro bien más precioso; todo esto hiere las fibras de nuestra alma de una manera más violenta que las manifestaciones artísticas más serias y exuberantes. Esta mezcla de goce estético con un pesar moral, que se suele llamar ahora comúnmente «sentimentalismo», con un poco de orgullo a mi parecer —es el estado de alma de Fausto al final de la primera escena—, este «sentimentalismo» de los oyentes beneficia la música italiana que, generalmente, a los aficionados exquisitos del arte, a los «estetas» puros, les gusta ignorar. Además, toda música no comienza a producir un efecto *mágico* más que a partir del momento en que oímos hablar en ella el lenguaje de nuestro propio *pasado;* y, en este sentido, para el profano, toda música antigua parece gustar cada vez más, y toda música reciente tener poco valor, pues no despierta aún «sentimentalismo», ese sentimentalismo que, como ya he dicho, es el principal elemento de felicidad en la música, para todo hombre que no se complace en este arte puramente como artista.

169

Como amigos de la música.—En fin de cuentas, nos sigue gustando la música como nos gusta el claro de luna. Ninguna de las dos cosas quieren reemplazar al sol; se contentan con iluminar bien que mal nuestras noches. Pero ¿verdad que tenemos, a pesar de todo, el derecho de reír y de bromear acerca de este asunto? ¿Algo menos? ¿Y de cuando en cuando? ¿Acerca del hombre en la luna? ¿Acerca de la mujer en la música?

170

El arte en el tiempo reservado al trabajo.—Poseemos la conciencia de una época *laboriosa;* esto no nos permite reservar al arte las mejores horas y las mejores mañanas, aun cuando este arte fuese el más grande y el más digno. A nuestros ojos, es cosa de ocio, de recreo; le consagramos *los restos* de nuestro tiempo, de nuestras energías. Este es el hecho principal que ha cambiado la situación del arte frente a la vida; cuando el arte apela a los que aprecian el arte, exigiéndoles tiempo y energías, tiene *contra* él la conciencia de los laboriosos y de los hombres capaces, se ve reducido a las gentes indolentes y sin conciencia que, por su naturaleza, no se sienten precisamente inclinados al *gran* arte y consideran las pretensiones de este arte como insolencia. Podría, pues, suceder muy bien que esto le ocurriese al gran arte porque carece de aire y de libre respiración; o bien podría sucederle que intentase aclimatarse a otra atmósfera (o, al menos, poder vivir en ella), en una atmósfera que no sería, en suma, más que el elemento natural del *pequeño* arte, del arte del descanso, y de la distracción recreativa. Casi sucede lo mismo ahora por todas partes; los artistas del gran arte también prometen un recreo y una distracción, también se dirigen al hombre fatigado y le piden las últimas horas de sus jornadas de trabajo, exactamente lo mismo que los artistas que quieren recrear y que se sienten satisfechos de haber alcanzado una victoria sobre la frente llena de arrugas y los ojos hundidos. ¿Cuáles son, pues, los artificios de sus grandes cofrades? Estos tienen en sus armas los excitantes más poderosos capaces hasta de asustar a un hombre mediomuerto; poseen estupefacientes, medios de embriagar, de quebrantar, de provocar crisis de lágrimas; con todos estos medios subyugan al hombre fatigado y lo conducen a un estado de febrilidad nocturna, de desbordamiento, de arrebato y de temor. ¿Tendríamos derecho a reprochar al gran arte, tal como existe hoy en forma de ópera, de tragedia y de música, por los medios peligrosos que emplea, como reprocharíamos a un pecador astuto? Indudablemente, no; pues preferiría mil veces vivir en el elemento puro del silencio matinal y dirigirse a las almas llenas de vida, de fuerza y de esperanza, a las almas del mañana entre sus espectadores y sus oyentes. Agradezcámosle que prefiera vivir, así como huir; pero confesemos también que, para una época que aporte a la vida días de fiesta y de goce, libres y plenos, nuestro *gran* arte será inútil.

171

Los empleados de la ciencia y los demás.—Podríamos llamar «empleados» a los sabios realmente consagrados y coronados por el éxito. Cuando, en los años jóvenes, su sagacidad se haya ejercido suficientemente y su memoria colmada de conocimientos, cuando la mano y el ojo hayan adquirido seguridad, un sabio de más edad que ellos les asigna en la ciencia un lugar donde sus capacidades puedan ser útiles; después, cuando hayan adquirido la mirada que les hace ver los puntos débiles y las lagunas de su ciencia, ellos mismos se colocan en los sitios donde tengan necesidad de ellos; pero hay otras naturalezas más raras, rara vez coronadas por el éxito y que rara vez maduran por completo: son los hombres «por los cuales la ciencia existe», por lo menos así les parece a ellos mismos que es; hombres a menudo desagradables, presuntuosos, tercos, pero casi siempre un poco encantadores. No son empleados ni patrones; se sirven de lo que los demás han realizado y fijado con su trabajo, con cierta resignación principesca y elogios mediocres y raros, como si estos perteneciesen, en cierto modo, a una especie de seres inferiores. Y, sin embargo, no poseen cualidades diferentes de aquellas por las que distinguen los demás, y hasta puede suceder que las desarrollen en menor grado; además, tienen la particularidad de una estrechez de espíritu que les falta a estos y a causa de la cual no es posible colocarlos en ningún puesto ni ver en ellos instrumentos útiles; no pueden vivir más que *en su propia atmósfera,* en su propio terreno. Esta estrechez de espíritu les permite reconocer lo que, en una ciencia, les «corresponde», es decir, lo que pueden hacer entrar en su atmósfera y en su morada; tienen siempre la ilusión de reunir sus propiedades dispersas. Si se les impide construir su nido, perecen como pájaros sin abrigo. La falta de libertad les sume en la consunción. Si utilizan ciertas entradas de la ciencia a la manera de los demás, siempre serán solo aquellas en donde prosperan las semillas y los frutos que les son necesarios. ¿Qué les importa si la ciencia, en su conjunto, posee comarcas sin cultivar o mal cultivadas? No toman parte alguna *impersonal* en un problema del conocimiento; así como están penetrados de su personalidad todas sus experiencias y todo su saber se confunden de nuevo en una nueva individualidad, cuyas diferentes partes dependen unas de otras, se invaden mutuamente y se alimentan en común; una individualidad que, en su conjunto, posee una atmósfera para sí y un olor que les es propio. Naturalezas semejantes producen, por medio de estos sistemas de conocimientos *personales,* esa *ilusión* que consiste en creer que una ciencia (o incluso toda la filosofía) ha alcanzado sus límites y conseguido su objetivo; la *vida* que hay en sus sistemas ejerce ese encanto; y este encanto ha sido, en ciertas épocas, muy nefasto para la ciencia y engañador para esos trabajadores del espíritu verdaderamente capaces, pero en otras épocas, en que reinaban la sequedad y el agotamiento, semejante a un bálsamo y parecido al soplo refrescante que viniese de un tranquilo lugar de reposo. Por lo general, a estos hombres los llamamos *filósofos.*

172

Reconocimiento del talento.—Cuando yo atravesaba la aldea de S., un joven travieso se puso a restallar el látigo con todas sus fuerzas: se había hecho un maestro en este arte, y él lo sabía. Le dirigí una mirada de reconocimiento, pero en el fondo me producía un *daño horrible. A* menudo obramos así en la admiración que sentimos por muchos talentos. Nosotros les hacemos bien mientras ellos nos causan mal.

173

Risa y sonrisa.—Cuanto más contento y seguro de sí mismo está el espíritu, menos inclinado se siente el hombre a la carcajada; por el contrario, se apodera de él una sonrisa cada vez más intelectual, signo de su asombro a causa de las innumerables semejanzas ocultas que hay en la buena existencia.

174

Consejo a los enfermos.—Así como cuando alguien es presa de un gran dolor se arranca el pelo, se golpea la frente, se araña la cara o, como Edipo, se saca los ojos, así también, contra los dolores físicos violentos, se acude a un sentimiento de viva amargura, acordándose, por ejemplo, de sus calumniadores y de quienes infunden en uno un estado de sospecha: oscureciendo nuestro porvenir, lanzando mentalmente anatemas y puñetazos contra los ausentes. Y a veces es cierto que un diablo arroja a otro, pero en este caso es otro el que se apodera de uno mismo. He ahí por qué hay que recomendar a los enfermos esa otra diversión que parece contribuir a atenuar los dolores: reflexionar en las buenas obras y en las amabilidades que se pueden prodigar a los amigos y a los enemigos.

175

La mediocridad como máscara.—La mediocridad es la más feliz de las máscaras que puede llevar un espíritu superior, porque la mayoría, es decir, los mediocres, no piensan que haya en ello un engaño; y, sin embargo, por esto es por lo que el espíritu superior se sirve de ella: para no irritar y, en casos que no son raros, por compasión y por bondad.

176

Los pacientes.—El pino parece escuchar, el abeto parece esperar, y los dos escuchan sin impaciencia; no piensan en ese hombrecillo que, a sus pies, es devorado por su impaciencia y su curiosidad.

177

Las mejores bromas.—Recibo de la mejor manera la broma que se desliza en sustitución de un pensamiento grave y vacilante, como seña hecha con la mano y, al mismo tiempo, como guiño del ojo.

178

Accesorios de toda veneración.—Por todas partes donde se venera el pasado, no hay que dejar entrar a los meticulosos que quieren verlo todo limpio. La piedad no se siente a su gusto sin un poco de polvo, de basura y de fango.

179

El gran peligro de los sabios.—Son precisamente los sabios más distinguidos y serios los que corren el peligro de ver el objetivo de su vida situado cada vez más bajo, pues tienen el sentimiento de que, en la segunda parte de su existencia, se volverán cada vez más malhumorados y gruñones. Comienzan por lanzarse a su ciencia, con vastas esperanzas, y se atribuyen tareas audaces que en su imaginación ven ya a veces conseguidas; entonces hay momentos parecidos a los que encontramos en la vida de los grandes navegantes que van a descubrir tierras: el saber, el presentimiento y la fuerza se elevan mutuamente cada vez más alto, hasta que aparece una costa lejana y nueva por primera vez ante sus ojos. Pero el hombre severo se da cuenta cada vez más, de año en año, de cuánto importa que la tarea particular del investigador sea considerada en los límites más reducidos posible, para resolverla *sin restos* y evitar ese insoportable despilfarro de fuerzas de que adolecieron los periodos anteriores de la ciencia: todos los trabajos se hacían entonces diez veces y hasta la undécima no se decía nunca la última palabra, la mejor. Sin embargo, cuanto más aprende el sabio a conocer esta manera de resolver los problemas sin residuos, cuanto más la ejerce, mayor es el placer que encuentra en ella; pero la severidad de sus pretensiones con relación a lo que aquí se llama «sin residuos», aumentará también. Deja a un lado todo lo que en este sentido debe permanecer incompleto, huele y le repugna todo lo que no es soluble más que a medias, detesta todo lo que no puede proporcionar una especie de certidumbre más que tomado en su generalidad, y con unos contornos vagos. Sus planes de juventud se hunden ante sus ojos; apenas quedan algunos nudos por deshacer, y a este trabajo es al que se aplica el maestro ahora con gusto y afirma sus fuerzas. Entonces, en medio de esta actividad tan útil y tan infatigable, él, el hombre envejecido, se ve acometido a veces de un profundo desaliento, de un sentimiento que termina por repetirse cada vez con mayor frecuencia y que se parece a una especie de tortura de conciencia: con la mirada abatida, como si viese a alguien transformado, a alguien que se hubiese empequeñecido y achicado hasta convertirse en un *enano* ágil; se preocupa por saber si la maestría en las cosas menudas no es una especie de comodidad, una escapatoria ante las voces secretas que aconsejan dar amplitud a la vida. Pero no puede pasar ya *al otro lado;* es demasiado tarde para ello.

180

Los maestros en la época de los libros.—La educación particular y la educación por pequeños libros se generalizan cada vez más; casi podemos prescindir del educador, tal como existe hoy. Los ávidos de saber, que quieren apropiarse totalmente un conocimiento, encuentran, en la época de los libros, una vía más sencilla y natural que la «escuela» y el «maestro».

181

La vanidad considerada como la cosa más útil.— Primitivamente, el individuo fuerte trata como objetos de presa no solo a la naturaleza, sino también a la sociedad y a los individuos débiles; los explota todo lo que puede, y luego sigue su camino. Como vive en la incertidumbre, alternando entre el hambre y la abundancia, mata más bestias de las que puede consumir, saquea y maltrata a más hombres de lo que sería necesario. Su manifestación de poder es, al mismo tiempo, una expresión de venganza contra su estado de miseria y de temor; quiere, además, pasar por más poderoso de lo que es, y por eso abusa de las ocasiones; el exceso de terror que engendra es para él un incremento de poder. Advierte a tiempo que no es lo que *es,* sino por aquello que *parece* que lo sostiene o lo abate: he aquí el origen de la *vanidad.* El poderoso busca por todos los medios posibles aumentar la *fe* en su poder. Los que le están sometidos, los que tiemblan ante él y le sirven, saben, por otra parte, que no valen exactamente más que aquello por lo que son *reputados;* por eso trabajan con miras a esa reputación y no en vista de su satisfacción personal; no conocemos la vanidad sino bajo sus formas más debilitadas, cuando no se muestra ya sino sublimada y en pequeñas dosis, porque vivimos en una época tardía y muy pulida de la sociedad; primitivamente la vanidad era la cosa *más útil,* el medio de conservación más violento. Ahora bien, la vanidad será tanto más grande cuanto más astuto sea el individuo, porque es más fácil aumentar la creencia en el poder que aumentar el poder mismo; pero esto solo lo sabe el que tiene *ingenio,* o bien, como hay que decir para los estados primitivos, para el que es *astuto* y *solapado.*

182

Pronósticos de la cultura.—Hay tan pocos indicios decisivos de la cultura, que podemos considerarnos felices de poseer al menos uno que sea infalible, para servirnos de él en nuestra casa y en nuestro jardín. Para examinar si alguien es de los nuestros o no —quiero decir si forma parte de los espíritus libres—, es preciso informarse de sus sentimientos respecto al cristianismo. Si adopta otro punto de vista que no sea el punto de vista crítico, hay que volverle la espalda:

nos traerá un aire impuro y mal tiempo. Ya no es *nuestra* tarea enseñar a esos hombres lo que es el viento siroco; tienen a Moisés y a los profetas del tiempo y de la razón: si no quieren escucharlos, ¡allá ellos!...

183

La cólera y el castigo vienen a su hora.—La cólera y el castigo nos han sido legados por la especie animal. El hombre no se emancipa más que devolviendo a los animales este regalo de bautismo. Hay aquí oculta una de las ideas más grandes que los hombres puedan tener: la idea de un progreso único entre todos los progresos. ¡Avancemos juntos algunos milenios, amigos míos! Muchas alegrías les están reservadas a los hombres, alegrías cuyo aroma no ha llegado a ellos aún. Ahora bien, tenemos el derecho de permitirnos esa alegría, de invocarla y de anunciarla como algo necesario, siempre que el desarrollo de la razón humana *no se detenga.* Llegará un día en que no queramos ya cometer el pecado *lógico* que se oculta en la cólera y el castigo, practicados individualmente o en sociedad: será el día en que la *cabeza y el corazón* estén tan cerca uno del otro como alejados están ahora. Si lanzamos una mirada sobre la marcha general de la humanidad, nos damos perfecta cuenta de que están *menos alejados* de lo que lo estaban primitivamente. Y el individuo que puede abarcar de un vistazo toda una existencia de trabajo interior, tendrá conciencia, junto con una alegría orgullosa, de la distancia recorrida del acercamiento que se ha realizado, y se atreverá a aventurar esperanzas más elevadas aún.

184

Origen de los «pesimistas».—Una cucharada de buen alimento decide muchas veces si contemplamos el porvenir con ojos desanimados o llenos de esperanza; y esto es cierto en las cosas más elevadas y más intelectuales. El descontento y las ideas negras se han *transmitido* a las generaciones actuales por los famélicos de antaño. Incluso entre nuestros artistas y poetas se nota a menudo, a pesar de la opulencia de su vida, que no son de buen origen, que su sangre y su corazón acarrean residuos del pasado, recuerdos de antepasados mal nutridos y oprimidos durante su vida, lo que es visible en sus obras, en el objeto y el color que eligieron. La civilización de los griegos era una civilización de gentes que poseían, cuya fortuna es de origen antiguo; vivieron mejor que nosotros a través de varias generaciones (mejor de todas maneras y, ante todo, mucho más sencillamente desde el punto de vista de la alimentación y de la bebida), fue entonces cuando su cerebro se hizo a la vez tan vigoroso y tan sutil, cuando la sangre se puso a circular rápidamente, como un buen vino generoso. Produjeron todo lo que hay de bueno y mejor, no ya con colores sombríos, llenos de éxtasis y violencias, sino con radiaciones de belleza y de sol.

185

De la muerte racional.—¿Qué es más razonable: detener la máquina cuando la obra que se exigía de ella se ha realizado, o dejarla que siga marchando hasta que se pare por sí sola, es decir, hasta que se rompa? Este último procedimiento, ¿no es acaso un despilfarro de los gastos de entretenimiento, un abuso de las fuerzas y de la atención de los que sirven a la máquina? ¿No derraman inútilmente lo que, por otra parte, sería muy necesario? ¿No es propagar una especie de menosprecio a las máquinas en general por su conservación y por perjudicar a tantas personas inútilmente? Me refiero a la muerte involuntaria «natural» y a la muerte voluntaria «racional». La muerte natural es la muerte independiente de toda voluntad, la muerte propiamente *irracional,* en que la miserable sustancia de la corteza determina la duración del núcleo; en la que, por consiguiente, el carcelero debilitado, enfermo y embotado, es dueño de determinar el momento en que debe morir su noble prisionero. La muerte natural es el suicidio de la naturaleza, es decir, la destrucción del ser más racional por la cosa más irracional que exista ligada a él. Solo si nos colocamos desde el punto de vista religioso puede ser de otra manera, porque entonces, como es justo, la razón superior «Dios» da sus órdenes, a las que la razón inferior debe someterse. Prescindiendo de la religión, la muerte natural no merece glorificación. La sabia disposición respecto a la muerte corresponde a la moral del porvenir, que parece inasible e inmoral ahora, pero cuyo alborear proporcionará una dicha indescriptible.

186

Mirando hacia atrás.—Todos los criminales fuerzan a la sociedad a volver a ciertos grados de civilización anteriores a aquel en que se encuentra en el momento en que el crimen se comete; obran hacia atrás. Pensemos en los instrumentos que la sociedad se vio obligada a crear y a mantener para su defensa: en el policía taimado, en el carcelero, en el verdugo; preguntemos, por último, si el juez mismo, y el castigo y todo el procedimiento judicial, en sus efectos sobre el no-criminal, no están hechos más bien para deprimir que para elevar. Y es que nunca será posible prestar a la legítima defensa y a la venganza el vestido de la inocencia; y cada vez que se utiliza y se sacrifica al hombre, como un medio para realizar el fin de la sociedad, toda la humanidad superior se entristece.

187

La guerra como remedio.—A los pueblos que decaen se les podría aconsejar la guerra como remedio, a condición, naturalmente, de que quieran continuar viviendo a todo trance, pues para la consunción de los pueblos hay también una cura de brutalidad. Pero querer vivir eternamente y no poder morir, es ya un síntoma de senilidad en los sentimientos. Con cuanta mayor amplitud y superioridad se vive, más pronto estamos dispuestos a arriesgar nuestra vida por un solo sentimiento agradable. Un pueblo que vive y siente así no tiene necesidad de guerras.

188

Trasplante intelectual y corporal como remedio.—
Las diferentes culturas son climas intelectuales, cada uno de los cuales es particularmente nocivo o saludable a tal o cual órgano. La *historia,* en su conjunto, al ser la

ciencia de las diferentes culturas, es la ciencia *de los remedios,* pero no la terapéutica misma. Por eso hace falta un médico que utilice la ciencia de los remedios, para enviar a cada uno al clima que le es particularmente saludable, ya por un tiempo determinado o para siempre. Vivir en el presente, en medio de una sola cultura, no basta como prescripción universal, pues perecerían muchas especies de hombres infinitamente útiles que no pueden respirar en buenas condiciones. Con ayuda de los estudios históricos hay que proporcionarles *aire* y tratar de conservarlos; los hombres de las civilizaciones rezagadas tienen también su valor. Junto a esta cura de espíritu es preciso que la humanidad aspire, por lo que a las cosas corporales se refiere, a saber, por una geografía médica, cuáles son las degeneraciones y las enfermedades que provoca cada región de la Tierra, y, al contrario, cuáles son los factores de curación que presenta; será preciso entonces que los pueblos, las familias y los individuos sean continuamente trasplantados, hasta que se hayan dominado las enfermedades hereditarias. La Tierra entera acabará por convertirse en un conjunto de estaciones sanitarias.

189

El árbol de la humanidad y la razón.—Lo que con senil miopía teméis, como un exceso de población en la Tierra, pone en las manos de quienes tienen más esperanza que nosotros una tarea grandiosa; es preciso que la humanidad sea un día un árbol que cubra toda la Tierra, con muchos miles de flores que se convertirán en frutos; por eso es preciso, desde ahora, preparar la Tierra para nutrir a este árbol. Aumentar la savia y la fuerza que apresure el desarrollo todavía *mínimo* ahora, hacer circular por innumerables canales esa savia necesaria a la nutrición del conjunto y de lo particular: de estas o semejantes tareas se puede deducir la *medida* para apreciar si un hombre de hoy es útil o inútil. La tarea no tiene límites, es grandiosa y temeraria; todos queremos participar en ella para que el árbol no se pudra prematuramente. El espíritu histórico tal vez consiga representar, con la imaginación, al ser humano y la actividad humana, semejantes, en el transcurso del tiempo, a la organización de las hormigas, a un hormiguero ingeniosamente construido. Juzgando superficialmente, toda la humanidad nos parecerá regida por el instinto, como la organización de las hormigas. Pero, después de un riguroso examen, observamos que pueblos enteros se han esforzado, durante siglos, en descubrir y *en poner a punto* nuevos medios para beneficiar a la gran colectividad humana y, finalmente, al gran árbol frutal de la humanidad; y, sea cual sea el daño causado durante estos ensayos a los individuos, a los pueblos y a las épocas, siempre habrá individuos que saldrán ganando *sabiduría,* y esta sabiduría se difundirá lentamente por las medidas que tomarán generaciones y pueblos enteros. Las hormigas también se equivocan y se engañan; la humanidad muy bien pudiera perecer y desecarse antes de tiempo, por la locura de los medios; no hay ni para aquellas ni para esta un seguro instinto conductor. Muy al contrario, nos es preciso *mirar* cara a cara esta tarea grandiosa que consiste en *preparar* la Tierra para recibir una planta de la más grande y exuberante fecundidad, y esta es una tarea de la razón para la razón.

190

El elogio del desinterés y su origen.—Entre dos jefes de banda vecinos se había entablado desde hacía tiempo una querella: se destruían las cosechas, se robaban los rebaños, se incendiaban las casas, y todo esto con éxito dudoso, porque, en suma, los dos bandos estaban poco más o menos. Un tercero, que, por la situación aislada de sus dominios, podía mantenerse alejado de estas disputas, pero que tenía razones para temer el día en que uno de estos vecinos querellantes consiguiese una preponderancia definitiva, intervino amigablemente entre los dos bandos en lucha; y secretamente añadió a sus proposiciones de paz una razón de peso, dando a entender a cada uno de los beligerantes que en lo sucesivo haría causa común con la víctima de quien rompiese la paz. Se reunieron ante él, pusieron, con vacilación, en sus manos, las manos que hasta entonces habían sido los instrumentos y muy a menudo las causas del odio, y se hicieron serias tentativas para mantener la paz. Cada uno de ellos vio con asombro cuánto aumentaba de repente su bienestar y su seguridad y cómo encontraba, en el vecino, en vez de un pérfido o arrogante malhechor, un comerciante dispuesto a comprar y vender, y vio incluso que en caso de necesidad imprevista se podían ayudar recíprocamente, en lugar de explotar, como habían hecho hasta entonces, la miseria del vecino y de aumentarla lo más posible. Hasta parecía que la especie humana fuese desde entonces más bella en las dos comarcas, porque los ojos se habían esclarecido, las frentes se habían desarrugado y todos tenían confianza en el porvenir, y no hay nada más saludable para las almas y para los cuerpos, en los hombres, que esa confianza. Se volvían a ver todos los años en el día que establecieron la alianza, tanto los jefes como sus partidarios, y esto en presencia del mediador, cuya manera de obrar se admiraba y veneraba tanto más cuanto mayor era el provecho que le debían. Llamaban *desinteresada* a esta manera de obrar, pues consideraban demasiado inmediata la ventaja personal que habían obtenido de la intervención, para ver en la manera de obrar del vecino otra cosa que este hecho: las condiciones de existencia de este no se habían transformado de la misma manera que las de los beligerantes reconciliados por él; al contrario, seguían siendo las mismas y, por consiguiente, parecía que no había mirado a su propio interés. Por primera vez se dijo entonces que el desinterés era una virtud; ciertamente, en las pequeñas cosas privadas, se habían dado a menudo casos semejantes, pero no se reparó en esta virtud sino cuando, por primera vez, se hizo patente como si estuviera escrita en la pared con gruesos caracteres, legibles para toda la comunidad. Reconocidas como virtudes, vestidas ridículamente con un nombre, consideradas como fórmulas, recomendadas por el uso, tales fueron solamente las cualidades morales a partir del momento en que estas decidieron *visiblemente* de los destinos y de la dicha de sociedades enteras. Desde entonces, en *muchas gentes,* la elevación de los sentimientos y el estímulo de las fuerzas creadoras interiores han llegado a ser tan grandes, que se premian estas cualidades morales, aportando cada uno lo que tiene de mejor: el hombre serio pone a sus pies su seriedad, el hombre digno su dignidad, las mujeres su ternura, los jóvenes todos sus tesoros de esperanza y de porvenir; el poeta les presta palabras y nombres, las introduce en la ronda de seres análogos, les atribuye un cuadro genealógico y termina por adorar, como hacen los artistas, a las criaturas de su imaginación como divinidades nuevas, *enseña* incluso a adorarlas. Así es cómo una virtud, puesto que el amor y el reconocimiento de todos concurren a ello, como en una estatua, termina por convertirse en una *aglomeración* de todo lo que es bueno y digno de veneración, en una especie de templo y de personalidad divina a la vez. En lo sucesivo se alza como una virtud especial, como un ser aparte, cosa que no había sido hasta entonces, y ejerce los derechos y el poder de que dispone una sobrehumanidad santificada. En la Grecia de la decadencia, las ciudades estaban llenas de estas abstracciones divinas humanizadas (perdóneseme esta singular expresión a causa de la singular idea); el pueblo se había arreglado a su manera una especie de «cielo de las ideas» a la manera platónica, y no creo que la impresión de este habitante celeste la hayamos tenido menos vívamente que la de cualquier divinidad pasada de moda.

191

«Tiempos de oscuridad».—En Noruega se llaman «tiempos de oscuridad» a las épocas en que el sol permanece todo el día por debajo del horizonte; durante este tiempo la temperatura desciende lenta, pero constantemente. ¡Qué maravilloso símbolo para todos los pensadores ante los cuales el sol del porvenir humano se ha oscurecido por algún tiempo!

192

El filósofo de la opulencia.—Un jardincito, higos, queso y, además, tres o cuatro buenos amigos: esa fue la opulencia de Epicuro.

193

Las épocas de la vida.—Las verdaderas épocas de la vida son esos momentos de pausa entre la subida y el descenso de una idea dominante o de un sentimiento rector. Experimentamos de nuevo saciedad; el resto del tiempo es sed y hambre, o hastío.

194

El sueño.—Nuestros sueños son, en el caso en que, por excepción, se prosigan una vez y se acaben —por lo general, el sueño es una chapucería—, encadenamientos simbólicos de escenas y de imágenes, por y en lugar de un relato en lengua literaria. Modifican los acontecimientos, las condiciones y las esperanzas de nuestra vida, con una audacia y una previsión poética que nos asombran todas las mañanas, cuando nos acordamos de ellos. Despilfarramos nuestro sentido artístico durante nuestro sueño y por eso nos sentimos tan desprovistos de él durante el día.

195

Naturaleza y ciencia.—Al igual que en la naturaleza, también en la ciencia los terrenos peores y más infecundos son los que primero se roturan, porque los medios que poseía la ciencia *en sus comienzos* eran casi suficientes para ellos. La explotación de los terrenos más fecundos tiene por premisa una fuerza enorme y cuidadosamente desarrollada en los métodos, resultados particulares ya conseguidos y un equipo de obreros organizados y bien dirigidos; y todo esto solo se encuentra reunido más adelante. La impaciencia y la ambición se apoderan a menudo muy prematuramente de estos terrenos tan fecundos, pero los resultados son nulos. En la naturaleza, semejantes tentativas se pagarían caras, pues harían morir de hambre a los roturadores.

196

Vivir con sencillez.—Hoy es difícil un género de vida sencilla: hacen falta mucha más reflexión y espíritu inventivo del que poseen incluso los hombres más inteligentes. El más honrado de ellos tal vez diga: «No tengo tiempo de pensar en esto. El género de vida sencilla es para mí un fin demasiado noble; prefiero esperar a que otros más sabios que yo lo encuentren».

197

Cumbres y montículos.—La fecundidad mediocre, el celibato frecuente y, en general, la frigidez sexual en los espíritus superiores y más cultos, así como en las clases a que estos pertenecen, son esenciales para la economía de la humanidad; la razón reconoce y utiliza el hecho de que, hasta un grado extremo de desarrollo cerebral, el peligro de una progenie *neurótica* es muy grande: hombres semejantes son las *cumbres* de la humanidad, y no deben prolongarse como montículo.

198

La naturaleza no da saltos.—Cualquiera que sea la rapidez que pueda alcanzar el hombre, y aunque parezca pasar de una contradicción a otra, al contemplar las cosas más de cerca, descubriremos, sin embargo, las *piedras de base* que constituyen el paso del antiguo edificio al nuevo. Esta es la tarea del biógrafo: debe razonar sobre la vida conforme al principio de que la naturaleza no da saltos.

199

Limpiamente, es cierto...—El que se viste de harapos recién lavados se viste limpiamente, es cierto, pero no se viste más que de harapos.

200

Habla el solitario.—Después de mucho hastío, desaliento y fastidio —tal como los produce necesariamente una soledad sin amigos, sin libros, sin obligaciones y sin pasiones—, cosechamos, a modo de recompensa, un cuarto de hora del más profundo recogimiento en nosotros mismos y en la naturaleza. El que se resguarda totalmente contra la naturaleza se resguarda también contra sí mismo: jamás le será dado a beber de la copa más deliciosa que pueda llenarse en su recóndita fuente.

201

Falsa celebridad.—Detesto esas pretendidas bellezas de la naturaleza que, en último término, no tienen sentido más que desde el punto de vista de nuestros conocimientos, especialmente de nuestros conocimientos geográficos, y que son imperfectas cuando las apreciamos desde el punto de vista de nuestro sentido de lo bello. He ahí, por ejemplo, el aspecto del Mont Blanc, visto desde Ginebra: es algo insignificante cuando no acudimos a los goces cerebrales de la ciencia; las montañas vecinas son todas más bellas y expresivas, pero «están lejos de ser tan altas», añade, para rebajarlas, ese saber absurdo. En este caso, el ojo contradice al saber: ¿cómo podría realmente alegrarse de la contradicción?

202

Turistas.—Suben la montaña como animales, bestialmente y sudando a mares; se han olvidado de decirles que en el camino hay muy hermosas perspectivas.

203

Demasiado y demasiado poco.—En nuestros días, los hombres viven todos demasiado y piensan muy poco; padecen, a la vez, de cólico y de hambre canina, y por eso adelgazan a ojos vistas, coman lo que coman. Quien ahora dice: «No me ha sucedido nada», pasa por un imbécil.

204

El fin y el objetivo.—No todo fin es un objetivo. El fin de la melodía no es su objetivo; pero, a pesar de esto, si la melodía no alcanza su fin, tampoco alcanza su objetivo. Un símbolo.

205

Neutralidad de la inmensa naturaleza.—La neutralidad de la naturaleza inmensa agrada (la que hallamos en la montaña, el mar, el bosque, el desierto), pero solo por poco tiempo; enseguida comenzamos a ponernos impacientes. «Todas estas cosas, ¿no quieren decirnos nada *a nosotros?* ¿Existimos *nosotros* para ellas?» Nace el sentimiento de un *crimen laesae majestatis humanae.*

206

Olvidar las intenciones.—Al viajar, olvidamos generalmente el objetivo de nuestro viaje. Así como toda profesión se elige y se emprende como medio para llegar a un objetivo, pero se continúa como si fuese el objetivo último. El olvido de las intenciones es la tontería más frecuente que cometemos.

207

Eclíptica de la idea.—Cuando una idea comienza a elevarse en el horizonte, la temperatura del alma es, por lo general, muy fría. Solo poco a poco la idea desarrolla su calor, y llega al máximum (es decir, produce su mayor efecto) cuando la creencia en la idea está ya en su decadencia.

208

Por qué se tendría a todo el mundo contra sí.—Si alguien se atreviese a decir ahora: «El que no está conmigo está contra mí», tendría inmediatamente a todo el mundo contra él. Este sentimiento honra a nuestro tiempo.

209

Avergonzarse de la riqueza.—Nuestro tiempo no tolera más que una sola clase de ricos; los que se *avergüenzan* de su riqueza. Si oímos decir de alguien: «Es muy rico», inmediatamente se apodera de nosotros un sentimiento análogo al que experimentaríamos ante una enfermedad repugnante que produjese la hinchazón del cuerpo, como la hidropesía o la obesidad; hay que recordar bruscamente su humanidad, para poder frecuentar a ese rico, para que no advierta nuestro sentimiento de disgusto. Pero en cuanto se le ocurre enorgullecerse de su riqueza, nuestro sentimiento se turba también de un asombro mezclado de compasión ante una dosis tan fuerte de sinrazón humana, de suerte que nos darían ganas de levantar las manos al cielo y exclamar: «¡Pobre ser deforme, abrumado y encadenado de mil maneras, al que cada hora trae, o *puede traer,* algo desagradable, cuyos miembros experimentan las repercusiones de *cada* acontecimiento que sucede en veinte pueblos distintos!, ¿cómo podrías hacernos creer que te encuentras a gusto en tu situación? Si apareces en público en cualquier parte, sabemos que es para ti como si tuvieses que pasar por entre una carrera de vergajazos, bajo las miradas de quienes no sienten por ti sino odio frío, impertinencia o ironía silenciosa. Quizá te sea más fácil a ti ganar dinero que a otro; pero lo que ganes será superfluo y te proporcionará pocas alegrías; y *conservar* lo que has adquirido, es ciertamente para ti *ahora* una cosa más penosa aún que cualquier otra adquisición. Sufres *continuamente,* pues pierdes continuamente. ¿De qué te sirve que te inyecten artificialmente sangre nueva? ¡Las ventosas que te apliquen en la nuca no te serán por eso menos dolorosas! Pero, no seamos injustos, es difícil, tal vez imposible para ti, dejar de ser rico; es *preciso* que conserves, que adquieras de nuevo; la inclinación hereditaria de tu naturaleza te impone ese *yugo,* razón de más para que no nos engañes y sientas vergüenza, leal y manifiestamente, por el yugo que llevas, puesto que en el fondo de tu alma estás avergonzado y descontento de llevarlo. Esta vergüenza no es infamante.

210

Exceso de arrogancia.—Hay hombres tan arrogantes que no saben alabar al gran hombre a quien admiran, sino representándoselo como un grado o un paso que conduce a *ellos mismos.*

211

En el terreno de la vergüenza.—Quien desee desarraigar una idea en la conciencia de los hombres no se suele contentar con refutarla y arrancarle el gusano del ilogismo que la roe; por el contrario, después de haber matado el gusano, coge el fruto entero y lo arroja a la basura, para envilecerlo a los ojos de los hombres y les inspire asco. De este modo cree haber encontrado el medio de hacer imposible esa «resurrección al tercer día» que practicamos tan gustosamente con las ideas refutadas. Se engaña, pues es precisamente en el *terreno de la vergüenza,* en medio de las inmundicias, donde, del núcleo de la idea, fructifican rápidamente gérmenes nuevos. Por tanto, no hay ni que escarnecer ni envilecer lo que nos proponemos abolir definitivamente, sino depositarlo cuidadosamente sobre *hielo* constantemente renovado, considerando que las ideas tienen una vida muy dura. Se trata aquí de obrar según la máxima: «Una refutación no es una refutación».

212

Suerte de la moralidad.—Cuando la sujeción de los espíritus va disminuyendo, es cierto que la moralidad (es decir, la manera de obrar hereditaria, tradicional e instintiva, *conforme a sentimientos morales)* disminuye también; pero no disminuyen las virtudes particulares, como la moderación, la justicia, la tranquilidad del alma, pues la mayor libertad impulsa involuntariamente al espíritu consciente a esas virtudes y las recomienda también por su *utilidad.*

213

El fanático de la desconfianza y su garantía.—*El Anciano:* «¿Quieres intentar lo imposible e instruir a los hombres de una manera noble? ¿Dónde está tu garantía?». *Pirrón:* «Aquí la tienes: deseo poner a los hombres en guardia contra mí mismo, quiero confesar públicamente todos los defectos de mi carácter y descubrir ante todos mis arrebatos, mis contradicciones y mis tonterías. No me escuchéis, les diré, hasta que no me haya hecho igual al menor de entre vosotros y aún más pequeño que él; volveos contra la verdad todo lo que podáis, a causa del hastío que os inspira su defensor. Seré vuestro seductor y vuestro impostor, si percibís aún en mí el menor resto de consideración y de dignidad». *El Anciano:* «Prometes demasiado, no podrás cargar ese fardo». *Pirrón:* «Pues les diré también a los hombres que soy muy débil y que no puedo cumplir lo que prometo. Cuanto mayor sea mi indignidad, más desconfiarán de la verdad cuando salga de mi boca». *El Anciano:* «¿Quieres, pues, predicar la desconfianza de la verdad?». *Pirrón:* «Una desconfianza tal como no ha existido jamás en el mundo: la desconfianza de todo y de todos. Este es el único camino que conduce a la verdad. El ojo derecho no debe fiarse del izquierdo, y será preciso que, durante algún tiempo, la luz se llame oscuridad: ese es el camino que debéis seguir. No creáis que se os conducirá al pie de árboles frutales ni junto a sauces hermosos. Encontraréis en este camino algunos granitos duros: son las verdades; durante años tendréis que tragar mentiras a brazadas para no morir de hambre, aunque sepáis que son mentiras. Pero esos granitos serán sembrados y enterrados en la tierra, y tal vez la cosecha llegue algún día; nadie tiene derecho a *prometerla,* a menos que sea un fanático.» *El Anciano:* «¡Amigo, amigo! ¡Tus palabras son también las de un fanático!» *Pirrón:* «¡Tienes razón! Quiero ser desconfiado respecto a todas las palabras». *El Anciano:* «Entonces tendrás que callarte». *Pirrón:* «Les diré a los hombres que he de callarme y que deben desconfiar de mi silencio». *El Anciano:* «¿Renuncias, pues, a tu empresa?». *Pirrón:* «Al contrarío, tú acabas de indicarme la puerta por donde he de entrar». *El Anciano:* «No sé bien si nos comprendemos aún perfectamente.» *Pirrón:* «Probablemente no». *El Anciano:* «¡Con tal de que te comprendas a ti mismo!». *Pirrón* se vuelve, riéndose. *El Anciano:* «¡Ay, amigo mío! Callarse y reír, ¿es esta toda tu filosofía?». *Pirrón:* «No sería la peor».

214

Libros europeos.—Cuando leemos a Montaigne, La Rochefoucauld, La Bruyère, Fontenelle (especialmente los *Diálogos de los muertos),* Vauvenargues, Champfort, estamos más cerca de la Antigüedad que cuando leemos a cualquier otra media docena de autores de otro pueblo. Gracias a estos seis escritores el espíritu de los *últimos siglos* de la era *antigua* ha revivido de nuevo; reunidos forman un eslabón importante en la gran cadena continua del Renacimiento. Sus libros se elevan por encima del cambio en el gusto nacional y de las tendencias filosóficas, en cada libro cree deber centellear ahora para llegar a ser famoso; contienen más *ideas verdaderas* que todas las obras de filosofía alemana juntas: ideas de esa clase especial que crea ideas y que..., me he embrollado para terminar mi definición; en resumen, esos escritores me parecen no haber escrito ni para niños ni para exaltados, ni para jovencitas ni para cristianos, ni para alemanes, ni para..., de nuevo me enredo para terminar la lista. Mas para formular un elogio inteligible, diré que, escritas en griego, sus obras hubiesen sido comprendidas por los griegos. En cambio, cuán difícil le hubiera sido a Platón *comprender* los escritos de nuestros mejores pensadores alemanes, por ejemplo, los de Goethe y Schopenhauer, para no hablar de la repugnancia que le hubiese inspirado su manera de escribir —me refiero a lo que tienen de oscuro, exagerado y a veces de seco y gélido, defectos que estos dos escritores menos padecen entre los pensadores alemanes, y sin embargo los sufren demasiado—. (Goethe, en cuanto pensador, ha abrazado las nubes muy gustosamente más de lo que fuera de desear, y no impunemente se paseó Schopenhauer casi siempre entre los símbolos de las cosas más bien que entre las cosas mismas.) Por el contrario, ¡qué claridad y delicada precisión en esos franceses! Los griegos más sutiles se hubieran visto obligados a aprobar este arte, y hay una cosa que hasta hubiesen admirado y adorado, la *malicia* francesa de la expresión: les gustaba mucho este género de cosas, sin ser precisamente muy duchos en ellas.

215

Moda y moderno.—Por todas partes donde la ignorancia, la suciedad y la superstición son aún habituales; por todas partes donde el comercio es escaso, la agricultura miserable y el clero poderoso, se encuentran aún *trajes nacionales*. En cambio, la moda reina allí donde se hallan los indicios de lo contrario. Por tanto, la *moda* se halla al lado de las *virtudes* de la Europa actual: ¿será acaso realmente su reverso? El traje masculino que se conforma a la moda y no ya al carácter nacional, expresa, ante todo, en quien lo lleva, que el europeo no quiere hacerse notar, ni como *individuo* ni como representante de una clase ni de un pueblo; que se ha hecho una ley de la atenuación intencional de esta clase de vanidades; luego, que es laborioso y que no tiene tiempo para vestirse ni acicalarse, y también que todo lo que es valioso y lujoso en la tela y la disposición de los pliegues se halla en desacuerdo con su trabajo; y, por último, que con su traje quiere indicar que las profesiones doctas e intelectuales son aquellas con las que se siente o le gustaría sentirse más cerca, en tanto que el hombre europeo; mientras que, a través de los trajes nacionales que todavía existen, se trasparenta el bandido, el pastor o el soldado, que, de este modo, serían considerados como las condiciones más deseables, las que dan el tono. Luego, dentro de los límites tratados por el carácter general de las modas masculinas, existen las pequeñas oscilaciones producidas por la vanidad de los jóvenes, los elegantes y los ociosos de las grandes ciudades, de aquellos que, en tanto que europeos, *no han alcanzado aún su madurez*. Las mujeres europeas se han elevado menos aún, y por eso entre ellas las oscilaciones son mayores; por eso no quieren afirmar su nacionalidad y detestan ser desenmascaradas, por el vestido, su condición de alemanas, de francesas o de rusas, pero, en tanto que individualidades, les gusta llamar la atención; igualmente, por la manera de vestir, dejarán bien manifiesto a la clase social a que pertenecen (la «buena» sociedad, la clase «superior», el «gran» mundo), y tendrán tanto más a su favor, en este sentido, que no pertenezcan realmente a esta clase o que apenas pertenezcan a ella. Pero, ante todo, la mujer joven no quiere llevar nada de lo que lleva la mujer de más edad, porque, al crear la sospecha de que cuenta algunos años más, piensa que será menos apreciada; la mujer de edad, por su parte, intentará, en lo posible, mediante una indumentaria juvenil, prolongar su juventud, rivalidad de la que siempre resultan modas en que el carácter juvenil se afirma de una manera evidente e inimitable. Cuando el espíritu inventivo de las jóvenes artistas se ha complacido durante cierto tiempo en exhibir juventud o, para decir toda la verdad, cuando se ha vuelto de nuevo al espíritu inventivo de las antiguas civilizaciones cortesanas, para inspirarse en ellas, así como ante las naciones contemporáneas y, en general, a todo el universo trajeado, cuando se han acoplado, el español, el turco y la Antigüedad griega, para exhibir bellos desnudos, se acaba por descubrir que no se ha sabido actuar en provecho de sus intereses y que, para impresionar a los hombres, el juego del escondite con las bellezas del cuerpo es más afortunado que la probidad desnuda o semidesnuda; y desde ese momento la rueda del buen gusto y de la vanidad comienzan una vez más a girar en sentido inverso: las jóvenes de un poco más edad ven que ha llegado su reino, y la lucha de los seres más graciosos con los más absurdos se reanuda con mayor encanto. Pero cuanto más se desarrolla la personalidad de las mujeres, que desde entonces no conceden ya la preeminencia entre ellas a personas que no han alcanzado su madurez, tanto más débiles son esas oscilaciones en el vestir, y más sencillo se vuelve su atavío. Es evidente que no tenemos derecho a emitir un juicio sobre estos atavíos que se inspiran en modelos antiguos, pues no podemos tomar como patrón el vestido de los habitantes de las costas meridionales, sino que hay que considerar las condiciones climatológicas de las regiones centrales y septentrionales, de aquellas en que el genio inventivo de Europa, por cuanto a las formas y las ideas concierne, tiene su patria más querida. En conjunto, pues, no será el *cambio* lo que caracterice a la *moda* y a la *modernidad,* porque el cambio es algo retrógrado y designa a los europeos, hombres y mujeres, que no han llegado aún a su madurez; será, en cambio, la negación de todo lo que es vanidad *nacional,* vanidad de la *casta* y del *individuo.* Por consiguiente, es loable, puesto que economiza tiempo y energías, que sean ciertas ciudades y comarcas de Europa las que, en lo que al vestir se refiere, piensen e inventen, en lugar de todas las demás, pues hay que considerar que del sentido de la forma no suele estar dotado todo el mundo; por eso no es una ambición muy exagerada si París, por ejemplo, reivindica, mientras subsisten esas oscilaciones, el derecho a ser la única ciudad que inventa e innova en este terreno. Si un alemán, por odio a las reivindicaciones de una ciudad francesa, quisiera vestirse de otro modo y llevar, por ejemplo, el atavío ridículo de Alberto Durero, tendría que pensar que, aun llevando un vestido que era el de los alemanes de antaño, este no había sido inventado por los alemanes, pues nunca existió un traje que caracterizase al alemán como alemán; por otra parte, tendría que darse cuenta de las trazas que tendría vestido así y del anacronismo que sería asomar, sobre un traje a lo Durero, una cabeza muy moderna, con las líneas y los pliegues de carácter que el siglo XIX ha impreso en ella. Siendo aquí casi equivalentes las palabras «europeo» y «moderno», se entiende por Europa extensiones de territorio mucho más amplias que las que abarca la Europa geográfica, la pequeña península de Asia: hay que comprender especialmente a América, en cuanto que es hija de nuestra civilización. Por otra parte, no es toda Europa la que cae bajo la definición que damos de «Europa» desde el punto de vista de la civilización, sino tan solo aquellos pueblos y fracciones de pueblos que tienen un pasado común en Grecia y Roma antiguas, en el judaísmo y el cristianismo.

216

La «virtud alemana».—Es innegable que desde fines del siglo pasado una nueva corriente de moralidad recorre Europa. Solo desde entonces la virtud volvió a ser elocuente; supo encontrar los gestos sin violencia de la exaltación y de la emoción; no se avergüenza ya de sí misma y crea filosofías y poemas para glorificarse a sí misma. Si buscamos las fuentes de esta corriente, hallamos por una parte a Rousseau, pero el Rousseau místico, que se creó conforme a la impresión que dejaron sus obras —casi podríamos decir, por sus obras interpretadas de una manera mística—, y conforme a las indicaciones dadas por él mismo (él y su público trabajaron sin cesar por crear esta imagen ideal). El otro origen se halla en la resurrección del gran latinismo estoico, por medio del cual los franceses han continuado de la manera más brillante la obra del Renacimiento. Con éxito maravilloso, pasaron de la imitación de las formas antiguas a la imitación de los caracteres antiguos, lo que les confiere para siempre derecho a las distinciones más elevadas, pues son el pueblo que ha dado hasta ahora a la humanidad nueva los mejores libros y los mejores hombres. ¿Cómo ha obrado este doble ejemplo, el del Rousseau místico y el del espíritu romano resucitado, en los pueblos vecinos más débiles? Podemos constatarlo de un modo especial en Alemania; pues esta nación, a causa de un nuevo impulso del todo extraordinario dirigido hacia un objetivo serio y noble, en la voluntad y el dominio de sí mismo, ha terminado por caer en éxtasis ante su propia virtud y lanzar al mundo la idea de la «virtud alemana», como si no pudiese existir nada más original y personal que esta. Los primeros grandes hombres que adoptaron este impulso francés hacia ideas de nobleza y de conciencia en la voluntad moral estaban animados de una gran lealtad y no olvidaron el reconocimiento. El moralismo de Kant ¿de dónde proviene? Kant no cesa de darlo a entender: de Rousseau y de la Roma estoica resucitada. El moralismo de Schiller: de igual fuente e igual glorificación de la fuente. El moralismo de Beethoven en la música: es el eterno encomio de Rousseau, de los franceses antiguos y de Schiller. Pero después fue el «joven alemán» quien olvidó el reconocimiento; pues, durante los años que habían transcurrido, se prestó oído a los predicadores del odio antifrancés; y este joven alemán se hizo notar durante cierto tiempo por una mayor conciencia de la que se presumía en otros jóvenes. Cuando se quiso investigar su paternidad intelectual, hubo derecho a pensar en sus compatriotas, en Schiller, en Fichte y en Schleiermacher; pero se habría debido buscar a sus abuelos en París y en Ginebra, y había que ser muy miope para creer, como él, que la virtud no tenía más de treinta años. Fue entonces cuando se habituó a exigir que al pronunciar la palabra «alemán» se sobrentendiese la palabra virtud, y hasta nuestros días no ha desaparecido aún por completo este vicio. Este despertar moral, dicho sea de pasada, no ha hecho más que perjudicar al *conocimiento* de los fenómenos morales, como casi podría adivinarse, y no ha dejado tampoco de provocar movimientos retrógrados. ¿Qué es toda la filosofía moral alemana desde Kant, con todas sus ramificaciones francesas, inglesas e italianas? Un atentado semiteológico contra Helvecio, una retractación formal de la libertad de la mirada, lenta y penosamente conquistada, de la indicación del buen camino que Helvecio había llegado a formular y a resumir de la manera que era preciso. Hasta nuestros días, Helvecio es, en Alemania, el más denigrado de entre todos los buenos moralistas y todos los hombres buenos.

217

Clásico y romántico.—Los espíritus, en el sentido clásico, así como los espíritus en el sentido romántico —las dos clases existirán siempre—, llevan en sí una visión del porvenir; pero la primera categoría hace brotar esta visión de la *fuerza* de su época, y la segunda, de su *debilidad*.

218

La enseñanza de la máquina.—La máquina enseña por sí misma el engranaje de las multitudes humanas, en las acciones en que cada uno no tiene más que una sola cosa que hacer; nos proporciona el modelo de una organización de los partidos y de la táctica militar en caso de guerra. En cambio, no enseña la soberanía individual; hace una sola máquina de la multitud y de cada individuo un instrumento para utilizarlo con miras a un único objetivo. Su resultado más general es demostrar la utilidad de la centralización.

219

No sedentario.—Sea cual sea el placer que nos cause vivir en una pequeña ciudad, nos sentimos impulsados, de cuando en cuando, por ella, a buscar en la naturaleza un rincón solitario y apartado; esto nos sucede cuando creemos conocer muy bien la pequeña ciudad. Pero luego, para *descansar* de *esta* naturaleza, acabamos por volver a la gran ciudad. Nos basta beber algunos tragos para adivinar la hez que se halla en el fondo de la copa, y el círculo de los desplazamientos comienza de nuevo, volviendo a la pequeña ciudad. Así es como viven los hombres modernos; en todo tienen demasiada *profundidad* para ser *sedentarios,* como los hombres de otros tiempos.

220

Reacción contra la cultura de las máquinas.—La máquina, producto de la más alta capacidad intelectual, no pone en movimiento, en las personas que la sirven, más que las fuerzas inferiores e irreflexivas. Es cierto que su acción desencadena una suma de fuerzas enorme, que de otro modo permanecería adormecida; pero no incita a superarse, a hacer las cosas mejor, a ser artista. Nos hace *activos* y *uniformes,* pero esto produce a la larga un resultado contrario: un aburrimiento desesperado se apodera del alma que aspira, merced a la máquina, a una ociosidad movida.

221

El lado peligroso del racionalismo.—Todas esas cosas más que medio locas, histriónicas, bestialmente crueles, voluptuosas y sobre todo sentimentales; todas esas cosas llenas de una embriaguez de sí mismas, reunidas, componen la verdadera *sustancia revolucionaria* y que, antes de la Revolución, se habían encarnado en Rousseau; toda esa mescolanza acaba también por elevar, con un entusiasmo pérfido, por encima de su cabeza fanática el *racionalismo,* que adquiere de este modo una especie de nimbo glorioso. Este racionalismo que, por su esencia, es tan extraño a todas estas cosas, entregado a sí mismo, habría pasado como un rayo de luz que atraviesa las nubes, y se contentaría por largo tiempo con no transformar más que los individuos, de suerte que, bajo su impulso, las costumbres y las instituciones de los pueblos se transformarían así muy lentamente. Pero, ligado a un organismo violento e impetuoso, el racionalismo mismo se convirtió en violento e impetuoso. Por eso, el peligro que representa es casi mayor que la utilidad liberadora y la claridad que ha aportado al vasto movimiento revolucionario. El que comprenda esto sabrá también de qué confusión es preciso despejar al racionalismo, de qué im- purezas hay que purgarlo, para *continuar* luego *en* nosotros mismos la obra comenzada por él, y para ahogar después, en su germen, la revolución, para hacerla invisible.

222

La pasión de la Edad Media.—La Edad Media es la época de las grandes pasiones. Ni la Antigüedad ni nuestro tiempo poseen esta dimensión del alma: la *capacidad* de esta no fue nunca más grande ni se midió jamás a una escala tan grande. La estructura física de la selva virgen, propia de los pueblos bárbaros; sus ojos de una espiritualidad enfermiza, alucinados y relucientes, propios de los iniciados en los misterios cristianos; el continente infantil y juvenil, así como la demasiada madurez y senilidad, la brutalidad de fiera y el exceso de delicadeza y de refinamiento propios del alma en la Antigüedad decadente; todo esto podía darse con frecuencia reunido en una sola persona; por eso cuando alguien se sentía acometido por la pasión, los sobresaltos de su sentimiento eran más formidables, el torbellino más tumultuoso, la caída más profunda que nunca. Nosotros, los hombres modernos, debemos estar satisfechos del retroceso que en este terreno significamos.

223

Saquear y economizar.—Todos los movimientos intelectuales consiguen éxito cuando prometen a los ricos la esperanza de poder saquear, y a los pobres la esperanza de poder economizar. Por eso la Reforma alemana, por ejemplo, hizo sus progresos.

224

Almas alegres.—Cuando, después de beber, en el momento en que la embriaguez comienza, se hacía alusión, aunque solo fuese remota, a cualquier porquería maloliente, el alma de los antiguos alemanes se alegraba; de lo contrario, estaban malhumorados. Pero entonces su comprensión íntima estaba despierta.

225

Los despilfarros de Atenas.—Cuando el populacho de Atenas tuvo también sus poetas y sus pensadores, el despilfarro griego conservó, sin embargo, una apariencia más idílica y distinguida aún que el despilfarro romano y el alemán. La voz de Juvenal hubiera resonado allí como una trompeta hueca: la respuesta hubiese sido una risita amable y casi infantil.

226

Sabiduría de los griegos.—Siendo la voluntad de vencer y de dominar un rasgo dominante de la naturaleza, más antiguo y original que la estima y el goce de la igualdad, el Estado griego instituyó la lucha gimnástica y musical, delimitando así un palenque en el que se podía descargar este instinto, sin poner en peligro el orden político. Cuando los concursos de música y de gimnasia degeneraron definitivamente, el Estado griego se vio acometido por luchas intestinas y se desmembró.

227

«El eterno Epicuro».—Epicuro vivió en todos los tiempos, y vive aún, desconocido por quienes se llamaban o se llaman epicúreos, y sin reputación entre los filósofos. Por eso él mismo descuidó su propio nombre: este fue el bagaje más pesado que tuvo que arrojar lejos de él.

228

El estilo de la superioridad.—La manera de hablar de los estudiantes alemanes se formó entre los estudiantes que no estudian y que saben adquirir una especie de preponderancia sobre sus camaradas más serios, poniendo de manifiesto el aspecto de mascarada que hay en todo lo que se llama cultura, decencia, erudición, orden, moderación; siguiendo luego, es cierto, sirviéndose de las expresiones empleadas en estos dominios, como lo hacen los mejores y más doctos, pero con la malicia en la mirada y una mueca ofensiva. Este lenguaje de la superioridad —el único original en Alemania— es el que hablan también, involuntariamente, los hombres de Estado y los críticos de los periódicos: es una perpetua manía de la cita irónica, con guiños de ojos inquietos y descontentos a derecha e izquierda, una lengua alemana llena de comillas y de muecas.

229

Los que se entierran.—Nos apartamos, no tal vez por razón alguna de malhumor personal, como si no estuviésemos satisfechos de las condiciones políticas y sociales del presente, sino más bien por economizar y reunir, gracias a nuestro retiro, fuerzas de las que la cultura tendrá *después* absoluta necesidad, y esto en la medida en que el presente de hoy sea *ese* presente y, como tal, cumpla su tarea. Formamos un capital y tratamos de ponerlo al abrigo, pero del mismo modo que en épocas del todo peligrosas: enterrándolo bajo tierra.

230

Tiranos del espíritu.—En nuestra época, todo individuo que fuera la expresión de un único rasgo moral, tan netamente como lo son los personajes de Teofrasto y de Molière, pasaría por enfermo y sería acusado de padecer una «idea fija». La Atenas del siglo III nos parecería, si pudiésemos visitarla, habitada por locos. Hoy día reina, en cada cerebro, la democracia de las *ideas;* muchas ideas dominan al *unísono;* si una sola idea quisiera dominar, se lo llamaría «idea fija». Esta es nuestra manera de matar a los tiranos: evocamos la casa de locos.

231

La emigración más peligrosa.—En Rusia hay una emigración de la inteligencia: se pasa la frontera para leer y para escribir buenos libros. Pero se llega así a transformar la patria abandonada por el espíritu en una especie de fauce avanzada de Asia que desease devorar a la pequeña Europa.

232

La locura del Estado.—El amor casi religioso por la persona del rey se trasladó entre los griegos a la *polis,* cuando terminó la realeza. Una idea soporta más ser amada que una persona y, sobre todo, origina menos decepciones a quien ama (pues cuanto más amados se saben los hombres, menos consideraciones tienen, por lo general, hasta que acaban por no ser ya dignos del amor y se produce una escisión). Por eso la veneración por la *polis* y el Estado fue más grande de lo que había sido antes la veneración por los príncipes. Los griegos son los *locos del Estado* de la historia antigua; en la historia moderna lo son otros pueblos.

233

Contra los que no cuidan sus ojos.—¿Acaso no sería posible demostrar entre las clases cultas de Inglaterra que leen el *Times* una disminución de la agudeza visual que iría creciendo cada diez años?

234

Obras grandes y gran fe.—Este poseía las grandes obras, pero su compañero poseía la gran fe en esas mismas obras. Eran inseparables, pero es evidente que el primero dependía completamente del segundo.

235

El hombre sociable.—«Me siento descontento de mí mismo», decía uno para explicar su inclinación por la sociedad. «El estómago de la sociedad es mejor que el mío: me tolera.»

236

Cerrar los ojos del espíritu.—Cuando se tiene la costumbre y la práctica de reflexionar en sus acciones, se ve uno obligado, sin embargo, a cerrar los ojos del espíritu durante la acción (aunque no sea más que escribir una carta, comer o beber). Incluso en la conversación con hombres de cultura media hay que aprender a *pensar* cerrando los ojos del espíritu, pues es la única forma de alcanzar y de comprender el pensamiento de estos hombres medios. Esta acción de cerrar los ojos puede realizarse de una manera sensible y voluntaria.

237

La venganza más terrible.—Cuando uno quiere *vengarse* a toda costa de un adversario, hay que esperar a tener entre las manos muchas verdades y juicios que se puedan esgrimir fríamente contra él, de suerte que ejercer la venganza equivalga a ejercer la justicia. Esta es la forma más espantosa de venganza: por encima de ella no existe apelación alguna. Así es como Voltaire se vengó de Pirón, con cinco líneas que pronunciaron un juicio sobre toda su vida, toda su obra y toda su actividad: tantas palabras, tantas verdades. Así es como se vengó también de Federico el Grande (en una carta que le dirigió desde Ferney).

238

El impuesto de lujo.—En las grandes tiendas compramos las cosas necesarias e indispensables y las pagamos muy caras, porque nos hacen pagar al mismo tiempo otros artículos de venta que rara vez encuentran comprador: los objetos de lujo y las cosas superfluas. Así es como el lujo grava con un impuesto continuo a las cosas sencillas que pueden pasarse sin él.

239

Por qué viven aún los mendigos.—Si las limosnas no se diesen más que por compasión, ya habrían muerto de hambre todos los mendigos.

240

Por qué viven aún los mendigos.—La dispensadora de limosnas más grande es la cobardía.

241

Cómo utiliza una conversación el pensador.—Sin ser precisamente un observador, se puede aprender mucho si aprendemos a ver bien, perdiéndonos completamente de vista durante cierto tiempo. Pero los hombres no saben utilizar una conversación; ponen demasiada atención en lo que quieren decir y responder, mientras que el verdadero *oyente* se contenta a veces con responder provisionalmente y *decir* sencillamente algo, como un cumplido de cortesía, llevando en cambio en su memoria, llena de recovecos, todo lo que el otro ha formulado, además del tono y la actitud de su discurso. En la conversación habitual, cada uno de los interlocutores quiere llevar la discusión, como si dos barcos que navegasen uno junto al otro y se diesen de cuando en cuando un pequeño choque, creyesen preceder o incluso remolcar al barco vecino.

El arte de excusarse.—Cuando alguien quiera excusarse ante nosotros, ha de hacerlo muy hábilmente; pues, de lo contrario, correrá el riesgo de persuadirnos de que somos nosotros los que hemos faltado, cosa que nos producirá una impresión desagradable.

243

Relaciones imposibles.—El barco de tus ideas tiene mucho calado para que puedas navegar en aguas de personas cordiales, honradas y acogedoras. Hay muchos bajíos y bancos de arena: tendrás que barloventear y navegar en sesgado y estarás en continua zozobra, y esas personas se sentirán igualmente inquietas a causa de tu inquietud, cuya razón no podrían adivinar.

244

El zorro de los zorros.—Un verdadero zorro dice que están verdes no solo las uvas que no puede alcanzar, sino también las que coge y priva de ellas a los demás.

245

En las relaciones íntimas.—Cualquiera que sea la estrecha comunión que reine entre ciertos nombres, en su horizonte común habrá siempre para ellos cuatro orientaciones diferentes, y a ciertas horas se dan cuenta de ello.

246

El silencio del asco.—He aquí uno que, en cuanto pensador y en cuanto hombre, sufre una transformación profunda y dolorosa y lo manifiesta públicamente. Pero los oyentes no se dan cuenta de ello y creen que sigue siendo el mismo. Esta experiencia dolorosa ha inspirado ya asco a más de un escritor: había estimado demasiado alta la intelectualidad de los hombres y, a partir del momento en que se dio cuenta de su error, prometió callarse.

247

Seriedad en los negocios.—Los negocios de cierto hombre rico y noble son su manera de *reposar* de una excesiva *ociosidad* convertida en hábito; por eso él los trata con tanta seriedad y pasión como ponen otras personas en sus escasos ocios y en sus ocupaciones de aficionado.

248

Ambigüedad.—Así como a veces sucede que al agua que corre a tus pies un pequeño y brusco estremecimiento la hace espejear, como si estuviese cubierta de escamas, así también vemos a veces en los ojos de los hombres esas incertidumbres repentinas y esas ambigüedades, que nos hacen pensar: ¿es un estremecimiento, una sonrisa, o ambas cosas a la vez?

249

Positivo y negativo.—Este pensador no necesita que lo refute nadie; él mismo se encarga de ello.

250

La venganza de las redes vacías.—Desconfiad de todas las personas afligidas por un sentimiento amargo semejante al del pescador que, después de una jornada de penosa labor, regresa al atardecer con las redes vacías.

251

No hacer valer su derecho.—El ejercicio del poder acarrea muchos disgustos y requiere mucho valor. Por eso hay tanta gente que no hace valer su derecho, porque este derecho es una *especie de poder* y son demasiado perezosos o demasiado cobardes para ejercerlo. *Mansedumbre* y *paciencia,* así se llama a las virtudes que encubren este defecto.

252

Portadores de luz.—No habría rayos de sol en la sociedad si los zalameros de nacimiento no los hiciesen penetrar en ella; me refiero a las gentes amables.

253

Más caritativo.—El hombre es más caritativo cuando se le rinde un gran homenaje y cuando ha comido poco.

254

Hacia la luz.—Los hombres se apiñan contra la luz, no para ver mejor, sino para brillar más. Se propende a considerar como luz todo lo que brilla.

255

El hipocondríaco.—El hipocondríaco es un hombre que posee bastante ingenio y alegría de espíritu para tomar en serio sus sufrimientos, sus pérdidas y sus defectos; pero el campo en que busca su alimento es muy reducido; los despoja de tal modo, que tiene que buscar brizna de hierba por brizna de hierba. Esto termina por hacerlo envidioso y avaro, y solo entonces es cuando se vuelve insoportable.

256

Restituir.—Hesíodo aconseja restituir al vecino que nos ayudó, en cuanto podamos, con creces. Pues el vecino se alegrará mucho de ver que su benevolencia de antaño le reporta beneficios; pero quien restituye también tiene su alegría, en el sentido de que rescata la pequeña humillación que hubo de sufrir entonces al recibir ayuda, merced a la pequeña ventaja que le procura su largueza.

257

Más sutil de lo que es necesario.—El espíritu de observación que empleamos para saber si los demás advierten nuestras debilidades es mucho más sutil que el espíritu de observación que empleamos para conocer las debilidades de los demás: de donde resulta que nuestro espíritu de observación es más sutil de lo necesario.

258

Una especie de sombra clara.—Inmediatamente al lado de los hombres nocturnos se suele hallar, como ligada a ellos, un alma luminosa. Esta es, en cierto modo, una sombra negativa que aquellos proyectan.

259

¿No vengarse?—Hay tantas maneras sutiles de vengarse, que quien tuviera motivos para vengarse podría hacerlo como le plazca; al cabo de cierto tiempo todo el mundo estará de acuerdo en decir que se ha vengado. La pasividad que consiste en no vengarse no depende, pues, de la buena voluntad de un hombre; este ni siquiera tiene el derecho de expresar su *deseo* de no vengarse, pues el desprecio de la venganza se interpreta y *se considera* como una venganza sublime y muy sensible. De donde resulta que no se debe hacer nada *superfluo*.

260

Error de quienes veneran.—Todos pensamos decir a un pensador algo que lo honre y le sea agradable al manifestarle que también nosotros hemos llegado exactamente al mismo pensamiento y, más aún, a la misma expresión del pensamiento; y, sin embargo, será muy raro que al pensador le agrade semejante comunicación; muy al contrario, suele suceder que empiece a desconfiar entonces de su pensamiento y de la expresión de este, y decida, por su parte, someterlos a una revisión. Cuando queramos honrar a alguien, debemos guardarnos de expresar una concordancia: esta sitúa a un mismo nivel. En muchos casos, es cuestión de habilidad mundana escuchar una opinión como si no fuese la nuestra, y hasta como si rebasase nuestro horizonte mental: por ejemplo, cuando un viejo lleno de experiencia abre una vez, por excepción, el armario de su sabiduría.

261

Carta—La carta es una visita que no se hace anunciar; el cartero es el intermediario de estas sorpresas descorteses. Cada ocho días deberíamos destinar una hora para recibir la correspondencia y tomar un baño después.

262

Prevenir contra sí mismo.—Alguien decía: yo estoy *prevenido contra mí mismo* desde mi más tierna infancia: por eso encuentro en toda censura un poco de verdad, y en toda alabanza un poco de estupidez. Por lo general, estimo en poco a la censura y en mucho a la alabanza.

263

Camino de la igualdad.—Una hora de ascensión por las montañas hace de un bribón y de un santo dos criaturas muy semejantes. La fatiga es el camino más corto hacia la *igualdad* y la *fraternidad,* y durante el sueño la *libertad* acaba por añadirse a ellas.

264

Calumnia.—Si hallamos la pista de una sospecha verdaderamente infamante, no hay que buscar siempre la fuente entre nuestros *enemigos* leales y sencillos; pues, si estos inventasen contra nosotros semejante cosa, siendo enemigos nuestros, no se los creería. Pero aquellos a quienes fuimos más útiles durante cierto tiempo y que, por una razón cualquiera, pueden estar íntimamente seguros de no obtener nada de nosotros, esos son capaces de poner una calumnia en circulación: se les cree, de una parte, porque se supone que no inventarían nada que los perjudicase personalmente, y, de otra parte, porque han aprendido a conocernos más de cerca. Para consolarse, el que ha sido calumniado puede decirse: las calumnias son enfermedades de los demás que estallan en nuestro propio cuerpo; demuestran que la sociedad es un organismo único «moral», de suerte que puedes emprender *en ti mismo* la cura que ha de ser útil *a los demás.*

265

El cielo de los niños.—La dicha de los niños es un mito, así como la dicha de los hiperbóreos de que hablan los griegos. Si realmente la dicha habita en la Tierra, se decían estos, debe residir lo más lejos posible de nosotros, quizá allá, en los confines de la Tierra. Los hombres de cierta edad piensan lo mismo: si realmente el hombre puede ser feliz, será lo más lejos posible de *nuestra edad,* en los límites y en el comienzo de la vida. Para ciertos hombres, contemplar a un niño, a través del velo de este mito, es la mayor alegría que pueda tener; él mismo entra en la antesala del cielo diciendo: «Dejad que los niños se acerquen a mí, pues de ellos es el reino de los cielos». El mito del cielo de los niños circula, de una u otra manera, por todas partes donde, en el mundo moderno, hay algo que se parezca al sentimentalismo.

266

Los impacientes.—Es precisamente quien se halla en su devenir quien no quiere admitir el devenir; es demasiado impaciente para esto. El joven no quiere esperar a que, después de largos estudios, sufrimientos y privaciones, su concepto de los hombres y de las cosas sea completo; por tanto, acepta confiado otra imagen enteramente terminada y que le ofrecen, y la acepta como si encontrase en ella de antemano las líneas y los colores de *su* cuadro; se arroja en brazos de un filósofo o de un poeta y durante mucho tiempo tiene que prosternarse y renegar de sí mismo. Aprende así muchas cosas, pero a menudo olvida lo que es más digno de saberse: el conocimiento de sí mismo; por consiguiente, durante toda su vida no pasa de ser un partidario. ¡Hay que sufrir y sudar mucho hasta que haya encontrado sus colores, su pincel, su lienzo! Y aun entonces está muy lejos de ser maestro en su arte de vivir, pero trabaja, al menos, como maestro en su propio taller.

267

No hay educadores.—Como pensador este no debería hablar más que de la educación de sí mismo. La educación de la juventud dirigida por los demás es o una experiencia emprendida acerca de algo desconocido e incognoscible, o una nivelación por principio, para *producir* el ser nuevo, cualquiera que este sea, conforme a las costumbres y a los usos reinantes; en ambos casos se trata de algo que es indigno del pensador, es la obra de los padres y de pedagogos a quienes un hombre leal y audaz llamó nuestros enemigos naturales. Cuando, después de mucho tiempo, hemos sido educados según las opiniones del mundo, acabamos un día por *descubrirnos a nosotros mismos:* entonces comienza la tarea del pensador; entonces es el momento de pedir su ayuda, no como educador, sino como a alguien que se ha educado a sí mismo y tiene experiencia.

268

Compasión para la juventud.—Nos apenamos al saber que a un joven se le caen ya las muelas o que comienza a quedarse ciego. Si supiéramos todo lo que hay en su naturaleza de irretractable y desesperado, ¡cuánto mayor sería nuestro pesar! ¿Por qué nos hace *sufrir* todo esto? Porque la juventud debe continuar lo que nosotros hemos emprendido y el menor detrimento en su energía podría redundar en perjuicio de *nuestra* obra cuando caiga en sus manos. Es la pena que nos produce la garantía insuficiente de nuestra inmortalidad; o bien, en el caso en que no nos consideremos más que como los ejecutores de la misión humana, la pena de ver que esta misión debe pasar a manos más débiles que las nuestras.

Las edades de la vida.—La comparación de las cuatro estaciones con las cuatro edades de la vida es una venerable necedad. Ni los veinte primeros años de la vida ni los veinte últimos se parecen en nada a una estación, a menos que nos contentemos con esa metáfora que compara el color blanco de los cabellos con el de la nieve, o cosas por el estilo. Los primeros veinte años son una preparación para la vida en general, para el año entero de la vida, como una especie de día de año nuevo prolongado; mientras que la última veintena pasa revista, asimila, ordena y armoniza todo lo que hemos vivido, como lo hacemos en pequeño el día de san Silvestre, respecto de todo el año transcurrido. Pero entre estas dos edades de la vida hay, efectivamente, un periodo que sugiere esta comparación con las estaciones: es el intervalo que se extiende entre los veinte y los cincuenta años (para contar de una vez, en bloque, por decenas, aunque naturalmente cada uno debe adaptar para su propio uso estas burdas determinaciones). Estas tres décadas responden a tres estaciones: al verano, a la primavera y al otoño. En cuanto al invierno, la vida humana no lo tiene, a menos que se quiera dar el nombre de invierno a esos meses duros, fríos, solitarios, tristes y estériles, a esos *meses de la enfermedad,* que, ¡ay!, no son muy raros. De los veinte a los treinta años: años ardientes, incómodos, tempestuosos, años de producción superabundante y de fatiga, en que se encomia cuando ha terminado, enjugándose la frente, años en que el trabajo parece duro, pero necesario: estos años son el estío de la vida. De los treinta a los cuarenta son los años de la *primavera:* atmósfera demasiado cálida o demasiado fría, siempre agitada y estimulante; desbordante de savia, vegetación exuberante y floración por todas partes, encanto mágico y frecuente de las mañanas y de las noches deliciosas, trabajo en que el canto de los pájaros nos invita a despertar, trabajo con el que nos encariñamos de todo corazón, y que no es otra cosa que el pleno goce del propio vigor, que se acrecienta con las esperanzas paladeadas de antemano. Por último, de los cuarenta a los cincuenta: años llenos de misterio, como todo lo inmóvil, semejantes a una vasta meseta de altas montañas, en la que sopla suavemente una brisa fresca, bajo un cielo puro y sin nubes que, día y noche, contempla a la tierra con la misma serenidad; el tiempo de la recolección y de la alegría más cordial; es el *otoño* de la vida.

270

El espíritu de las mujeres en la sociedad actual.— ¿Cuál es hoy el pensamiento de las mujeres respecto al espíritu de los hombres? Se adivina por la manera descuidada en que ellas destacan, especialmente la intelectualidad de sus rasgos o los detalles espirituales de su rostro, y, más bien que en esto, piensan en cualquier otra cosa; hacen, por el contrario, todo lo posible por ocultar estas cualidades y saben darse, cubriéndose, por ejemplo, la frente con sus cabellos, la expresión de una sensualidad y de una materialidad vivas y llenas de apetitos, sobre todo cuando apenas poseen estas cualidades. Su convicción de que los hombres huyen de las mujeres espirituales va tan lejos, que reniegan gustosamente de la agudeza de su inteligencia para atraerse, deliberadamente, la reputación de miopía mental; así piensan inspirar confianza a los hombres; es como si se extiende en torno de ellas el atractivo de una suave entonación crepuscular.

271

Grande y perecedera.—Lo que conmueve hasta derramar lágrimas a quienes asisten a este espectáculo es la mirada de gozo extático que una mujer hermosa lanza a su marido. Sentimos en ella toda la melancolía del otoño, tanto por la inmensidad como por la caducidad de la dicha humana.

272

Sentido del sacrificio.—Algunas mujeres poseen el *intelletto del sacrifizio* y no llegan a saborear la vida hasta que su esposo pide de ellas un sacrificio; entonces no saben qué hacer de su razón e, imperceptiblemente, de víctimas, se convierten en sacrificadoras.

273

Poco femenino.—«Estúpido como un hombre», dicen las mujeres; «cobarde como una mujer», dicen los hombres. La estupidez es, en la mujer, lo que es *poco femenino.*

274

Los temperamentos masculinos y femeninos y la mortalidad.—El sexo masculino posee peor temperamento que el sexo femenino, cosa que se deduce del hecho de que los niños están más expuestos a la mortalidad que las niñas, al parecer porque aquellos se desesperan con más facilidad: su salvajismo y su humor inconciliable agrava enseguida todos los males, hasta hacerlos mortales.

275

La época de las construcciones ciclópeas.—La democratización de Europa es irresistible: quien desea ponerle trabas emplea medios que la idea democrática ha sido la primera en poner en manos de todos, y hace más eficaces y de más cómodo manejo estos medios; los adversarios convencidos de la democracia (me refiero a los espíritus revolucionarios) no parecen existir, en cambio, más que para impulsar, por el miedo que inspiran, a los diferentes partidos cada vez más por las vías democráticas. Sin embargo, es posible que nos sintamos acometidos de cierta aprensión al contemplar a quienes trabajan ahora consciente y honradamente con miras a ese porvenir. Hay algo de desolador y uniforme en su rostro, y el polvo gris parece haberse depositado hasta en su cerebro. A pesar de ello, es muy posible que la posteridad se ría un día de nuestros temores y piense del trabajo democrático de varias generaciones, poco más o menos de la misma manera que pensamos nosotros acerca de la construcción de diques y muros, como una actividad que necesariamente llena de polvo las ropas y los rostros y que, inevitablemente, vuelve también un poco idiotas a los obreros que trabajan en dicha obra; pero ¿quién, por esta razón, desearía que no se hubiera hecho todo esto? Parece que la democratización de Europa es una anilla en la cadena de esas enormes *medidas profilácticas* que son la idea de los tiempos nuevos y que nos separan de la Edad Media. ¡Solo ahora estamos en la época de las construcciones ciclópeas; ¡por fin poseemos la seguridad de cimientos que, en adelante, permite construir sin peligro! ¡Desde ahora es imposible que los sembrados sean destruidos, en una sola noche, por los torrentes estúpidos y salvajes de la montaña; ¡tenemos diques y muros de protección contra los bárbaros, contra las epidemias, contra la esclavitud corporal e intelectual! Y todo esto entendido literal y burdamente, pero poco a poco, desde un punto de vista cada vez más elevado e intelectual, de suerte que todas las medidas indicadas aquí parecen ser la preparación espiritual para la venida del artista superior al arte de los jardines, que no podrá pasar a su verdadera tarea hasta que esta preparación se halle terminada por completo. Es cierto que, dados los grandes espacios de tiempo que separan los medios y el fin, el esfuerzo enorme, un esfuerzo que pone en juego el espíritu y la energía de siglos enteros y que es necesario para crear o para mover cada uno de estos medios, no es preciso tener demasiado rencor a los obreros del presente si creen firmemente que el muro y el espaldar son ya el fin y el fin último; teniendo en cuenta que nadie ve aún al jardinero ni las plantas por las cuales se construye el espaldar.

276

El derecho de sufragio universal.—El pueblo no se ha dado a sí mismo el sufragio universal; en todas partes donde está en vigor hoy lo ha aceptado y recibido provisionalmente; de todas formas, tiene el derecho de hacer restitución de él si no da satisfacción a sus esperanzas. Esto parece ser lo que sucede ahora por todas partes: si, en una ocasión cualquiera, no se hace uso de él, apenas dos terceras partes de los electores, y a menudo ni siquiera la mayoría, se presentan a las urnas, puede decirse que esto es un *voto* contra todo el sistema en su conjunto. Incluso habría que juzgar aquí con mayor severidad aún. Una ley que determina que la mayoría es la que decide en última instancia de la suerte de todos, no puede edificarse sobre una base adquirida precisamente gracias a esa ley; se precisa necesariamente una base más amplia, y esta base es la *unanimidad de todos los sufragios*. El sufragio universal no puede ser solamente la expresión de la voluntad de una mayoría: es preciso que el país entero lo desee. Por eso la contradicción de una pequeña minoría basta ya para hacerla irrealizable, y la *no participación* en una votación es precisamente una de esas contradicciones que derrumba todo el sistema electoral. El «veto absoluto» del individuo o, para no perdernos en minucias, el veto de unos miles de individuos, se cierne sobre este sistema, y es una consecuencia de la justicia; cada vez que hacemos uso del sufragio universal habría que demostrar, por la participación, que existe todavía *con justo título*.

277

La mala deducción.— ¡Qué malas conclusiones se deducen respecto a los dominios que no os son familiares, aun cuando como hombres de ciencia estéis habituados a sacar buenas conclusiones! Es vergonzoso decirlo. Y es evidente que, en la gran agitación de las cuestiones contemporáneas, en los asuntos de la política, en todo lo que los acontecimientos de cada día tienen de repentino y apresurado, es precisamente esta manera de *deducción defectuosa* lo que decide, pues nadie comprende del todo las cosas nuevas que han crecido de la noche a la mañana; toda política, incluso la de los grandes hombres de Estado, es improvisación al azar de los acontecimientos.

278

Premisas de la edad de las máquinas.—La prensa, la máquina, el ferrocarril y el telégrafo son premisas de las que nadie se ha atrevido aún a sacar las conclusiones que ocurrirán dentro de mil años.

279

Una traba de la cultura.—Aquí los hombres no tienen tiempo para los trabajos productivos: el ejercicio de las armas y los desplazamientos les consumen todas sus jornadas, y es preciso que el resto de la población los alimente y los vista; pero su traje es vistoso, a menudo de colores variados, como si se fuese a una mascarada; aquí se admiten muy pocas cualidades distintivas, los individuos se parecen entre sí más que en cualquier otra parte o, por lo menos, se los trata como si fueran iguales; aquí se exige obediencia y se obedece a ciegas: se dan órdenes, pero no se preocupan de convencer; aquí los castigos son poco numerosos, pero muy duros y, por lo general, extremados, en lo peor; aquí la traición se considera como el delito más grande, y los más valientes son los únicos que se atreven a criticar los abusos; aquí la vida tiene poco valor, y la ambición se manifiesta con frecuencia de forma tal que pone en peligro la vida. Cualquiera que oiga decir todo esto dirá sin vacilar: «Esta es la imagen de una *sociedad bárbara, amenazada de peligros*». Tal vez haya quien añada: «Es la descripción de Esparta». Pero quizá otro adopte un aire pensativo y sostenga que es la descripción de nuestro *militarismo moderno,* tal como existe en medio de nuestra civilización y de nuestra sociedad tan diferente; anacronismo vivo, imagen, como ya indiqué, de una sociedad bárbara, amenazada de peligros, obra póstuma del pasado, que, para los engranajes del presente, no tenga más valor que el de una traba. Pero sucede a veces que la cultura tenga la necesidad más absoluta de una traba: cuando declina muy rápidamente o, como en nuestro caso, cuando se *eleva* demasiado rápidamente.

280

Más respeto para los competentes.—Con la concurrencia que se hace en el trabajo y entre los vendedores, es el público quien se ha erigido en juez del oficio; pero el público no posee competencia rigurosa y juzga por las *apariencias.* Por consiguiente, el arte de aparentar, y quizá también el gusto, se desarrollan bajo el dominio de la concurrencia, pero la calidad de todos los productos disminuye. Por tanto, para que la razón no pierda su valor, habrá que poner fin, un día u otro, a esa maniobra e instituir un principio nuevo que se adueñe de ella. Tan solo el perito debería juzgar las cosas del oficio y el público debiera conformarse con este juicio, confiando en la *persona* y en la lealtad del juez. ¡Ya no existirá entonces trabajo anónimo! Será preciso, al menos, que un experto salga fiador de ese trabajo y dé *su* nombre en prenda, cuando el autor sea oscuro o ignorado. La *baratura* de un objeto engaña también al profano de otra manera, pues solo la durabilidad puede decidir si el precio del objeto es verdaderamente módico; pero es difícil y hasta imposible para el profano apreciar esa durabilidad. Por consiguiente, lo que produce efecto a la vista y cuesta poco es lo que pesa ahora en la balanza, y esto será, naturalmente, el trabajo de la máquina. Por otra parte, la máquina, es decir, la causa de la mayor rapidez y facilidad en la fabricación, favorece también al objeto más *vendible;* de lo contrario, no se obtendría con ella un beneficio apreciable; se utilizaría muy poco y estaría parada muy a menudo. Pero, como es el público quien decide lo que es más vendible, elegirá los objetos de más bella apariencia, es decir, lo que *parece* bueno y lo que parece *barato.* Por consiguiente, en el dominio del trabajo, nuestra divisa debe ser también: «¡Más respeto a los capacitados!».

281

El peligro de los reyes.—Sin violencia y solo mediante la presión constante y legal, la democracia está en condiciones de *socavar* el imperio y la realeza, hasta que no quede de ellos más que un cero. Si *se quiere,* podemos concederle el valor de todo cero que, por sí mismo, es nada, pero que, colocado a la derecha de un número, aumenta diez veces su valor. El imperio y la realeza seguirían siendo ornamentos magníficos sobre el traje sencillo y práctico de la democracia, el lujo que esta se permita, el residuo histórico y venerable de un atavío ancestral, el símbolo mismo de la historia; y esta situación única sería de un gran efecto, si no estuviese aislada, sino puesta en buen lugar. Para prevenir este peligro de la *excavación,* los reyes se agarran ahora con furor a su dignidad de jefes supremos del ejército, y para poner de relieve esta dignidad tienen necesidad de guerras; es decir, de condiciones excepcionales, en las que se paraliza esa presión lenta y legal de las fuerzas democráticas.

282

El profesor es un mal necesario.—También es de desear que exista el menor número posible de personas entre los espíritus productivos y los espíritus sedientos de recibir. Pues los *intermediarios* falsifican casi involuntariamente el alimento que transmiten; además, en recompensa de su mediación, piden demasiado *para ellos:* interés, admiración, tiempo, dinero y otras cosas, de las que se priva por consiguiente a los espíritus originales y productores. Hay que considerar siempre al profesor como un mal necesario, como hacemos con el comerciante: un mal que hay que *reducir* todo lo posible. Las condiciones defectuosas que encontramos hoy en Alemania tal vez tienen su origen en el hecho de que hay demasiadas personas que quieren vivir, y vivir bien, del comercio (y que tratan, por consiguiente, de rebajar todo lo posible los precios del productor y elevar los del consumidor, para obtener beneficio del mayor perjuicio posible que sufren estos dos). Igualmente podemos buscar una de las razones de la miseria de las condiciones intelectuales en el número exagerado de profesores: a causa de ellos se aprende tan poco y tan mal.

283

La contribución de la estima.—A quienes conocemos y veneramos, ya sean médicos, artistas o artesanos, cuando han trabajado o hecho algo para nosotros, nos gusta pagarles lo mejor posible, a menudo incluso por encima de nuestros recursos. En cambio, a un desconocido le pagamos lo menos posible. Hay una lucha ahí donde conquistamos o arrebatamos una pulgada de terreno. En el trabajo de la persona que conocemos hay algo que no podríamos retribuir: el sentimiento y la ingeniosidad que ha puesto en su tarea por nosotros; no creemos poder expresar de otro modo la impresión que sentimos sino por una especie de *sacrificio* por nuestra parte. La contribución más grande es la *contribución* de la estima. Cuanto más reina la concurrencia, más compramos a los desconocidos; y cuanto más se trabaja por los desconocidos, más insignificante hace esta contribución; sin embargo, ella da precisamente la medida para las relaciones humanas de *alma a alma.*

Los medios para llegar a la paz verdadera.—Ningún gobierno confiesa hoy que sostiene su ejército para satisfacer, cuando llegue la ocasión, su deseo de conquista. Por el contrario, el ejército debe servir para la defensa. Para justificar este estado de cosas, se invoca una moral que aprueba la legítima defensa. De este modo, cada Estado se reserva para sí el privilegio de la moralidad, y atribuye al vecino la inmoralidad, pues hay que suponer a este dispuesto al ataque y a la conquista, si el Estado del que formamos parte se ve en la necesidad de pensar en los medios de defensa. Además, se acusa al otro Estado, que, lo mismo que el nuestro, niega la intención de atacar y afirma también que solo sostiene su ejército por razones de defensa; por los mismos motivos que a nosotros, se le acusa, digo, de ser un hipócrita y un astuto criminal que desearía lanzarse, sin lucha alguna, sobre una víctima inofensiva y torpe. En estas condiciones se hallan hoy todos los Estados, unos frente a otros; suponen las malas intenciones del vecino y se atribuyen las buenas. Pero esto es una *inhumanidad* tan nefasta y peor aún que la guerra; es ya una provocación y un motivo de guerra, pues achaca la inmoralidad al vecino y, por ello, parecen justificar los sentimientos hostiles. Hay que renegar de la doctrina del ejército como medio de defensa tan categóricamente como de los deseos de conquista. Y tal vez llegue un día, día grandioso, en que un pueblo, distinguido en la guerra y en la victoria, por el más alto desarrollo de la disciplina y de la inteligencia militares, habituado a hacer los más grandes sacrificios por estas cosas, exclame libremente: «¡Nosotros rompemos la espada!», destruyendo así toda su organización militar hasta en sus fundamentos. *Hacerse inofensivo, cuando se es el más temible,* guiado por la *elevación* de sentimientos: este es el medio para llegar a la paz *verdadera,* que debe basarse siempre en una disposición de espíritu apacible, mientras que los que llamamos la paz armada, tal como se practica ahora en todos los países, responde a un sentimiento de discordia, a una falta de confianza en sí mismo y en el vecino, e impide deponer las armas, ya sea por odio o por temor. Antes perecer que odiar y temer, y *antes perecer dos veces que hacerse odiar y temer:* ¡esta será un día la máxima superior de toda sociedad organizada! Sabemos que nuestros representantes liberales del pueblo carecen de tiempo para reflexionar en la naturaleza del hombre; de lo contrario, sabrían que trabajan en vano predicando una «disminución gradual de las cargas militares». Por el contrario, solo cuando esta clase de miseria llegue a su máximo, es cuando el remedio estará más cerca. El árbol de la gloria militar no podrá ser destruido más que una sola vez y por un solo rayo; pero el rayo, como sabéis, viene de lo alto.

285

La propiedad, ¿puede ser equilibrada por la justicia?—Cuando se siente de una manera intensa la injusticia de la propiedad —la aguja del reloj marca de nuevo esta hora en el cuadrante del tiempo—, dos medios acuden a la mente para remediarla: de una parte, un reparto igual de la fortuna y, de otra parte, la supresión de la propiedad y la vuelta de toda posesión a la comunidad. Este último procedimiento es, sobre todo, el favorito de nuestros socialistas, que odian especialmente a aquel judío antiguo que decía: «No robarás». Según ellos, el octavo mandamiento debería estar concebido, por el contrario, en estos términos: «No poseerás». En la Antigüedad se hicieron muchas tentativas conforme a la primera receta, en pequeño, es cierto, pero con éxito tan desdichado que nos pudiera servir de enseñanza provechosa. Es fácil decir «lotes de tierra iguales»; pero ¡cuánta amargura engendran las separaciones y los desgarramientos que ese reparto hace necesarios, y la pérdida de la antigua propiedad venerable, ¡cuánta piedad ofendida y sacrificada! Desarraigamos la moralidad cuando desarraigamos los límites que separan las tierras. Y luego, ¡qué amargura nueva entre los propietarios nuevos, qué envidias, qué miradas cejijuntas!, pues jamás hubo lotes de tierra exactamente iguales y, si existiesen, el espíritu celoso de los bienes del vecino no creería en ello. Y ¿cuánto tiempo duraría esta igualdad malsana, envenenada en sus raíces? Después de algunas generaciones, tan solo un lote habría sido transmitido por herencia a cinco cabezas diferentes y, por otra parte, cinco lotes se reunirían en una sola cabeza. Y, en el caso de que se evitasen estos inconvenientes mediante severas leyes de herencia, los lotes de tierra seguirían, ciertamente, siendo iguales, pero siempre habría necesitados y descontentos que no poseerían más que su envidia de los bienes del vecino y su deseo de trastrueque de toda cosa. Si, por el contrario, conforme a la segunda receta, entregamos la propiedad a la *comuna* y no hacemos del individuo más que un granjero provisional, destruimos la tierra cultivada; pues el hombre carece de miramientos respecto a lo que no posee más que de una manera pasajera, no hace sacrificios y obra como un explotador, como un bandido o como un miserable dilapidador. Cuando Platón pretende que la supresión de la propiedad suprimirá el egoísmo, hay que responderle que, desaparecido este, no serán precisamente las virtudes cardinales del hombre lo que quede; así como hay que afirmar que la peor peste no causaría tanto daño a la humanidad como si se hiciese desaparecer la vanidad. Sin vanidad y sin egoísmo, ¿qué son las virtudes humanas? Con lo cual estoy lejos de decir que estas no son más que máscaras de aquellas. La melodía fundamental y utópica de Platón, que continúan cantando los socialistas, se basa en un conocimiento imperfecto del hombre: Platón ignora la historia de los sentimientos morales, carece de clarividencia respecto al origen de las buenas cualidades útiles del alma humana. Lo mismo que toda la Antigüedad, creía en el bien y en el mal como en lo blanco y en lo negro, es decir, como en una diferencia radical entre los hombres buenos y los hombres malos, entre las buenas cualidades y las malas cualidades. Para que, en lo porvenir, tengamos más confianza en la propiedad y esta sea más moral, hay que abrir todos los medios de trabajo que conducen a la *pequeña* fortuna, pero impedir el enriquecimiento súbito y fácil; habría que retirar de las manos de los particulares todas las ramas del transporte y del comercio que favorecen la acumulación de las *grandes* fortunas y, en especial, todo el tráfico de dinero, y considerar a quienes poseen demasiado como seres peligrosos para la seguridad pública, con la misma razón que los que no poseen nada.

286

El valor del trabajo.—Si pretendiéramos determinar el valor del trabajo por el tiempo, la aplicación, la buena o la mala voluntad, la sujeción, la ingeniosidad o la pereza, la honradez o la falsía que se ha puesto en él, la apreciación del valor nunca podría ser *justa;* pues habría que poner en el platillo de la balanza a la persona toda, lo que es imposible. Hay que decir aquí: «¡No juzguéis!». Pero este es precisamente el grito de justicia que oímos ahora en quienes están descontentos de la evaluación del trabajo. Si damos un paso más en su pensamiento, vemos que cada individuo es irresponsable de su producto, el trabajo; por tanto, no podemos deducir nunca su mérito, puesto que todo trabajo es tan bueno y tan malo como debe serlo conforme a la constelación necesaria de las fuerzas y de las debilidades, de los conocimientos y de los deseos. No depende del buen deseo del trabajador que trabaje, ni cómo trabaje. Únicamente los puntos de vista de la *utilidad,* puntos de vista restringidos o amplios, han creado las evaluaciones del valor del trabajo. Lo que llamamos hoy justicia está muy en su lugar en este terreno, por ser una utilidad extremadamente refinada que no toma en consideración tan solo el momento ni explota la ocasión, sino que piensa en la durabilidad de todas las condiciones y que, por esta razón, tiene también en consideración el bien del trabajador, su contento material y moral, a *fin de que* él y sus descendientes continúen trabajando para nuestros descendientes y podamos tener confianza en él para espacios de tiempo más largos que el de una sola vida humana. *La explotación* del trabajo era, tal como hoy nos damos cuenta de ello, una estupidez, un robo en detrimento del porvenir, un peligro para la sociedad. Ahora casi hemos llegado ya a la guerra; y, en todo caso, los gastos necesarios para conservar la paz, para concluir tratados y para inspirar confianza serán extraordinariamente elevados, porque la locura de los explotadores fue muy grande y de muy larga duración.

287

Del estudio del cuerpo social.—Lo más enojoso que hay para quien desee estudiar hoy en Europa, y sobre todo en Alemania, la economía y la política, es que las verdaderas condiciones, en lugar de ejemplificar las reglas, demuestran un *estado de transición* o de decadencia. Por eso hay que aprender primero a mirar más allá de lo que existe realmente, para detener la mirada, por ejemplo, en la lejanía, en América del Norte —donde podemos seguir todavía con los ojos e investigar los movimientos originales y normales del cuerpo social, si realmente se *desea*—, mientras que en Alemania se necesita para esto de estudios históricos difíciles o, como ya he dicho, un anteojo de larga vista.

288

Cómo humilla la máquina.—La máquina es impersonal, priva al trabajo de su orgullo, de sus cualidades y de sus defectos individuales que caracterizan todo trabajo que no se realiza a máquina, y, por tanto, arrebata una parcela de humanidad. Antaño toda compra entre artesanos era una *distinción* otorgada a una *persona*, pues nos rodeábamos de las insignias de esta persona; de esta suerte, los objetos usuales y los vestidos eran una especie de símbolo de estimación recíproca y de homogeneidad personal, mientras que hoy parece que vivimos únicamente en medio de una esclavitud anónima e impersonal. No hay que pagar muy cara la facilitación del trabajo.

289

Cuarentena de cien años.—Las instituciones democráticas son establecimientos de cuarentena contra la vieja peste de las envidias tiránicas; en cuanto tales, muy útiles y muy fastidiosas.

290

El partidario más peligroso.—El partidario más peligroso es aquel cuya defección destruiría todo el partido, es decir, el mejor partidario.

291

El destino del estómago.—Una rebanada de pan con mantequilla de más o de menos en el estómago de un yóquey puede decidir el éxito de las carreras y de las apuestas, es decir, de la felicidad y de la desgracia de miles de individuos. Mientras el destino de los pueblos siga dependiendo de los diplomáticos, el estómago de estos será siempre objeto de angustias patrióticas. *Quousque tándem...*

Victoria de la democracia.—Todas las potencias políticas intentan hoy explotar el miedo al socialismo para fortalecerse. Pero, a la larga, solo la democracia saldrá ganando de este estado de cosas; pues *todos* los partidos se ven obligados ahora a adular al «pueblo» y concederle licencias y libertades de todo género, por lo que el pueblo acabará por hacerse omnipotente. Es todo lo más alejado que hay del socialismo, doctrina del cambio en la manera de adquirir la propiedad; y cuando, gracias a la gran mayoría de sus parlamentos, acabe al fin por tener en las manos la tasa de los impuestos, atacará con el impuesto progresivo la realeza del capital, del gran comercio y de la bolsa y creará así, de una manera lenta, una clase media que tendrá derecho a *olvida* el socialismo como una enfermedad que se ha superado. El resultado práctico de esta democratización que va siempre en aumento, será en primer lugar la creación de una unión de los pueblos europeos, en la que cada país, delimitado según sus oportunidades geográficas, ocupará la situación de un cantón y poseerá sus derechos particulares; entonces apenas se tendrán en cuenta los recuerdos históricos de los pueblos, tales como han existido hasta hoy, porque el sentido de la piedad que rodea a estos recuerdos será desarraigado poco a poco y por entero, bajo el reinado del principio democrático, ávido de innovaciones y de experiencias. Las rectificaciones de las fronteras, que serán así necesarias, se harán de forma que sirvan a las necesidades del gran cantón y, al mismo tiempo, al conjunto de los países aliados, pero no a la memoria de un pasado cualquiera que se pierde en la noche de los tiempos. Hallar los puntos de vista de esta rectificación futura será la tarea de los *diplomáticos* del porvenir, que deberán ser a la vez sabios, agrónomos y especialistas en el conocimiento de los medios de comunicación, y tener tras de sí, no ejércitos, sino razones de utilidad práctica. Solo entonces la política *exterior* estará indisolublemente ligada a la política *interior;* mientras que ahora esta última sigue aún corriendo detrás de su orgullosa dueña y recoge en su miserable zurrón las espigas olvidadas en los rastrojos, junto a la cosecha de la otra.

293

Fines y medios de la democracia.—La democracia quiere crear y garantizar la independencia al mayor número posible de individuos, la independencia de las opiniones, de la manera de conducir y de ganar la vida. Para llegar a este fin le es preciso impugnar el derecho de voto, tanto a quienes no poseen absolutamente nada como a quienes son verdaderamente ricos; pues estos constituyen dos clases de hombres que la democracia no puede tolerar y en la supresión de las cuales trabaja continuamente, con peligro de ver siempre su tarea comprometida. Igualmente hay que impedir todo lo que tienda a la organización de partidos. Pues los tres grandes enemigos de la independencia, desde este triple punto de vista, son el pobre diablo, el rico y los partidos. Hablo de la democracia como de algo que existirá en el porvenir. Lo que boy llamamos democracia se distingue únicamente de las viejas formas de gobierno en que se sirve de *caballos nuevos:* los caminos siguen siendo los mismos que en el pasado y las ruedas del carro también. Con *este* atelaje del bien público, ¿es realmente menor el peligro?

294

La circunspección y el éxito.—Esa gran cualidad de la circunspección que es, en el fondo, la virtud de las virtudes, la abuela y la reina de las virtudes, está muy lejos de contar, en la vida cotidiana, con el éxito; y el amante que no hubiera buscado esta virtud más que por el éxito sufriría una amarga decepción. Pues, entre las gentes *prácticas,* se sospecha de ella y se la confunde con el disimulo y con la sutileza hipócrita. En cambio, quien carece de circunspección, el hombre que va adelante y que a veces sorprende de cerca, es considerado como un compañero leal con el que se puede contar. Por tanto, a las gentes prácticas no les gusta el hombre circunspecto y lo tienen por peligroso. Por otra parte, nos inclinamos a creer que el circunspecto es tímido, embarazoso y pedante; las gentes poco prácticas y a quienes les gusta gozar de la vida lo encuentran molesto, porque no le gusta vivir a la ligera como ellos, que no piensan ni en lo que hacen ni en lo que deben hacer; les parece como su conciencia viviente y, a sus ojos, el día empalidece cuando él se acerca. Si, pues, el éxito y la popularidad le faltan que se diga como consuelo: «¡A este precio se elevan las *contribuciones* que tienes que pagar para poseer el bien más preciado entre los hombres, y vale la pena!».

Et in Arcadia ego.—He lanzado una mirada a mis pies, al pasar por encima de este mar de colinas, al lado de este lago de un verde lechoso, a través de los pinos austeros y de los viejos abetos; en torno a mí yacían rocas de formas variadas y en el suelo multicolor crecían hierbas y flores. Un rebaño caminaba junto a mí, esparciéndose y reuniéndose alternativamente; unas vacas se dibujaban a lo lejos en grupos apretados, destacándose en la luz del atardecer contra el bosque de pinos; otras, más cerca, parecían más sombrías. Todo respiraba tranquilidad, en la paz del crepúsculo cercano. Mi reloj marcaba las cinco y media. El toro de la vacada había descendido hasta la blanca espuma del arroyo y remontaba lentamente su curso impetuoso, resistiendo y cediendo alternativamente, lo que debía ser para él una especie de orgullosa satisfacción. Dos seres humanos, de piel morena, de origen bergamasco, eran los vaqueros del ganado: la joven vestida casi como un muchacho. A la izquierda de los abruptos peñascos, por encima de un amplio cinturón de bosque, a la derecha de dos enormes colmillos de hielo, flotando por encima de mí, en una vela de bruma clara: todo esto era grandioso, tranquilo y radiante: toda esta belleza producía un estremecimiento, y era la adoración muda del momento de su revelación. Involuntariamente, como si no hubiera nada más natural, me sentí tentado de situar a los héroes griegos en este mundo de luz pura, de contornos acusados (de ese mundo que carecía de inquietud y deseo, de la impaciencia y del pesar); había que sentir como Poussin y sus discípulos: de una manera a la vez heroica e idílica. Y así es como han *vivido* ciertos hombres, así es como han evocado continuamente el *sentido* del mundo, en ellos mismos y fuera de ellos; y fue, sobre todo, uno de los hombres más grandes que haya existido, el creador de una manera de filosofar heroica e idílica a la vez: Epicuro.

296

Contar y medir.—Ver muchas cosas, pesarlas y compararlas unas con otras, sacar una conclusión rápida y establecer la suma con certidumbre suficiente, eso es lo que hace el gran político, el gran capitán y el gran comerciante: es, pues, la rapidez en una especie de cálculo mental. No ver más que una sola cosa, encontrar en ella el único motivo de acción, el patrón que determina cualquier otra acción es lo que hace el héroe y también el fanático: es, pues, la destreza en medir con un solo metro.

297

No mirar en mal momento.—Cuando os suceda algo, hay que ceder al acontecimiento y cerrar los ojos; por tanto, no observar mientras *uno está allí*. Pues eso estropearía la buena digestión del acontecimiento; en lugar de adquirir sabiduría, se ganaría una indigestión.

298

La práctica del sabio.—Para llegar a ser sabio, hay que *querer* que ciertas cosas sucedan en vuestra vida; por consiguiente, es preciso arrojarse en la boca de los acontecimientos. Es cierto que esto es muy peligroso: muchos «sabios» han sido devorados así.

299

La fatiga del espíritu.—Nuestra indiferencia y nuestra frialdad pasajeras respecto a los hombres, que se interpreta como dureza y falta de carácter, no son, a menudo, más que fatiga del espíritu; cuando nos hallamos en semejante estado, los demás, así como nosotros mismos, nos son indiferentes o importunos.

300

«Solo una cosa es necesaria» [1].—Cuando se es inteligente, lo único que preocupa es tener alegría en el corazón. ¡Ay! —añadió alguien—; cuando se es inteligente, lo mejor que puede hacer uno es ser sabio.

301

Un testimonio de amor.—Decía uno: «Hay dos personas respecto a las cuales no he reflexionado nunca profundamente: este es el testimonio de afecto que les tributo».

302

Cómo se intentan corregir los malos argumentos.—Hay ciertas gentes que lanzan todavía un pedazo de su personalidad después de sus malos argumentos, como si de este modo lograsen mejor su objetivo y se transformasen en buenos argumentos. Hacen como los jugadores de bolos que, después de haber tirado, in-

---

[1] Lucas 10, 42.

tentan dar una dirección a su bola, con sus gestos y el movimiento de sus brazos.

303

La lealtad.—Es poca cosa, siempre que, en lo tocante al derecho y a la propiedad, se es una persona ejemplar, no apoderarse de frutos del cercado ajeno, cuando se es aún niño, o no pasar por un campo segado cuando se llega a la edad de la razón; escojo mis ejemplos entre las cosas pequeñas que, como se sabe, revelan ese género de perfección mejor que las grandes. Es poca cosa; pues entonces no se es, en suma, más que una «persona jurídica», con ese grado de moralidad de que una «sociedad», una aglomeración de hombres, es también capaz.

304

¡Hombre!—¡Qué es la vanidad del hombre más vano al lado de la vanidad del hombre más humilde que, en el mundo y en la naturaleza, se considera como «hombre»!

305

La gimnasia más necesaria.—Por la ausencia de dominio de sí mismo en circunstancias insignificantes, la facultad de dominarse en los casos más graves se pulveriza poco a poco. Cada día está mal empleado y se convierte en un peligro para el día siguiente, cuando no nos hemos *negado,* una vez al menos, alguna cosa pequeña; esta gimnasia es indispensable cuando se quiere conservar el goce de ser dueño de sí mismo.

306

Perderse a sí mismo.—Cuando alguien ha llegado a encontrarse a sí mismo, tiene que aprender a *perderse* de cuando en cuando, para volver a encontrarse luego, suponiendo, naturalmente, que se trate de un pensador. Pues es perjudicial para este estar siempre ligado a una sola persona.

307

Cuando hay que despedirse.—Tienes que despedirte de lo que deseas conocer y medir, al menos por algún tiempo. Solo después de haber abandonado la ciudad nos damos cuenta de cuántas torres se elevan por encima de las casas.

308

A la hora del mediodía.—Siempre que, en la vida de una persona, la mañana fue agitada y tormentosa, cuando llega el mediodía de la vida, el alma es presa de un singular deseo de descanso, que puede durar meses y años. En torno a este hombre se hace el silencio, el tono de las voces se atenúa cada vez más, el sol cae a plomo sobre su cabeza. En una pradera, a la orilla del bosque, ve dormir al gran Pan; todas las cosas de la naturaleza se han dormido con él, con la expresión de la eternidad pintada en el semblante; al menos así le parece. No desea nada, no se preocupa de nada, su corazón se para, solo vive su mirada; es un muerto con la mirada despierta. El hombre ve allí muchas cosas que no vio jamás, y todo lo que puede percibir está envuelto en un cendal luminoso, anegado en luz en cierto modo. Esto lo hace sentirse feliz, pero es una felicidad pesada, muy pesada. Más, por último, el viento sopla de nuevo en los árboles, ha pasado el mediodía, y la *vida* lo atrae hacia sí, la vida de ojos ciegos, acompañada de su cortejo impetuoso: los deseos y las decepciones, el olvido y los placeres, el aniquilamiento y la fragilidad. Y así llega la tarde, más tormentosa y activa que lo fue la mañana. Para los hombres verdaderamente activos, estos estados prolongados de conocimiento parecen casi inquietantes y enfermizos, pero no desagradables.

309

Guardarse de su pintor.—Un gran pintor que ha revelado y fijado en un retrato la expresión más completa, el momento más total de que es capaz un hombre, cuando vuelva después a ver a ese hombre en la vida real, casi tendrá la impresión de ver una caricatura.

310

Los dos principios de la vida nueva.—*Principio primero:* hay que organizar la vida de la forma más segura y más positiva, y no, como se hizo hasta hoy, según perspectivas lejanas, inciertas, como un horizonte preñado de nubes. *Principio segundo:* hay que fijar, por sí mismo, la *sucesión* de las cosas inmediatas y cercanas, ciertas y menos ciertas, antes de organizar nuestra vida y de darle una dirección definitiva.

311

Irritabilidad peligrosa.—Los hombres dotados, pero negligentes, estarán siempre de un talante algo irritado cuando un amigo suyo haya terminado un buen trabajo. Su envidia se despierta, se avergüenza de su pereza, o más bien temen que el hombre activo los desprecie entonces aún más que antes. En esta disposición de espíritu critican la obra nueva, y su crítica se convierte en venganza, con gran asombro del autor.

312

Destrucción de las ilusiones.—Las ilusiones son, ciertamente, placeres costosos; pero la destrucción de las ilusiones es aún más costosa; cuando la consideramos como un placer, lo que es incontestablemente entre ciertas personas.

313

La monotonía del sabio.—Las vacas tienen a veces una expresión de asombro que es como una *interrogación* constante. Por el contrario, el *nil admirari* se refleja en los ojos de la inteligencia superior como la monotonía de un cielo sin nubes.

314

No estar enfermo demasiado tiempo.—Hay que tener cuidado de no estar enfermo mucho tiempo, pues los espectadores se impacientan enseguida por la obligación habitual de demostrar compasión, puesto que es un esfuerzo excesivo mantenerse por mucho tiempo en ese estado de ánimo. Y, casi sin transición, llegan a sospechar de vuestro carácter y a concluir «*que merecéis* estar enfermo y que es inútil hacer un esfuerzo de piedad».

315

Advertencia a los entusiastas.—A quien le guste dejarse *arrastrar y* desee verse transportado al cielo, que tenga cuidado de no ser *muy pesado;* es decir, que no aprenda demasiadas cosas y, sobre todo, que no se deje *invadir* por la ciencia. ¡Esta es la que nos hace pesados! ¡Tomar nota, oh entusiastas!

316

Saber sorprenderse.—Quien desee verse a sí mismo tal como es, debe saber *sorprenderse* con la antorcha en la mano. Pues sucede con las cosas espirituales como con las corporales: quien está habituado a verse en el espejo olvida, al cabo, su fealdad; solo el pintor le restituye de nuevo su impresión. Pero se habitúa también a la pintura y olvida su fealdad por segunda vez. Esto, conforme a la ley general, que hace que el hombre *no soporte* lo que es inmutablemente feo, si no es por un momento: lo olvida y lo niega en todos los casos. Los moralistas necesitan tener en cuenta este «momento» para colocar sus verdades.

317

Opiniones y peces.—Se es poseedor de opiniones como se es poseedor de peces: en el sentido de que se posee un estanque con peces. Hay que ir de pesca y tener suerte; entonces tenemos *nuestros* peces, *nuestras* opiniones. Me refiero aquí a opiniones vivas, a peces vivos. Otros se contentan cuando poseen una colección de fósiles, y, en su cerebro, de «convicciones».

318

Signos de libertad y de sujeción.—Satisfacer por sí mismo lo más posible las necesidades más imperiosas, aunque sea de una manera imperfecta, es la forma de llegar a la *libertad del espíritu y de la persona*. Satisfacer, con ayuda de los demás, y tan perfectamente como sea posible, muchas necesidades superfluas, termina por ponernos en un estado de *sujeción*.

El sofista Hipias, que había adquirido y creado él mismo todo lo que llevaba, interior y exteriormente, es por ello el representante de esta corriente, que conduce a la más alta libertad del espíritu y de la persona. Poco importa que todo esté trabajado con igual perfección: el orgullo compensará los puntos defectuosos.

319

Creer en sí mismo.—En nuestros días desconfiamos siempre de quien cree en sí mismo; antaño creer en sí mismo era suficiente para que los demás creyesen también en nosotros. La receta para encontrar crédito hoy día es: «¡No te cuides de ti mismo! ¡Si quieres que tu opinión sea considerada a una luz favorable, comienza por alumbrar tu propia choza!».

320

Más rico y más pobre a la vez.—Conozco a un hombre que, de niño, se había acostumbrado a pensar bien en la intelectualidad de los hombres, es decir, de su verdadera inclinación por las cosas del espíritu, de su gusto desinteresado por las cosas reconocidas como verdaderas, etc., a tener, en cambio, una idea muy mediocre de sí mismo (de su juicio, de su memoria, de su presencia de espíritu, de su imaginación). Cuando se comparaba con los demás, no se reconocía valor alguno. Pero con el curso de los años se vio obligado, primero una vez y luego mil, a cambiar de opinión sobre este punto; y podría creerse que con gran contento suyo y con gran satisfacción. En efecto, hubo algo de esto; pero, como dijo en cierta ocasión: «Va unida a una amargura de la peor especie, una amargura que no conocía en años anteriores; pues, desde que aprecio a los hombres y a mí mismo, con más justicia, respecto a las necesidades intelectuales, mi espíritu me parece menos útil; con él no creo ya poder hacer obra buena, porque el espíritu de los demás no sabría aceptarla; ahora veo siempre ante mí el abismo espantoso que existe entre el hombre que puede prestar ayuda y el que la necesita. He ahí por qué me siento atormentado por la miseria de poseer mi espíritu para mí solo y de disfrutarlo en tanto que es soportable. Pero *dar* vale más que *poseer*; y ¿qué es el hombre más rico si vive en la soledad de un desierto?».

321

Cómo hay que atacar.—Las razones que hacen que se crea en algo o que no se crea en ello son rara vez, y en muy pocos hombres, tan fuertes *como pueden serlo*. De ordinario, para quebrantar la fe en algo, no hay necesidad de poner en juego la artillería pesada; con muchos, se alcanza ya el objetivo atacando con un poco de ruido, de suerte que basta con los fulminantes. Pero, contra las personas muy vanidosas, es suficiente adoptar la *actitud* de un ataque violento: estas se figuran entonces que se les toma muy en serio, y ceden.

322

Muerte.—Mediante la perspectiva cierta de la muerte, se podría diluir en la vida una gota deliciosa y perfumada de indiferencia; pero, vosotros, singulares farmacéuticos del alma, habéis hecho de esta gota un veneno infecto, que hace repugnante la vida entera.

323

Remordimiento.—No deis nunca libre curso al remordimiento, sino deciros a continuación: esto sería añadir una segunda tontería a la primera. Si se ha hecho el mal, hay que pensar en hacer el bien. Si se es castigado por una mala acción, hay que sufrir su pena con el sentimiento de que con ello se hace una cosa buena: se impide, por ejemplo, que los demás caigan en la misma tontería. Todo malhechor castigado debe considerarse como un bienhechor de la humanidad.

324

Hacerse pensador.—¿Cómo puede alguien llegar a ser un pensador si no pasa, al menos, la tercera parte del día sin pasiones, sin hombres y sin libros?

325

El mejor remedio.—Un poco de salud por aquí o por allá, es el mejor remedio para el enfermo.

326

¡No lo toquéis!—Hay hombres nefastos que, en lugar de resolver un problema, lo oscurecen para todos los que se ocupan de él, haciéndolo aún más difícil de resolver. El que no sepa dar en el clavo, que no coja el martillo.

327

La naturaleza olvidada.—Hablamos de la naturaleza y, al hablar de ella, nos olvidamos a nosotros mismos; pero nosotros también somos naturaleza, *quand même* [1]. Por consiguiente, la naturaleza es cosa completamente distinta de lo que pensamos al hablar de ella.

328

Profundidad y aburrimiento.—Para los hombres profundos, como para los pozos profundos, pasa cierto tiempo hasta que el objeto arrojado llega al fondo.

---

[1] En francés en el original.

Los espectadores que no esperan, por lo general, mucho tiempo se imaginan con sumo gusto que tales hombres son insensibles y duros, o bien que son aburridos.

329

Cuándo es la ocasión de prometerse fidelidad.— A veces nos extraviamos en una dirección intelectual que está en contradicción con nuestras facultades; durante cierto tiempo luchamos heroicamente contra el viento y las olas, es decir, contra nosotros mismos; nos fatigamos y acabamos por gemir. Lo que realizamos no nos produce un verdadero placer, pues nuestros éxitos nos han hecho perder muchas cosas. Llegamos incluso a *desesperar* de nuestra fecundidad, de nuestro porvenir, cuando nos hallamos en plena victoria. Al cabo, terminamos por volver *atrás;* y entonces el viento sopla en nuestras velas y nos impulsa en *nuestra* corriente. ¡Qué dicha! ¡Qué *seguros* nos sentimos *de la victoria!* Solo ahora sabemos lo que somos y lo que queremos; ahora nos prometemos fidelidad a nosotros mismos y tenemos el *derecho* de hacerlo, porque sabemos.

330

Los que predicen el tiempo.—Del mismo modo que las nubes nos revelan la dirección de los vientos que soplan por encima de nuestras cabezas, así también los espíritus más ligeros y libres, en su corriente, predicen el tiempo que va a venir. El viento del valle y las opiniones de la plaza pública de hoy no significan nada para el porvenir ni hablan más que para el pasado.

331

Aceleración constante.—Las personas que comienzan lentamente y que se familiarizan difícilmente con una cosa, poseen a veces, después, la cualidad de la aceleración constante; de suerte que nadie puede adivinar, «en fin de cuentas», adónde los podrá arrastrar aún la corriente.

332

Tres cosas buenas.—La grandeza, la calma y la luz del Sol: estas tres cosas encierran todo lo que un pensador puede desear y exigir de sí mismo: sus esperanzas y sus deberes, sus pretensiones en el campo intelectual y moral, y hasta diría en su manera cotidiana de vivir y en la orientación del lugar en que habita. A estas tres cosas corresponden, en una parte, pensamientos que *elevan;* luego pensamientos que *tranquilizan,* y, en tercer lugar pensamientos que *iluminan;* pero, en cuarto lugar pensamientos que participan de estas tres cualidades, pensamientos en que todo lo que es terrenal llega a transfigurarse; es el dominio en que reina la gran *trinidad de la alegría*.

333

Morir por la «verdad».—No nos dejaríamos quemar por nuestras creencias: tan poco seguros estamos de ellas. Pero sí, tal vez, por el derecho de tener opiniones propias y de poder cambiar de ellas.

334

Tener su precio.—Si queremos pasar exactamente por lo que *somos,* es preciso ser algo que tenga *su precio.* Pero solo tiene precio lo que es de uso corriente. Por consiguiente, este deseo es consecuencia de una modestia inteligente, o de una inmodestia estúpida.

335

Moral para quienes edifican.—Hay que quitar los andamios cuando la casa está construida.

336

Sofoclismo.—¿Quién ha puesto más agua en su vino que los griegos? La sobriedad, aliada a la gracia: este fue el privilegio de nobleza de los atenienses del tiempo de Sófocles y de los que vinieron después de él. ¡Que quien pueda haga lo mismo! ¡En la vida y en el pensamiento creador!

337

El heroísmo.—El heroísmo consiste en hacer grandes cosas (o en *no* hacer algo de una manera grande), sin tener, en la lucha con los demás, el sentimiento de estar *delante* de ellos. El héroe lleva consigo el desierto y la tierra santa de límites infranqueables, vayan donde vayan.

338

El «doble» de la naturaleza.—En ciertas comarcas de la naturaleza nos descubrimos a nosotros mismos con un estremecimiento agradable; esta es para nosotros la forma más bella de tener un doble. ¡Cuán feliz debe ser el que pueda tener ese sentimiento, *aquí* mismo, en esta atmósfera de otoño constantemente soleada, bajo el soplo dichoso y travieso del viento, que se prolonga de la mañana al atardecer, envuelto en la claridad más pura y en el más delicioso frescor, y reconocerse en el carácter risueño y serio a la vez de las colinas, de los lagos y de los bosques de esta meseta, que se extiende sin temor al lado del espanto de las nieves eternas, allí donde Italia y Finlandia han formado alianza y parecen ser la patria de todos los matices argénteos de la naturaleza! ¡Dichoso el que pueda decir: «Hay, ciertamente, muchas cosas y más grandes y bellas en la naturaleza, pero *esto* está íntima y estrechamente emparentado conmigo, me siento ligado a todo esto por los lazos de la sangre, y más aún!».

339

Afabilidad del sabio.—El sabio será involuntariamente afable con los demás hombres, como lo sería un príncipe, y, a pesar de todas las diferencias de dones, de condiciones y de modales, llegará a tratarlos como iguales: lo que se le reprocha amargamente en cuanto lo advierten.

340

Oro.—Todo lo que es oro no brilla. Una suave radiación es lo característico del metal más precioso.

341

Rueda y freno.—La rueda y el freno tienen deberes diferentes, pero tienen también uno parecido: el de hacerse daño.

342

Molestias del pensador.—Todo lo que lo interrumpe en sus reflexiones (le molesta, como suele decirse), el pensador debe considerarlo apaciblemente como un nuevo modelo que entra por la puerta para ofrecerse al artista. Las interrupciones son los cuervos que llevan la comida al solitario.

343

Tener mucho espíritu.—Tener mucho espíritu conserva joven; pero hay que soportar con ello tener que pasar por más viejos de lo que somos. Pues los hombres leen los rasgos del espíritu como si fueran las huellas de la *experiencia* de la vida, es decir, corno testimonios de que hemos vivido mucho y mal, de que hemos sufrido, de que hemos recibido desengañados y de que estamos arrepentidos. Por tanto, ante ellos pasamos por más viejos, así como por *más malos* de lo que somos, cuando se tiene mucho espíritu y se demuestra.

344

Cómo hay que vencer.—No se debe querer vencer cuando solo se tiene la perspectiva de superar al adversario por un cabello. La buena victoria debe alegrar al vencido, y tener algo de divino que evite la *humillación*.

Ilusión de los espíritus superiores.—A los espíritus superiores les cuesta trabajo librarse de una ilusión: se figuran que despiertan la envidia de los mediocres y que son considerados como excepciones. Pero, en realidad, se los considera como algo superfluo, sin lo cual podríamos pasar, si no existiese.

346

Exigencia de la vanidad.—Cambiar de opiniones es, para ciertas personas, una exigencia de aseo, lo mismo que cambiar de ropa; mas, para otras, no es más que una exigencia de la vanidad.

347

Digno de un héroe.—He aquí un héroe que no ha hecho otra cosa sino sacudir el árbol en cuanto los frutos estuvieron maduros. ¿Os parece eso muy poca cosa? Pues contemplad el árbol que ha sacudido.

348

Cómo se puede medir la sabiduría.—El exceso de sabiduría se puede medir exactamente por la disminución de bilis.

349

El error presentado de una manera desagradable.—No a todo el mundo le gusta oír la verdad dicha de una manera agradable. Pero nadie debe imaginarse que el error se convierte en verdad cuando es presentado de una manera desagradable.

350

La máxima dorada.—Se ha cargado de cadenas al hombre para que deje de portarse como un animal; y, en verdad, se ha hecho más dulce, más espiritual, más alegre, más reflexivo que todos los animales. Pero desde entonces sufre aún por haber carecido durante mucho tiempo de aire puro y de movimientos libres; sin embargo, estas cadenas, lo repito una vez más, son errores graves y significativos de las representaciones morales, religiosas y metafísicas. Solo cuando la *enfermedad de las cadenas* se haya superado, será cuando el primer gran objetivo se haya alcanzado por completo: la separación del hombre y del animal. Ahora bien, nos encontramos a la mitad de nuestro trabajo para quitar las cadenas, y nos son precisas las mayores precauciones. Solo al *hombre ennoblecido* se le puede conceder la *libertad de espíritu;* solo él se siente afectado por el *alivio de la vida* que pone bálsamo en sus heridas; es el primero en poder decir que vive por la *alegría* y no por ningún otro objetivo; y, en cualquier otra boca, la divisa sería peligrosa: *Paz en torno a mí y buena voluntad respecto a todas las cosas inmediatas.* Esta divisa para los individuos le hace pensar en una frase antigua, magnífica y conmovedora a la vez, que fue dicha para *todos* y que ha permanecido por encima de la humanidad, como una divisa y una advertencia de que perecerán todos aquellos que la inscribieron demasiado pronto en su bandera, una divisa que hizo perecer al cristianismo. Parece que *no han llegado aún los tiempos* en que todos los hombres podrán tener la suerte de aquellos pastores que vieron iluminarse el cielo por encima de ellos y que oyeron estas palabras: «Paz en la tierra a lo hombres de buena voluntad». El tiempo pertenece aún a los *individuos.*

La Sombra.—De todo lo que has dicho, nada me ha complacido tanto como una de tus promesas: queréis haceros buenos prójimos de las cosas próximas. Eso nos beneficiará también a nosotros, pobres sombras. Pues, confesadlo, habéis mostrado hasta ahora harto placer en calumniarnos.

El Viajero.—¿Calumniar? ¿Y por qué no os habéis defendido? Teníais muy cerca nuestras mejillas.

La Sombra.—Nos parecía que estábamos precisamente demasiado cerca de vosotros para poder hablar de nosotros mismos.

El Viajero.—¡Delicado, muy delicado! Sí; vosotras, las sombras, sois «mejores personas» que nosotros, ya lo veo.

La Sombra.—Y, sin embargo, nos llamáis «indiscretas», a nosotras, que al menos sabemos hacer bien una cosa: callarnos y esperar; no hay inglés que lo sepa hacer mejor. Es cierto que nos hallamos muy cerca, muy frecuentemente a la vera del hombre, pero no en su domesticidad. Cuando el hombre teme a la luz, nosotras tememos al hombre: esa es la medida de nuestra libertad.

El Viajero.—¡Ay, la luz teme todavía muy a menudo al hombre, y entonces vosotras también lo abandonáis!

La Sombra.—Te he abandonado muy a menudo con pesar: para mí, que estoy celosa de saber, hay muchas cosas en el hombre que siguen aún oscuras, porque no puedo estar siempre a su lado. Al precio del conocimiento completo del hombre, aceptaría incluso ser tu esclavo.

El Viajero.—¿Sabes tú acaso, sé yo acaso si con ello, sin saberlo tú, no te convertirías de esclava en ama?

¿O seguirías siendo esclava, pero, al despreciarte tu amo, llevarías una vida de humillación y de hastío? Contentémonos el uno y el otro con la libertad que nos ha quedado a ti y a mí. Pues la contemplación de un ser sin libertad envenenaría mis mejores alegrías, me repugnaría el mayor bien, si alguien *tuviese* que compartirlo conmigo. Por eso no puedo soportar al perro, ese parásito holgazán que menea la cola, que solo se ha hecho «cínico» como criado del hombre, y a quien tienen la costumbre de elogiar, diciendo que es fiel a su amo y lo sigue como...

La Sombra.—Como su sombra, así es como dicen. Tal vez yo te haya seguido demasiado hoy. Era el día más largo, pero hemos llegado a su fin; ten un instante de paciencia aún. Este césped está húmedo; yo tirito.

El Viajero.—¡Ay! ¿Es ya hora de separarnos? Y ha sido preciso para terminar que yo te haga daño; he visto que te ponías más sombría.

La Sombra.—Me he ruborizado, en cuanto me es posible en el color. Me he acordado que muchas veces he estado echada a tus pies como un perro y que entonces tú...

El Viajero.—¿Y no podría yo a todo escape hacer algo que te agradase? ¿No tienes ningún deseo que formular?

La Sombra.—No tengo más deseo que el que formuló el «perro» filósofo ante el gran Alejandro. No me quites el sol, pues comienzo a tener frío.

El Viajero.—¿Qué debo hacer?

La Sombra.—Camina bajo esos pinos y mira en torno tuyo hacia las montañas; el sol se pone

El Viajero.—¿Dónde estás? ¿Dónde estás?